猎人行

HUNTER'S RUN

〔美〕 乔治·R.R.马丁　加德纳·多佐伊斯　丹尼尔·亚伯拉罕 /著
GEORGE R. R. MARTIN　GARDNER DOZOIS　DANIEL ABRAHAM

何锐/译

化学工业出版社
·北京·

图书在版编目（CIP）数据

猎人行/（美）乔治 ·R.R.马丁（George R.R.Martin），（美）加德纳·多佐伊斯（Gardner Dozois），（美）丹尼尔·亚伯拉罕（Daniel Abraham）著；何锐译. —北京：化学工业出版社，2022.8
书名原文：Hunter's Run
ISBN 978-7-122-41251-5

Ⅰ.①猎… Ⅱ.①乔…②加…③丹…④何… Ⅲ.①幻想小说－美国－现代 Ⅳ.①I712.45

中国版本图书馆CIP数据核字（2022）第070290号

出 品 人：李岩松　　责任编辑：汪元元
责任校对：刘曦阳　　营销编辑：龚　娟　郑　芳
装帧设计：周　留

出版发行：化学工业出版社
（北京市东城区青年湖南街13号　邮政编码100011）
印　　装：三河市双峰印刷装订有限公司
880mm×1230mm　1/32　印张13½　字数214千字
2022年8月北京第1版第1次印刷

购书咨询：010-64518888　　售后服务：010-64518899
网　　址：http://www.cip.com.cn
凡购买本书，如有缺损质量问题，本社销售中心负责调换。

定　　价：59.80元　　

目 录

○

序幕

雷蒙·埃斯佩霍醒来时，漂浮在一片黑暗的汪洋之中。有那么一小会儿，他无拘无束，不思不想，施施然随波逐流。但随后关于他身份的念头就纷至沓来，杂乱无章，如同一场多余的事后之思。

在体验过深邃而温暖的虚无之后，忆起自己的身份毫无乐趣可言。他尚未完全清醒，但过去的自我已然沉甸甸地压在了他的心头。绝望、愤怒以及片刻不停地啃食心灵的烦恼在他脑海中回响，仿佛隔壁有人在没完没了地清嗓子。在那幸福的短暂片刻，他谁也不是，而如今他的自我又复归了。在完全清醒之后，他的第一个念头就是想要否认发现自己身份时的失落感。

他是雷蒙·埃斯佩霍。他在新热内卢[①]郊外，执行一份探矿任务。他是……是……

他本以为自己人生的种种细节即将汹涌而来——昨晚他做了什么，今天又准备做什么；他一直为何愤愤不平，最近又因何大为光火——但接下来的思绪却出乎他的预料。他的确是雷蒙·埃斯佩霍——但他不知自己此刻身在何处，

---

① 本文中作者虚构了若干外星地名，多由南美地名而来（本文注释，如无特殊说明，均为译者注——编者）。

也不知自己怎么就来到了这里。

心烦意乱间，他想要睁开双眼，却发现自己的眼睛本来就是睁着的。不管此地究系何方，总之完全是一片黑暗，比丛林的夜晚还要黑暗，比鹅颈镇那些砂岩峭壁上最深的岩洞底部还要黑暗。

又或者，很有可能，是他瞎了。

这个念头让他的心中阵阵恐慌。据说有些人喝廉价的合成麝香葡萄酒或是玛丽甜酒[1]喝到酩酊大醉，结果醒来时就成了瞎子。他是不是也喝多了？他有这么缺乏自制力吗？有种恐惧的感觉在沿着他的脊背向下蔓延，冷冰冰的。但他的头不痛，胃部也没有感到灼痛。他闭上双眼，用力眨了几次，毫无理由地试图用这种行为刺激自己的视觉恢复，结果却只是让自己的视网膜上骤然迸出许多明亮而细碎的彩色斑纹。不知为什么，那些四下乱窜的彩斑比黑暗本身更加令他不安。

起初那种昏昏欲睡的倦怠感已彻底离他远去，他甚至试着放声大喊。他感觉到自己的嘴唇在缓缓翕动，但一无所闻。莫非他的耳朵也聋了？他用力想要翻身坐起，却徒

---

① 一种果味甜酒。

劳无功。于是他躺了回去，放弃所有挣扎，任由身体继续飘浮，而思维依旧在飞速运转。此时他已完全清醒过来，但还是想不起自己身在何方，也记不得自己是怎么来到这里的。也许他正身陷危机：无法动弹的身体既是不祥的征兆，又引人深思。他是不是在某个塌方的矿井里？或许就是一块崩落的岩石压住了他的身体。他努力集中精神，让自己的感受集中在本体感觉上，最终确定自己无法感觉到任何重量或者压力，感受不到有任何东西束缚着他。如果一个人的脊髓神经被切断，那他也许就什么都感觉不到了。他想到这里，一瞬间心中满是冰寒的惧意。但再一转念，他又觉得眼下的状况应该并非如此：他能够略微挪动下自己的身体——虽然他想要坐起来的时候，会有什么东西挡住他，不让他的背脊打弯，将他的双臂和肩膀拽回原来的位置。他感觉就像是在黏稠的糖浆中穿行，只是这糖浆的阻力太强，将他留在原地动弹不得。那股力道温柔但又坚决，完全不可抵挡。

他的皮肤上感觉不到水汽，感觉不到空气或是风，也感觉不到冷热，而且他似乎并非躺在任何坚实的物体之上。很显然，他的第一印象是正确的。他的身体飘浮于虚空，困在这片黑暗之中，困在原地。他觉得自己仿佛是只被包裹在琥珀中的小虫，身体被完全包裹在这团黏稠的糖浆之中。可是这样一来，他是怎么呼吸的？

然后他意识到，他没呼吸。他根本没在呼吸。

在随之而来的恐慌面前他完全不堪一击，瞬间崩溃。眨眼之间，他全部的思维能力都消失无踪，他像一只困兽般开始挣扎求生。他伸手要在包裹着他的虚无中抓住某个着力点，竭力想将自己的身体拖出去，想着在外面能找到空气。他挣扎着想要尖叫。时间的流逝失去了意义——他心里只有挣扎这一个念头，以至力竭之际他都不知道过去了多久。那些黏稠的浆液仍然紧紧地包裹着他，温柔，但无可抗拒地将他拖回原地，分毫不差，纹丝不变。他觉得自己应该会大口喘息，以为自己会听到血液流动的声音，感觉到胸腔中心脏激烈的跳动——然而，什么都没有。没有呼吸，没有心跳。他也并没有感到迫切需要空气。

他已经死了。

他已经死了，漂浮在一片向着四面八方无限绵延的、无水的大海中。尽管他既盲又聋，但仍能感受到这片无边无际的漆黑汪洋，感受到它的无尽浩瀚。

他已经死去，身在灵薄狱——就是那位圣埃斯特万的教皇一直坚决否认存在的灵薄狱——在黑暗中等待着最后审判日的到来。

这想法差点让他笑出声来——这比他家乡的奥特加神父向他预言的死后世界要好多了：这位墨西哥北部小山村土砖教堂里的神父经常信誓旦旦地对他说，如果他没做临终忏悔，那么一旦死后，就会立刻坠入地狱的火焰中，饱尝折磨——但他再也没法摆脱这念头了。他已经死了，而这片虚空——无限黑暗，无限寂静，将他独自一人囚困其中的虚空——就是在生命尽头等待着他的一切。教会给过他的种种祝祈和赐福，他平生犯下过的种种罪孽，还有偶尔进行的那些勉强的忏悔，所有的一切，丝毫也不能改变这个结局。过往的日日夜夜在他面前徐徐展开，而他只能反复品味自己的罪孽和失败。他死了，而对他的惩罚就是永生永世独自一人，置身于毫无悲悯之情的上帝那无形的注视之下。

但这事情是怎么发生的？他是怎么死的？他的记忆运转艰涩，反应迟钝，仿佛寒冬清晨的汽车引擎——不仅启动艰涩，还噼啪作响，甚至时不时熄火。他从那些最熟悉的事物着手回忆：首先在心中描绘出地亚哥镇上艾蕾娜的那个房间——床边有扇非常小的窗户，夯土墙很厚实。水槽里的水龙头早已锈迹斑斑，看起来像是古物，尽管人类在这颗行星上定居才不过区区二十年。细小的猩红色飞奔虫[1]在天花板上匆匆往来，一排排步足像船桨般忙碌地舞动着。一股浓烈的香气，来自冰根树和烟草，还有冒火的龙舌兰酒与烤肉上的胡椒。头顶上运输机发出尖利刺耳的声音：它们正向着高空爬升，前往太空轨道。

近来他的种种经历在脑海中渐渐成形，但仍旧模糊，仿佛是没对好焦距的投影。他之前在地亚哥镇参加了船队的出海祝福仪式，镇上有一场庆祝游行。他在一家街头小食摊上边吃烤鱼和藏红花饭，边观看烟火表演。烟火留下的烟雾闻起来像是爆破后的露天矿场，燃烧殆尽的烟火栽进海里时嗞嗞作响，犹如火蛇吐信。有个巨人全身笼罩在烈火之中，痛苦地挥动着双臂。那是真的吗？柠檬和糖的味道。老曼努埃尔·格里亚戈正在讲述等恩耶人的飞船离开跃迁点、来到圣保罗星时他都打算要做些什么。他突然清晰地忆起了艾蕾娜，但那之后呢……

发生了一场打斗。是的，他和艾蕾娜之间的打斗。他想起了艾蕾娜的声音——尖利，满是指责，恶毒得像一头比特犬。他们打闹了一番，然后和往常一样，他们又和

---

① 本文中有大量外星生物的名称或者译名，多为作者虚构。

好了。艾雷娜会用手指轻轻抚过他手臂上砍刀留下的伤疤。还有另一场打斗，比之前那场要早些，是和别的什么人……但他的思维一到这里就掉头避开了，如同避开路上毒蛇的骡子。

晨光初现之前，他便离开了，蹑手蹑脚地走出房间，趁着艾蕾娜还在睡梦之中——这样就不必和她告别了。清晨的微风吹拂着他的肌肤，感觉分外凉爽。他走过泥泞的街巷，毛靴兽们匆忙躲开，发出仿佛双簧管般的示警声。他要驾驶自己的厢式货机飞去户外用品店……然后那些家伙抓到了他……

他的思绪再次踌躇不前。不是因为那种仿佛吞没了他的整个世界的、让人恶心的健忘症，而是另有原因——他的大脑不愿去回想那些事。他咬牙切齿，一点一点地强迫自己的回忆服从自己的意志。

调整厢式货机里的两条升力管耗尽了他一整个白天的时间。他的身边还有个什么人？是格里亚戈，他一直在抱怨着零件不好。然后他驾驶厢式货机起飞，飞向荒原，前往内陆，前往荒野地带[①]……

---

① 原文为西班牙语。后文还有若干从西班牙语译来的词汇。

但他的货机爆炸了！他突然记起了飞机爆炸时的场景，但在他的回忆里，自己是在远处观看，没有被卷入爆炸中。但那段回忆仍然充满了绝望，绝望的原因不仅仅是厢式货机的损毁，还有别的。他试着集中精力去回想那一刻的情形——明亮的火光，还有爆炸造成的炽热风暴……

如果他的心脏还在跳动，恐怕也会因为此刻的回忆带来的恐惧而再度停止。

现在他全想起来了。或许真的死掉和坠入地狱倒要更好些。

第一幕

第一节

雷蒙·埃斯佩霍扬起下巴，向对手发出挑衅。在这间冠名“国王”的破烂酒吧的后街小巷里，一群人围成一圈，挤挤挨挨，既想凑近好看得仔细，又想要保持安全距离。催促他们开打的叫嚣里混有几声对和平的呼吁，然而言不由衷，于是显得格外虚弱无力。一个大块头在雷蒙身周游走，绕出个不大的圆圈，不停晃动着身体。那是个肤色苍白的木卫二人，脸颊因为喝多了烈酒涨得通红，宽大柔软的双手攥成了拳头。他比雷蒙要高些，手臂也长些。雷蒙能看到他的目光游移，在提防雷蒙，也同样在提防着周围的人群。

“来啊，小子。”雷蒙微微一笑。他扬起双臂，左右张开，仿佛要拥抱他的对手：“你想要权力。那就来尝尝我的‘拳’力吧。”

酒吧招牌上的LED灯光变幻，让夜色也在蓝色、红色与琥珀色之间变幻不休。在他们头顶上方的夜空充斥着无数明星，它们太亮了，也太近了，几乎让地亚哥镇的灯火都显得黯淡无光了。

石人座[1]的群星在天空巡行，俯视着下面的人群。其中有一颗星星隐隐闪烁着不祥的赤光，仿佛是只红色的独眼，在欣赏着地上的这一幕，甚至仿佛在催促他们继续。

“我会的，你个丑八怪！”木卫二人冲他唾了一口，“我会打过去，打得你满地找牙！”

雷蒙的回应只是龇出牙齿，示意他再靠近点。那个木卫二人本来一直还只打算继续打嘴仗，但现在他已经无法回头了。人群的声音汇集成一道震耳欲聋的怒吼。木卫二人动了，动作有些笨拙，像是一棵大树在倾倒。他硕大的左拳缓缓穿过空气，那样子仿佛是在蜜糖中穿行。雷蒙侧身闪入他横击的手臂内侧，让袖子里的重力折刀[2]滑落到手中。他挥拳击向木卫二人的腹部，同时手指一按，让刀刃弹出。

木卫二人的脸上满是震惊之色，看起来简直有些滑稽。他呼的一声吐出了口冷气。

雷蒙又戳了两刀，更快更狠，同时转动刀刃，好确保致命。他和那个男人挨得很近，近得足以闻到他身上花香

① 作者虚构的星座。

② 源于德国伞兵装备的一种刀具。类似弹簧刀，但利用重力替代弹簧弹力来打开。

型古龙水的刺鼻味道，感觉到他嘴里带着甘草味的气息喷到自己的脸上。人群安静下来，看着木卫二人双膝弯曲，坐倒在巷道地上的烂泥中，双腿向外摊开。那双灵活的大手漫无目的地摊开、再攥起，灯光在红蓝之间转变，他手上沾着的血迹看上去也一会儿苍白，一会儿黝黑。

木卫二人大大地张开嘴巴，血从他的上下牙之间涌出。他缓缓地倒在地上，那动作仿佛是电影的慢动作。他蹬了下腿，脚跟重重地砸在地面上，然后静止不动了。

人群中有人满怀敬畏地说出一句亵渎之辞。

雷蒙心中扬扬自得的情绪渐渐消退。他看着面前的人群——一个个圆睁双目，嘴巴微微张开，形成一个个惊讶的圆圈。他血液中的酒精浓度似乎没那么高了，清醒的思维在头脑中占据了上风。他心头满是种遭受背叛的沉重感觉——这些人一直在怂恿着他，在为这次争斗推波助澜。而现在他们又因为他取得了胜利，对他避之不及！

"怎么了？"雷蒙对着国王酒吧的顾客们大喊道，"你们也听到他说的话了吧！你们都看到他做的事了吧！"

但人们只是纷纷离开巷道。甚至先前和那个木卫二人一起来的女孩也走掉了。国王酒吧的经理米克尔·易卜拉欣缓缓向他走来，那张狗熊似的大脸上满是耐心，表情活像画里的受难圣徒。他朝着雷蒙伸出一只大手。雷蒙再次扬起下巴，挺起胸膛，仿佛米克尔这个手势是对他的侮辱。米克尔只是叹了口气，缓缓点头，然后弯曲手指做了个“拿来”的手势。雷蒙撇了撇嘴，上半身扭向后方，然后把刀柄拍到米克尔手中。

“警察就要来了，”米克尔警告道，“快回家吧，雷蒙。”

“你全都看到了？”雷蒙说。

“不，事情发生的时候我不在，”酒吧老板说道，“你也一样不在，没错吧？现在赶紧回家。管好自己的嘴。”

雷蒙往地上唾了一口，迈步走入夜色之中。开步以后他才意识到自己醉得有多厉害。他走到运河边上的广场旁，靠着一棵树蹲到地上等待，一直到他确信自己走起来不会再晃晃悠悠为止。在他周围，地亚哥镇的居民们正把一周的薪水都挥霍在酒精和咖啡吉特[1]之中。运河上，那些粗糙的吉卜赛船屋里有乐声传来，起伏不定；节日里轻快的手风琴曲中混杂着小号、钢鼓的声音，还有舞者的呼喊。

黑暗中，不知什么地方有只滕芬鸟[2]正发出悲哀的叫

① 作者虚构的某种饮品。
② 本文中作者虚构了大量的外星动植物名称。

声。这“鸟”其实是会飞的蜥蜴，这种叫声和女性痛苦绝望的抽泣声极为相像。殖民地上的人口当中相当一部分都是十分迷信的墨西哥农夫，这种巧合让他们认为滕芬鸟就是“拉罗罗娜”——“悲泣之女”，她从墨西哥跟他们一起穿越星空而来。而今她在这颗新地球的夜空之中徘徊哭泣，不仅为被抛弃在地球上的那些失踪的孩子们[①]而哭，也为这个新世界上所有将要死去的人们而哭。

当然，这种胡说八道雷蒙是绝对不信的。但那鬼气森森的哀泣声越来越大，最终达到了令人心碎的顶峰之际，他也不由自主地颤抖起来。

雷蒙现在是独自一人，于是他有机会后悔了，为捅死了那个木卫二人而后悔。要是他把那家伙打得满地乱滚，羞辱一番，狠狠抽他几耳光——那样肯定也就足够了。可是，每次他喝多了之后，一发火就总是会做过头。雷蒙知道自己本不应该喝那么多，但每次他跟人群搅和到一块，最后似乎总会这样。在这座城市里，他的胸中总是感觉有块垒郁结，于是每个夜晚都始于痛饮消愁。然后等他喝到

① 拉丁美洲著名的民间恐怖传说。“拉罗罗娜”为西班牙语，意即“哭泣的（女）人”。传说她杀死了自己的两个孩子，并抛尸水中。她被处罚必须找到失踪的孩子尸体，否则不能进入天堂。

足以让块垒略消之际，就总会有人说些话或是做些事来激怒他。并非每次到最后都会动刀，但基本上也都没啥好结果。雷蒙不喜欢这样，可也并不引以为耻。他是条硬汉子——是个独立探矿人，身处这个创建还不足一个世纪的殖民地。看在上帝的分上，他可是条硬汉子！他喝酒狠得很，打架狠得很，干活也狠得很。谁要是对此有所怀疑，最好放聪明点，把他们那些念头给憋自个儿肚子里！

一家子“塔帕诺”——这种小型两栖动物长得像浣熊，长有类似豪猪刺的鳞片——从水中爬了出来。它们用闪闪发亮的黑眼睛打量了雷蒙一番，然后径自一路向广场爬去，去那边的垃圾堆当中翻找被丢弃的食物。雷蒙看着它们从身边爬过，河水在它们身后形成一条条黝黑滑腻的水渍。他叹了口气，然后艰难地站起身来。

总督府邸周边的街道混乱不堪，犹如一个巨大的迷宫，艾蕾娜的公寓就在这个迷宫之中，坐落在一家肉铺的楼上，因此从后窗吹进来的空气时常带着那里陈年血迹的臭气。他想过要不要在自己的厢式货机里睡一晚，但全身黏糊糊的，而且精疲力竭。他想要去冲个澡，喝罐啤酒，再弄碟随便什么东西，糊弄下咕咕直叫的肚子。他慢慢爬上楼梯，尽可能不发出任何声响，哪怕艾蕾娜的窗户里灯火通明。

北面远处的太空港有架太空梭正在升空，跑道灯闪烁着红蓝两色的光芒，伴随它一路升向星空。雷蒙本想借太空梭升空时那悸动的轰鸣声盖过门扉开启时的响动。但这压根行不通。

“你去哪儿了？”他踏进门里的同时，艾蕾娜吼叫道。她穿着件薄棉的连衣裙，袖口上有一块污渍；她的头发束在脑后，那团乌发比夜空更加漆黑。她在愤怒中张大了嘴，露出了满口的牙齿。雷蒙带上背后的屋门，听到她倒吸一口凉气。艾蕾娜的怒火消失得无影无踪。他顺着她的目光看向自己身侧。木卫二人的血浸透了他身上的半边T恤以及同侧的裤管。他耸了耸肩。

“我们得把这些烧掉。”他说。

“没事吧，我的宝贝男孩？发生了什么事？”

雷蒙很讨厌这个称呼。他才不是谁的“男孩”。但为此争斗起来就没什么意思了。于是他只是笑了笑，伸手开始脱衣服。

“我没事，”他说，“有事的是那个家伙！”

“警察……警察会不会……”

“多半不会，”雷蒙说，“但我们还是该把这些都烧了。”

她没再问下去，只是接过他的衣物，拿出去扔进这一层公寓楼公用的焚化炉，而雷蒙则趁这时间去洗个淋浴。镜子里显示出的数字时钟告诉他，距黎明到来还有三四个小时。他站在温暖的水流下，审视着自己的伤疤——腹部那条宽阔的白色带状瘢痕，是马丁·卡苏斯用一根钣金钩划出来的；手肘下面那个难看的肿块是某个醉醺醺的家伙留下的，那家伙差点用一柄砍刀砍断他的骨头。他身上到处都是旧伤。这些伤疤并不让他觉得难堪，事实上，他很喜欢它们。伤疤让他显得更强壮。

他洗完澡出来时，艾蕾娜正站在后窗旁，双手交叉，环抱在胸口下方。她转过身来的时候，他已经准备好迎接一顿劈头盖脸的怒叱。但艾蕾娜的嘴唇微微颤抖，像是朵未开的花蕾，她的眼睛瞪得溜圆。“我为你提心吊胆的。”她说。

“你大可不必的，”他说，“我结实得就像是老牛皮。”

“但你只有一个人，”她说，“托马斯·马丁内斯被杀的时候，对面有八个男人。他刚从女朋友的家里出来，他们就直接找上了他，然后……”

“我可不是托马斯那小子。”雷蒙不屑地摆了摆手，仿佛在说，任何一位真正的男人都应该有能力抵挡八个暴徒。艾蕾娜的嘴角不由自主地挂上了笑容。

风平浪静之后，雷蒙筋疲力尽地躺在床上。另一艘太空梭正在起飞。平时一个月都不见得有一艘太空梭启程。但恩耶们很快就要抵达了，远远早于之前的预期。因此地亚哥镇上空的起降平台必须进行改装扩建，好让那些装载着外星货物的巨大飞船能停上来。

许多个世代之前，人类爬出了地球、火星以及木卫二的重力井，带着征服之梦启航，奔赴群星之间。地球人曾计划将自己的种子在宇宙中四处播撒——就像一个来到港口小镇花天酒地的贵公子——但计划落空了。宇宙已被他人占据。其他能进行星际旅行的种族早在他们之前就已来到。

帝国之梦褪色，只余财富之梦。财富之梦随后也破灭了，能指望的只有可耻的“奇迹”。击败他们的并非银色恩耶与图鲁人那些强大而神秘的科技，而是太空本身——它之前就以同样的方式击败了所有前来星际的种族。这广袤的暗渊太大、太辽阔了，以光速进行的通信相形之下也实在是太过迟缓，几乎谈不上能真正进行通信。政府完全不可能存在。法律一旦越出本地范围便无法强制执行，形同笑话。人类在银色恩耶的“说服”下加入了一个商业联盟（跟许多个世纪以前海军上将佩里“说服”日本开放门户一样），联盟的前哨站到处都是，可有些哨站早就已经陷入了失联状态，有些哨站已经不知位于何方，或是干脆被人遗忘，或是被放进了某些官僚留给下一代，下一代又会传给下下代的“待办事项计划表”中。

在这令人瞠目结舌的无垠黑暗之中，想建立统一的秩序，哪怕仅仅是保持联络都是不可能的，只有那些在重力井底坐井观天的族群才会有相反的看法。一旦置身群星之间，你自然会明白这个道理。

任何种族都无法跨越这辽远的距离，于是纷纷开始努力突破时间的阻碍。正是在这个过程中，地球人终于在宇宙这片人满为患、混乱不堪的黑暗之中找到了属于自己的位置。恩耶和图鲁们看到了地球人对自身星球环境造成的破坏，看到了这种生物有着根深蒂固的对改变和控制的热爱，并且对自己行为的后果严重缺乏预见——而他们认为，这些可以弊大于利。地球人和外星人的想法走到了一起，形成了一些巨大的组织，达成了一个会持续许多代，进展慢如冰河解冻的协议。哪里若是有无人居住的行星，其上满是野生动物和未知的植物，开发起来麻烦、棘手甚至危险，人类就会被安排过去。驯服自然，开垦荒地，将进化在当地制造出的种种威胁化险为夷，这些工作需要好多代、好多个世纪来完成。在这段时间里，银色恩耶、奇安、图鲁，还有其他那些偶尔路过的强大种族会时不时前来交易，就像在那些古老的日子里，人类在地球上的小岛和荒丘间辗转迁徙时的商队一样。

圣保罗这颗殖民星球上才刚刚出现第二代居民。有些人还记得地球人头一次降落到这个无人染指过的世界时的情景。地亚哥镇，新热内卢，圣埃斯特万，阿玛多拉，小犬镇，琴手登台镇……从那时起，南部的这些市镇便不断涌现，犹如生长在培养皿中的霉菌。不少人死于当地食物中难以察觉的毒素。人们发现了这里的巨型猫蜥，很快就给它们冠以“卓柏卡布拉”的诨名——这是在古老地球上存在于幻想之中的一种怪物，吸食山羊等动物的血液——它们一直骄傲地伫立于这颗星球的食物链顶端。许多地球人为这一发现付出了生命的代价。那些浅灰色眼睛的银色恩耶们没有。那些长得像玻璃昆虫的图鲁们也没有。

很快那些巨型飞船就要提前到来了。照理说，这些半活体飞船上应该满载大量的新设备，还有来自其他殖民星球、希望能在圣保罗星安顿下来的人，以及脱狱的机会——对那些认为这片殖民地已经等同牢狱的人而言。不止一个人曾问过雷蒙要不要考虑“上去”“出去”，进入漆黑的太空，但那些人都对他有所误解。他曾身处太空，然后来到此地。要说离开对他还能有什么吸引力的话，那除非是能找到个人烟更加稀少的地方——但那实在是不太可能。圣保罗的环境虽然让他感觉万般不适，但他也实在想象不出某个能不那么令人厌恶的地方。

他不记得自己是如何坠入梦乡的，反正他醒来时已是日上三竿，阳光透过窗户晒到了他的脸上。他能听到艾蕾娜的声音从隔壁房间传来，女主人正边哼着歌边忙于早上的家务。刹那间他的宿醉感又回来了，难受得龇牙咧嘴。闭嘴啊，他想道。这女人实在没有唱歌的天赋——她哼出的每个音符都没有高下起伏，听起来令人烦躁。他一言不发地躺了好长时间，期望自己能够回到梦乡，远离这个城市，远离这恼人的噪声，远离这个女人，远离时光长河中的这一刻。然后，哼唱声被一阵强烈的嗞嗞声淹没。又过了一小会儿，大蒜、辣香肠和煎洋葱的香气随风飘进了他所在的房间。雷蒙突然感觉到自己的肚子空空如也。他叹了口气，用手肘撑起身子，晃了晃睡麻了的双腿，然后踉跄着朝门口走去。

“你这家伙真是糟糕透了，”艾蕾娜说，“我真不知道为什么我居然还会让你待在我家里。别碰那个！那份早餐是我的！你出去自个赚钱去弄你的那份去！”

雷蒙怪笑着把香肠在两只手之间抛来抛去，等它凉了些就一口咬了上去。

“我每周要工作五十个小时来付账还款。而你都在干些什么？”艾蕾娜质问道，“老在蛮荒的野外游荡，进城来就把赚到的钱全都买酒喝光。这么多年来你连一个属于自己的铺位都没有！”

“有咖啡吗？”雷蒙问道。艾蕾娜朝厨房料理台上那个由塑料和几丁质制成的旧保温瓶努了努下巴。雷蒙拿了只马口铁杯涮了涮，然后往里头倒满昨天的咖啡。“我快要有大发现了，”他说，“铀或者钽。赚到的钱足以让我余生再也不用工作了。”

“然后你就会把我一脚踢开！”

雷蒙又从她的盘子里偷了根香肠。她冲着雷蒙的手背用力抽了一巴掌。

“今天有场庆祝游行，”艾蕾娜说，“就在为船队举办祝福仪式之后。总督想举办一场盛大的表演，热烈欢迎恩耶人，让他们以为自己提前到来让我们大为欢喜。到时候会有歌舞表演和免费的朗姆酒。”

“恩耶们会把我们看作是一群训练得很好的狗狗。”雷蒙满口都是香肠，含含糊糊地说道。

艾蕾娜的嘴角绷紧了，眼神也变得冰冷。

“我觉得，游行会很有看头。”她的声音中隐隐有几分威胁的语气。雷蒙耸了耸肩。他睡的是艾蕾娜的床。他一直都明白，这是要付出些代价的。

“我去穿衣服，”他说完这句话，把杯底的咖啡倒进口中，“我手上还有点钱。这回我可以付账。”

他们没去参加祝福船队的仪式，因为神父们一边拿长柄勺往那些破破烂烂的渔船上泼洒圣水，一边叨咕着毫无意义的废话，雷蒙实在是没兴趣听。但他们准时抵达了庆祝游行的现场。总督府邸前方的主干道相当宽阔，路面足以容纳五辆拖车并行——只要单向封锁，停下相反方向的交通就行。一辆辆巨大的花车缓缓行进，车队中世俗的形象——一艘装饰着彩灯的“图鲁飞船”由几匹马拉着；一只塑料的“卓柏卡布拉”，配有一双红光闪烁的眼睛，嘴巴可以张开，露出满嘴用旧钢管制成的大牙，和异常巨大的耶稣像、鲍勃·马利[1]像、“启航站圣母”[2]像混在一起。随后过来了一幅有真人两倍大小的总督像，讽刺风（能认得出是谁，形象绝不讨喜）的——总督正噘着那巨大的嘴唇，仿佛要去亲吻恩耶人的屁股。它在沿途所经之处激起了一片欢笑的浪潮。将这颗行星命名为圣保罗星的第一批殖民者来自巴西，于是尽管他们当中真到过葡萄牙的人屈指可数（甚至可能压根就没有），但后来那些说西班牙语的殖民者们（大部分都是在第二和第三波殖民时到来的墨西哥人）还是普遍将这些人称为“葡萄牙人”[3]。“葡萄牙人”至今仍然占据着当地政府与行政机构中的高层职位，以及那些薪水最高的工作岗位，因此说西班牙语的多数居民们对这帮人普遍感到怨愤和厌恶——他们觉得自己似乎沦落为新家园中的二等公民。巨大的总督像花车在街面上驶过，留下一阵阵嘘声和嘲笑。

巨大而笨重的花车后头还跟着些演奏音乐的队伍，有

---

① 1945—1981，牙买加雷鬼音乐开创者，也是向大众传播拉斯特法里教的传教士。

② 作者虚构的一种圣母形象。

③ 巴西的官方语言为葡萄牙语。

钢鼓乐队[①]、弦乐队、墨西哥街头乐队、图克[②]乐队、制服色彩缤纷的军乐队、边走边弹唱着法多[③]的吉他手。还有杂技演员，或踩高跷，或翻筋斗。边上有年轻女子穿着热辣的狂欢节服饰在舞动身姿，仿佛一只只艳丽的鸟儿。有艾蕾娜伴在身旁，雷蒙只能小心翼翼地让自己的目光不投向她们……

大道旁迷宫般的小巷塞得满满登登：有露天咖啡摊与朗姆酒小贩；有面包师在兜售撒满糖霜、做成红夹克怪或是卓柏卡布拉造型的糕饼，还有流动小吃车在出售炸鱼、卷饼、沙茶酱烤肉和“夹格夹格”[④]，以及路边乐师、街头画家、吞火魔术师、变三纸牌戏法[⑤]邀人下注的——所有这些加在一起，构成了这个临时节日的主体。头一个小时当中，这些还可以让人乐在其中。再往后，一刻不停的喧

---

① 以特立尼达为中心的加勒比海部分地区特有的乐队，用加工过的空油桶底做鼓。

② 巴巴多斯黑人民间音乐。

③ 一种葡萄牙音乐。“法多”原意“悲歌”，一般为吉他伴奏下的演唱。

④ 巴巴多斯传统美食。将猪肉、牛肉、豆子、洋葱、燕麦等多种荤素原料切碎炖烂，和黄油一起食用。

⑤ 以三张纸牌进行表演，用类似“三仙归洞”的魔术欺骗观众下注的一种骗术。

嚣、推搡和周围人群的汗臭味就让雷蒙烦躁起来，胸中越来越憋闷。艾蕾娜成了个大宝宝，像小姑娘般快活地叫个没完，拽着他从一个摊位逛到另一个，拿他的钱买彩绳糖和骷髅糖[①]。雷蒙为了让她的脚步慢下来，不得不给她买了一顿大餐——用蜡纸包着的藏红花三角饭团，加上红辣椒和烤奶油鱼肉条，还有拿小口细瓶装着的香料朗姆酒——然后他们走进离总督府最近的公园，爬到了那里的一座小丘上。他们在丘顶的草坪上坐下，看着浩浩荡荡的人流缓缓从面前淌过。

艾蕾娜靠在雷蒙身上，舔着指尖上的最后一点酱汁，用胳膊紧紧锁住他。这时帕特里西奥·加莱戈斯瞥见了他们，走了过来，慢步爬上山坡。他步态有些蹒跚，因为他在一次岩体滑坡中弄伤了自己的髋部。探矿这行当并不安全。雷蒙注视着渐渐走近的加莱戈斯。

“嘿，”帕特里西奥说，“还好吗？”

虽然被艾蕾娜像爬山虎似的紧紧箍着，雷蒙还是尽可能地耸了耸肩。

“你呢？”雷蒙问。

---

① 一种墨西哥糖果，用白糖制成头骨状，而后加上各种装饰点缀。

帕特里西奥摆了摆手——意思是不好不坏。“我这段时间在南部海岸，为一家公司勘探盐矿。真是烦死个人，不过他们会按时给钱，不像独立勘探人那样收入不稳定。”

“该做的还是得做。”雷蒙客套了一句，可帕特里西奥点了点头，就好像这句话十分睿智似的。在街头，卓柏卡布拉花车正在缓缓转向，那张愚蠢透顶的大嘴巴在空气中一张一合。帕特里西奥并没有离开。雷蒙伸手挡住耀眼的太阳，抬头望着他。

“有什么事吗？”雷蒙问。

“你听说了那位木卫二来的大使的事吗？”帕特里西奥说，“他昨晚在国王酒吧跟人打了一架。有个疯子用玻璃瓶颈或是什么别的东西刺死了他。”

“是吗？”

“是啊。还没来得及送到医院他就挂啦。总督为此非常恼火。”

“你干吗要找我说这些？”雷蒙问，“我又不是总督。”

靠在他身边的艾蕾娜一直安静得像一尊石像。这时她眯起了双眼，露出一副略有些狡黠的神情。雷蒙暗自希望帕特里西奥赶紧离开，或者至少是闭上嘴巴。但对方并没有让他如愿。

“恩耶船队到访的事已经让总督忙得够呛了。现在他还必须追查出杀死大使的家伙，好显示殖民地有能力维护法制什么的。我有个表亲在警察局长手下干活。那边忙得是天昏地暗啊。”

“噢。”雷蒙说。

“我只是在想啊——你明白的吧。你以前有时候会去国王酒吧那边晃悠。”

“昨晚没去，”雷蒙瞪着他说，他真希望能用目光刺穿帕特里西奥的喉咙，“你要乐意的话，可以去问问米克尔。我昨晚一晚上都没去那儿。”

帕特里西奥笑了笑，往后退了一步，样子有些尴尬。那只“卓柏卡布拉”发出一记人工合成的虚弱咆哮，周围的人群纷纷欢呼喝彩。

“是的，好吧，”帕特里西奥说，“我只是瞎想想。你明白的……”

对话到了这个地步，就像是一条被打断脊梁的蛇，只能悄然逝去。帕特里西奥笑着点了点头，然后一瘸一拐地掉头走回山下。

“不是你干的，对吧？”艾蕾娜的耳语听起来有几分像是条蛇在嘶嘶叫唤，“你没杀那个见鬼的大使吧？”

“我谁都没杀，当然也绝对没杀哪个木卫二人。我又不傻。”雷蒙说，“你干吗不接着看庆祝游行？”

夜幕降临，庆祝游行也迎来了尾声。山脚下，总督府邸边上的一块空地上，人们正在点燃柴火。被柴火堆围在中央的是“阴郁老人”——也有些巴巴多斯来的殖民者叫他“艰难先生[①]”——那是一尊草草拼凑起来的木偶，或者说是木像，差不多有六米高，面孔就像是张夸张而怪异的木卫二人或是美国佬的漫画肖像，两颊涂着绿漆，还有个匹诺曹式的大鼻子。火堆燃起，这尊巨大的木像被烈焰环绕，开始挥动双臂，发出些像是在痛苦呻吟的声音。这幅怪诞的情景让雷蒙后背一阵阵发冷，就好像他正享受着某种令人起疑的“特权”：目睹一个灵魂在地狱的火焰中遭受折磨。

据说，过去一年中困扰着人们的所有厄运都会伴着“阴郁老人”一起被烧掉。但看着这个巨人在烈焰中以慢动作抽搐扭动，听到总督府邸的墙壁上那些电子扩音器发出的低沉呻吟和回响，雷蒙心中产生了一个阴郁的想法：在这大火中他被烧掉的不是厄运，而是好运。从此以后，他

---

① 殖民地时期的巴巴多斯产业单一，以糖类作物种植为主，在两次收获之间的时段人们基本没有收入，因此被人们称为“艰难季”。后被人格化为“艰难先生”。

会遇到的全都只会是痛苦与不幸。

他瞟了艾蕾娜一眼——自从被雷蒙厉声呵斥以后，她一直坐在那儿一言不发，下巴绷得紧紧的，嘴唇周围出现了代表着愤怒的白线。这一眼就足以让他清楚地知道，他的预感要不了多久就会开始成真了。

第二节

他当时打算离城外出，接下来整月都不回来。昨晚，他们俩又爆发了激烈的冲突。要不是他在国王酒吧杀了人，他也许还想继续留在城里。过个一两天艾蕾娜多半就会冷静下来，至少可以不至于一开口就冲他大喊大叫，但得知木卫二人的死讯与总督的震怒之后，地亚哥让他感觉空间狭小，甚至有些惶恐不安。他去户外用品店买口粮和滤水器的时候，总觉得有人在盯着他。那天围观的人到底有多少？人群中有多少人知道他的名字或是认得他的长相？于是他缩减了自己的购物清单，只买了立刻就会用到的必需品，然后就驾驶他的厢式货机飞往新热内卢，去曼努埃尔·格里亚戈的废品回收站。在飞往外面的世界之前，这架厢式货机还需要做些调整，雷蒙想接下来马上就搞定这事。

格里亚戈的废品回收站在城市的最外缘。宽敞的场地上七零八落地摆放着巨大的机器骨架，有旧厢式货机的，有云霄飞车的，还有私人太空梭的。机库里一半是旧货店，一半是无尘车间。动力电池被挂在椽子上，闪烁着诡异的光芒——似乎图鲁人的技术产品都会这样。在一侧的墙边上有台原子能发电机，大小跟一间小型公寓差不多，在不停地嗡嗡作响。储物箱从地面一直堆到天花板；装着稀有气体和均质纳米悬浮液的贮柜跟快被磨穿了的轮胎和满是油污的传动链条混在一起。这店里有一半的东西只要能利用起来就价值不菲，而另外一半丢了都嫌费力气。雷蒙跳下厢式货机的时候，老格里亚戈正用锤子冲着根升力管敲敲打打。

雷蒙砰的一下推开大门，走进工作场地。

“嘿，伙计，”格里亚戈说道，“好久不见。你都在哪儿转悠呢？”

雷蒙耸耸肩。

“我的厢式货机的升力管组出现了动力下降的问题。”他说。

格里亚戈皱了皱眉，放下锤子，然后在他油乎乎的裤管上擦了擦他油乎乎的双手。

“上仪器检查吧，”他说，“让我们瞅瞅怎么回事。”

在地亚哥镇与新热内卢——甚至很可能是这颗星球上——所有男人当中，雷蒙最喜欢的人就是老格里亚戈：这话的意思是，他只有那么一点点讨厌这人。格里亚戈是位精通所有种类运输工具的专家，一名后接触[1]马克思主义者。而且据雷蒙所知，他从来不在乎任何道德评断。找到升力管的芯片组出现断路的位置花了他们一个钟头还多点的时间。他们换掉了那块芯片，让系统开始全面自检。格里亚戈扔下厢式货机在那边哼哼哧哧，吃力地走到一个灰色的存储柜前，输入验证码，打开柜子里的冰箱，露出一箱本地产的黑啤酒。他从里面拿出两瓶，用结着老茧的粗壮手指扯下拉环盖。雷蒙接过递来的啤酒，背靠着一桶废润滑油蹲下开喝。酒味醇厚，泡沫丰富，底下有些烂泥巴似的沉淀物。

“相当不错吧？”格里亚戈说完后一口气把他自己那瓶喝掉了四分之一。

“还行。”雷蒙说。

---

① 科幻作品中常指人类和外星人的接触。

“那么，你又要出去了？”

“这回我会有大发现的，”雷蒙说，“下次回来我就是个有钱人了。你就等着瞧吧。”

“你最好还是希望不会这样，”格里亚戈说，“太多的钱会要了你我这种人的小命的。上帝希望我们贫穷，否则他就不会让我们如此平庸。”

雷蒙咧嘴一笑。“上帝只是让你平庸，曼努埃尔。至于我，祂只是不希望我从别人身上捞到半点好处。”他的脑海中一个场景突然闪回：那个木卫二人张大嘴巴，牙齿就像是一座座墓碑，鲜血从其间涌出。他蹙起了眉头。

格里亚戈摇了摇头。“哈，又是这种话？就是这一回，真的要发财——你以前哪次出去不是这么说的？”他咧嘴笑笑，“你知道这话我都听过多少次了吗？”

“啊哈，”雷蒙说，“我还是要跟以前一样。告诉你，这回真的是不一样。”

“那就愿上帝保佑你吧，”格里亚戈说，他收起了脸上的笑容，“现在每个人都手忙脚乱的，拼命想要把事情干完。外星人来得这么早，打了所有人一个措手不及。不过还真有趣。这段时间我没见到有什么人还要出去了。差不多每个人都在为了外星飞船往回赶——唯独你例外。”

雷蒙感到心中一直以来的忧虑又增加了一点，但他做出嗤之以鼻的样子。“怎么？对我这样的勘探者他们会有半点在乎吗？我留在这里能有什么好处不成？”

“我没说你该留下，”格里亚戈说，“只是说这阵子没几个人出去。”

我看起来颇为可疑，雷蒙想。看上去就像是因故出逃。他会告诉警察，然后我就死定了。他用力握紧手中的酒瓶，力气大得让指节生疼。

“是因为艾蕾娜。”雷蒙说。他希望这个半真半假的理由能蒙混过关。

“啊，”格里亚戈点了点头，一副早知如此的模样，“我就感觉应该是为这种原因。”

“她又把我踹出来了，”雷蒙的心里大大地松了一口气，可还是竭力用丧家犬的口吻说，“我们昨天因为庆祝游行的事情闹起来了。总而言之，事情有点失控。”

“她知道你要离开吗？”

“我觉得她不会在乎的。”雷蒙说。

“也许现在她是不在乎。但等你从这里飞出去了，再过三个礼拜，她就会决定原谅你的一切，然后跑来把我这儿搅得乱七八糟。”

雷蒙吃吃笑了起来。上次艾蕾娜来找他并不是为了重归于好。她坚决认为，雷蒙出去勘探的时候带着另外一个女人。她一直暴怒不已，大喊大叫——直到最后她发现自己无端猜疑的目标女性仍然在城里，还跟一位治安法官有亲密关系。但即便那之后她仍然耿耿于怀。雷蒙当时不得不把那趟勘探工作赚来的一小半酬劳都拿去买啤酒和咖啡吉特，送给每一个被她惹烦的业务联系人。

格里亚戈没跟着发笑，而是问道："她是个疯子，你知道的吧？"

"她有时确实相当狂野。"雷蒙略微笑了笑，努力让自己的表情看起来轻松些。

"不，我知道狂野的姑娘是个啥样。艾蕾娜根本是个疯婆娘。我敢肯定，你喜欢交易所那边的那个女孩。她叫什么名字来着？"

"莲娜？"雷蒙的语气有些迟疑。

"没错，就是这位。住在北边。从前你跟她有过一段，对不对？"

雷蒙想起了那段时光，那时他比现在要年轻许多，才刚来到这颗殖民星。是的，曾经有这么个美好的女人，男人们只要听到她的笑声就会心生欢喜。雷蒙挠了挠横过腹部的那条伤疤。格里亚戈扬了扬眉，雷蒙咳嗽着笑出了声。

“她……不，她的事情不是那样的。像她那样的人，跟我这种人之间不会有什么的。对了，你要有另外的说法的话，千万别让艾蕾娜听到。”

格里亚戈挥了挥手中的酒瓶，表示他自有分寸。雷蒙又喝了一大口。这啤酒醇厚质朴的风味他越喝越喜欢。他有些好奇，这酒的度数到底有多少？

“莲娜是个好女人，”雷蒙说，“艾蕾娜跟我很像。我们互相理解。你明白吧？”他声音中忽然带上了几分苦涩，他自己都有些意外，“我们天生就该凑在一起。”

“你说是就是吧。”格里亚戈说。一旁的货机上响起了音乐，表示它自检完成了。雷蒙站起身来，跟着格里亚戈走向飘浮在空中的读数那里。每个档位下的动力值和方差都符合标准，只有接近高峰时的动力值略有下跌，低于应有的理想值。格里亚戈伸出一根铁钩似的手指，点了点曲线下跌的位置。

“这有点怪啊。”他说，“也许我们应该再查一下——”

“电缆的问题，”雷蒙说，“盐耗子们咬破了那根旧线。我得再攒些钱才能更换。我买不起碳纤维。”

“噢，”格里亚戈咂了一声，那意思像是同情又像是不满，“好的，这样就对头了。老鼠真是大麻烦。把那些食肉动物统统吓跑带来的麻烦，是吧？我们等于保护了它们经常捕食的那些东西，比如盐鼠还有毛靴兽，于是到处都是那些小东西。”

“比起每次出门小便的时候都得要担心街面上冒出卓柏卡布拉和红夹克怪，我觉得几只老鼠还是可以接受的，”雷蒙说，“还有，如果没有这些虫豸，我们哪知道我们建立的算不算得上真正的城市呢？”

格里亚戈关掉显示器，耸了耸肩。他们结清了费用：雷蒙用他手头的存款付了其中一半，另一半计入一笔废品回收站系统会自动跟踪的有息账目中。太阳正在落山，天空上粉红、黄金与深蓝交织，鲜艳得像是彩笔画。星辰在白昼的面纱之后羞怯地闪烁。地亚哥镇在他们脚下的大地上铺开，城镇的灯光仿佛永恒不灭的火焰。雷蒙喝完最后一口酒，然后吐出底下的沉淀。有不少细沙样的东西还留在他的齿缝间。

“最后这口不怎么好喝，”格里亚戈说，“不过还是比水强多了。”

“完全同意。”雷蒙说。

“你准备要出去多久？”

“一个月，”雷蒙说。“或者两个月。”

“会错过所有的热闹。”

雷蒙表示赞同：“正合我意。”

“你准备了足够的食物吗？”

“我带了捕猎用具，”雷蒙说，“如果乐意的话，我可以一辈子在野外生活。”他惊奇地发现，自己的声音里竟然有那么一丝神往，甚至是渴望之情。

他们沉默了一会儿，然后格里亚戈又开了口。这次的话让雷蒙的神经瞬间惊恐地绷紧了。“你听说那个木卫二人被杀的事情了吗？”

雷蒙吓了一跳，抬头望去，却看到格里亚戈正在啜着牙花，表情平静。

“他怎么了？”雷蒙警觉地问道。

“我听说，总督正因为这事暴跳如雷。”

“那这对于总督可真是个不幸事件。”

“警察来过这里了。那两个警察看上去非常认真。他们问有没有人来过这地方，然后买一架还能用的货机尽快离开。你知道的：那个他们在找的家伙多半不想被人找到。”

雷蒙点点头，看向自己的厢式货机。他的喉咙发干，刚才下肚的那瓶醇厚的啤酒仿佛变成了石头。

“你跟他们怎么说的？”

“我告诉他们没有这种人。”格里亚戈耸了耸肩。

“真的没有？”

“有两个，”格里亚戈说，“奥兰多·沃瑟曼的孩子。还有那个从鹅颈镇来的说英语的疯女人。但我觉得，管他呢？你明白的吧。警察又不付钱给我，那些人可是付了钱的。所以我该站在哪边不是明摆着的吗？”

“有人死了啊。”雷蒙说。

“是啊，”格里亚戈语气轻快，“死了个说英文的外国佬。”他偏头吐了口唾沫，然后耸耸肩，那样子像是在说，那个说英文的外国佬，或者是有别的什么身份的木卫二人的死压根就没什么大不了的，“我跟你说这事，是因为他们问的人不光我一个。你现在就走的话，他们没准会有误会，然后去找你的麻烦。再去补给的时候别忘了这件事。”

雷蒙点点头。

“他们会抓到那个人的吧？”雷蒙问。

“当然啦，”格里亚戈说，“他们必须抓到。必要的话拼上老命也得抓到。好让恩耶们看到我们星球的人有多么热爱正义。倒不是因为那些家伙会在乎。那些见鬼的恩耶们打招呼的方式是互相舔对方。见到总督他们多半也会舔，然后如果他不舔回去就会勃然大怒。总之，他会将这场审判四处张扬，竭尽全力证明他们确实抓到了真凶，然后再把那人弄死，就像弄死条野狗。反正决定凶手是谁的是他们——你懂的。实在找不到人的话，那就肯定是约翰尼·乔·卡德纳斯了。他们想找个理由把他吊上绞刑架已经有好几年了。”

“也许我确实应该在外头多待一段时间的好。”雷蒙说。他勉强挤出一个微笑，感觉自己这表情仿佛已经坦白了一切：“你明白的。仅仅是为了避免误会。”

“是啊，”格里亚戈说，“顺便问一句，这次你真的会有大发现吗？”

“好运临头啦。”雷蒙说。

他启动货机的时候，能感觉到和之前的差别。他升空的时候，升力管发出好听的声音，宛若钟鸣。整个地亚哥镇，那些毫无规划、乱得像迷宫似的狭窄街道和红顶房屋都在他的下方。艾蕾娜也在下头的某个位置，还有警察，那个木卫二人的尸体，米克尔·易卜拉欣，以及雷蒙亲手递过去的那把重力折刀——那把凶器！还有约翰尼·乔·卡德纳斯，也许他正窝在某间酒吧里，或者是地下烟馆中——又或许正冲进别人家里打劫——等着他的命运是被吊死。

还有莲娜，她也许也在下面，在港口附近的上流区域中的某处。她现在不会再想着雷蒙了，将来大概也永远不会想起。

雷蒙的思绪被远方传来的嗡鸣声打断。又一艘正向着高空爬升的太空梭。又一船建造欢迎平台所需的金属，或是塑料，或是燃料，或是几丁质。雷蒙让厢式货机转向北方，设置好近距回避防撞系统，然后独自飞向荒野，把地亚哥镇那些乱七八糟的破事都抛到脑后。

第三节

那是闰六月的一天，天气温暖。他开着自己破旧的厢式货机一路向北，越过手指地，经过绿玻乡，穿过河沼湿地，飞越伤心洋，一头扎进未知的疆域。从琴手登台镇——在这颗星球上四处蔓延的人类最北面的前哨站——再往北，是千万顷未经探索，甚至压根没人想去探索的土地。迄今为止，人类只在最初的殖民勘探当中，曾从行星轨道上对那片土地略窥一二。

圣保罗星上的人类殖民地才刚建立二十来年，主要城镇都位于两头几乎与行星两极相接的东部蛇形大陆的亚热带区域。殖民者们大多来自巴西与墨西哥，少数来自牙买加、巴巴多斯、波多黎各，以及其他加勒比海国家，故而他们天然就倾向于向南扩张，朝着赤道附近热气蒸腾的土地进军——说到底，他们可不是那些娘炮美国佬：他们本来就习惯那样的气候，他们知道该怎样在热带生活，他们懂得如何开垦丛林，他们的皮肤也不会被太阳晒伤。于是他们把目光投向南方，倾向于忽视北方的寒冷地带。这或许是出于某个心照不宣的共同理念——许多个世纪以前，第一批西班牙移民者来到美洲新大陆时也抱有同样的理念——一个地方只要有那么一丁点下雪的可能，那就不是人该住的地方。

然而，雷蒙拥有部分雅基人血统，在墨西哥北部崎岖不平的高原长大。他喜爱高山和激流，而且不介意寒冷。而且他知道，比起手掌半岛、新热内卢、小狗镇周围相对平坦的地区，圣保罗北部的骨头山脉周围会更容易找到富矿。骨头山脉的群山经历了上百万年的沉积作用，然后大陆板块发生碰撞，导致板块间的一片海洋被挤压消失。碰撞沿线的古代海床被挤到了高处，这里理论上应该富含铜和其他金属。

迄今为止，没几个（也可能压根没有）像他这样的

“骡背客”[1]探矿者曾去探索过北方那片土地。南方还有很多财富，俯拾皆是，绝大多数人们觉得，根本没必要浪费时间跑远路去那边。人们从轨道上对骨头山脉的地形进行了测绘，但据雷蒙所知，还没有人真去过那边。对那块地区的探索少得可怜，甚至那些山峰都没有单独的名称。这意味着，在这遥远的北方，方圆好几百里都不存在任何人类的定居地，也不会有卫星来为他提供信号中转。如果他遇到任何麻烦，都只能靠自己。他会成为一名勘探那片地域的先驱者。但年复一年，南方的经济压力将会水涨船高，更多的人将会前往北方，循着雷蒙制作和贩卖的地形图，解读他出租给公司和管理机构的数据。他们会跟随雷蒙的脚步，就像是本地的那种蝎蚁——先是一只，然后三五成群，再然后，亿万只这种小小的类昆虫汇成吞噬一切的河流。雷蒙就是那只头蚁，第一只被驱使着去冒险、去探索的蝎蚁。他会引领后来者，但这并不是他刻意想要如此，只是因为他天生就想要去远方探索。

做头蚁也有做头蚁的好处。尽管一直不愿承认，但

---

① 独自在野外，特别是山区旅行、贩运或勘探的人往往将行李和设备用骡子驮运。

他最终还是意识到，自己工作的地方最好远离其他勘探者。或者说，远离其他所有人。多些人一起进行联合勘探也许会给他带来条件更优渥的合同、更精良的设备，但也意味着更多的朗姆酒和更多的斗殴。连他自己都信不过他那种起伏不定的情绪——多年以来一直如此。本来多年前他就该发财了——如果没有那些打架斗殴以及由此而来的麻烦的话。这次打架带来的麻烦可能会让他付出生命的代价——如果他被那些人抓到的话。所以，合作就算了，还是这样更好——独自在外勘探，只有自己和货机。

除此以外，他现在发现他其实很喜欢像这样一个人外出：天气晴朗，圣保罗星那巨大但并不耀眼的太阳光从河面、湖面和叶面上反射过来，在他背后微微闪烁。厢式货机下，森林连绵无尽，其中的植被渐渐从黑连翘和木樨树变为针叶林植被的对应物——冰根树,匍匐柳，还有麻草。他发现自己居然看着这幅景象吹起了跑调的口哨。至少，这里不会有人在边上烦他。他今天头一回觉得，胸口几乎都不再堵得慌了。

几乎。

随着时间一小时一小时过去，一个个森林和湖泊出现、接近，而后又飞逝不见，雷蒙的脑海中越来越多地回想起他杀死的那个木卫二人。那人的形象一个像素一个像素地渐渐清晰，变得越来越真实，最后雷蒙差不多真的可以看到那家伙坐在副驾驶位上，那张苍白的大脸依旧定格在他死前那愚蠢而惊讶的表情上——而且这个幽灵的形象越是真实，雷蒙对他的憎恶就越多。

在国王酒吧打架的时候，雷蒙并不憎恶他：那家伙只是又一个来找事的混球儿，不过是碰巧找上了雷蒙。这种事以前也发生过很多次，多到他都想不起来到底有多少次了。这是世界运行法则的一部分。他来到镇上，喝得醉醺醺的，跟某个暴怒中的混球儿不期而遇，然后他们中只有一个能自己走着离开——也许是雷蒙，也许是另外那个家伙。愤怒是有的，这确实跟愤怒有关，但谈不上憎恶。憎恶意味着你了解那个人，你在乎他。愤怒会让你情绪高涨，忘记一切——道德、恐惧，还有你自己，而憎恶意味着你被另外一个人所控制。

通常内陆偏远的无人之地都会让他心情平和。置身人群太久之后胸中的那份郁结也会渐渐松动。在城镇中——地亚哥镇，新热内卢，或者别处，任何住了太多人的地方都一样——雷蒙总能感觉到人群带来的压力。那些隐约难辨的语声，那些不知是否针对他的嘲笑，那些男男女女冰冷的目光，还有艾蕾娜，她那无常的思维——这些就是雷蒙为什么在城里时总会喝醉，而在野外则会保持清醒的原因。到了野外，他没有再去酗酒的理由。

但此时，在这个原本应该让他得到平静的地方，他身旁依旧有那个木卫二人跟着。雷蒙凝望窗外无边无际的蓝天时，思绪就会再度回到国王酒吧，想起那天人群突然间陷入可怕沉默的一幕。鲜血从那个木卫二人的齿缝间涌出。他的脚跟重重地砸在地上，发出一声闷响。他核对地图时，心思也没能在这颗行星表面的裂口和板块之间自在徜徉，而是在苦苦思索着警察可能跑到哪些地方搜捕他。他对那件事仍旧无法释然，而这一事实带来的挫败感几乎和内疚同样令他恼怒。

但内疚是属于弱者和傻瓜们的。一切都会恢复正常的。他会在野外待上一段时间，去和石头以及天空交心，然后等他回到城里的时候，那个木卫二人的死将会成为陈年往事。人们对事情的记忆将会模糊不清，在反复转述中会出现一千个不同的故事版本，其中没有一个是真相。在已知宇宙之中，每年都会有数以亿计的人们死去——有些是自然死亡，有些不是——那人也只是其中微不足道的一员。他的死造成的影响不过是像从水里抽出一根手指，过后不会留下半点空隙。

地上有道崇山峻岭所形成的分界线，将他眼前的世界分成两半：铁与冰，冰与铁。

那应该是锯齿山脉，这意味着他已经飞过了琴手登台镇。他检查导航信号收发器的时候，发现信号消失了。他已经离开了人类的视线，也脱离了这颗殖民星上尚不完整的通信网络。他按照计划做了些调整，更改了飞行路线，以便甩掉可能被法律驱使、前来追捕他的人形猎犬。不过，虽然他确实这么做了，但这一举措看起来其实毫无意义。不会有人来追踪他的。没人会在乎的。

他放低座椅的靠背，一直放到和他的床铺差不多平，然后尽力无视那位几乎是栩栩如生的木卫二人谴责的目光，让下方滚滚飞逝的大地催眠自己，进入梦乡。

他醒来时已经能看到骨头山脉了，它那些比锯齿山脉更加巍峨的群峰高高矗立在地平线上。太阳正在落山，拉扯着暮影盖住一座又一座的山峦。他驾驶厢式货机降落到山脉南麓一块崎岖不平的山地草甸上，架好气泡帐篷，放好最后一个接近报警装置，挖好生火的土坑，收集好准备放进去烧的干燥柴火，然后走向附近的一座小湖边。在这么靠北的地方，即便是夏季也非常寒冷，湖水冰冷刺骨，清澈见底。他水壶上的生物芯片报告说，水质没什么值得担心的问题，只是含有微量的砷。他收集了两把绮丽甲虫，带回营地当中。这些甲虫煮熟以后，口味介于螃蟹和龙虾之间，而且将它们壳子里的肉吮吸干净以后，那些表面带有石纹的灰色甲壳上就会焕发出色彩缤纷、变幻莫测的虹光。在这片荒野中生活并不难——只要你知道该怎么做。除了绮丽甲虫和其他唾手可得的食材以外，水源也不远，而且如果一两个月后他选择继续待下去，附近也有可以轻松抓到的猎物。如果气候允许，他甚至可以一直待到秋分前后。雷蒙发现自己居然已经开始琢磨，在这里度过整个冬天会有多难。如果他往南飞到琴手登台镇去补给燃料，然后最寒冷的那几个月就睡在货机厢里……

吃完饭后，他点起一根香烟，看着山上的岩石和天空一起越来越暗。如果是在另外的某次旅途中，另外的一个夜里，他应该会打开一瓶龙舌兰酒、朗姆酒或是威士忌，以酒为伴。但这次，他要着意避开这种会令他分心的事物。这次他必须全心全意都放在工作上。事实上，他惊讶地发现，当身边有着一直延伸到地平线的辽阔风景，而群星也开始在深蓝色的冰冷天空中显现之际，他并不想念龙舌兰酒。

一头煎饼兽掠过天空，雷蒙用一边手肘撑起身子，看着它。它那包裹着一层坚韧外皮的身体巨大而平坦，随着它翼尖在空气中的划动一起一伏，追寻着大气中的上升热气流。它那尖利得离谱的叫声穿透了他们之间空气的层层阻拦，清晰地传到他的耳中。有一刻他们几乎位于同一水平线上。它现在应该在打量着他，判定他个子太大了，不适合捕食。于是它侧过身子，向下方滑翔离开。它仿佛在沿着空气中一条无形的长长坡道向下滑行，前去猎捕山谷中那些啾啾乱叫的小鸟和草蜢鲵。雷蒙目送着它远去，直到它看起来小到像一枚硬币，在渐渐暗淡的暮光中闪耀着古铜色的光芒。

“祝好收获！”他冲着煎饼兽的背影大叫一声，然后笑了起来。应该祝他们俩都有好收获，不是吗？就在最后一缕阳光抚过山谷东坡的山脊顶端时，雷蒙晃眼间看到了某个东西。在山岩之间有个地方显得不太协调。并不是色彩不同，也不是地质年代分层看着不对，而是某种更加微妙的东西。就在半山腰附近的位置，有个什么东西。看起来感觉不太吓人，更多的是有趣。雷蒙在心中暗暗记了一笔：奇异之地，值得一探，明早就去。

他在营火旁又坐了一小会儿。此时周围已然夜色四合，异域的群星成群结队地涌进天空，散发出冷冰冰的灿烂光辉。圣保罗星的居民在星空中勾勒出一个个形体，用以取代往日地球星空中的星座。他叫出那一个个星座的名字——骡子座、石人座、仙人掌花座、美国病夫座——琢磨着地球的太阳该是在哪一个里头闪烁（他听人讲过，但记不得了）。然后他爬上床，沉沉睡去。他梦见自己又回到了孩提时代，回到了那座小山顶上的普韦布洛村庄，回到了那里冰冷的石砌街巷间，在一片黑暗中坐在父亲的房顶上，身上裹着一条扎人的羊毛毯子，努力对屋中父母怒气腾腾的大声争吵置若罔闻，在冬日的夜空搜寻着圣保罗星。

第四节

早上起来，雷蒙往营火的余烬上泼了些水，又撒了泡尿，好确保火彻底熄掉。他吃了些冰凉的玉米薄饼和豆子，权充一顿简易早餐，然后把他的手枪从货机蓄电池旁摘下来，塞进皮套，挂在后腰。那份沉甸甸的温暖令他心安：在这样的荒郊野外，任何人都说不好自己几时会撞见一头卓柏卡布拉，又或是劫食怪[①]。他脱掉在厢式货机里穿的柔软的兽皮拖鞋，换上自己结实的旧登山靴，然后出发

---

① 作者虚构的动物，从名字来看系会抢掠其他肉食动物猎物的猛兽。

前往昨晚发现的那个不协调之处。和以往一样，不知怎么的，靴子踩在崎岖不平的地面上时反而比走在城里街道上的时候更舒服。露珠打湿了草丛与灌木的叶片。他前方有些看上去像是小号猴子的蜥蜴在树枝间跳来跳去，用惊恐的尖叫声交相呼唤。圣保罗星上尚未列入编目的物种数以百万计。雷蒙走到那块光秃秃的岩石前用了二十分钟，这段时间里他见到的人类以前从未目睹的动植物恐怕不下百种。

没过多久，他就找到了那个不对劲的位置。他审视着这地方，心里几乎有些惋惜：这一路走来，登山的过程让他觉得十分享受，他时不时就停下脚步，或是观赏风景，或是在熹微晨光中休憩。可是现在他必须开始干活了。

这块山坡上的岩石面上长满了暗绿的地衣，形成一圈圈粗粗的螺线，那样子让雷蒙想起了古代洞穴中的壁画。靠近之后，那种不协调感反而不明显了。他顺着石头表面一路看去，纹理从石头的这边延伸到另一边，没有任何岩层突然扭曲或是断裂的痕迹。不管雷蒙昨晚在渐逝的暮光中所看到的到底是什么，反正现在它是隐而不现了。

他从肩上取下旅行背包，点起一根烟，打量着面前的山坡。周围的岩石看上去大部分都是变质岩——那些细长的晶粒向雷蒙证明了圣保罗星地幔附近那难以想象的高温和高压。过去这里肯定曾有过冰河，沿途将行经的大地切割刨蚀，让一部分业已形成的岩床散落在远离形成之地的位置。另外，他下方的岩石无疑是火成岩或者变质岩。沉积岩层如果有的话，应该在更高的位置，那里的地层形成最晚。这是一个人梦想的好运或许能够成真的地方。也许会有铀矿。幸运的话会是钨矿或钽矿。哪怕他找到的只是金银矿或者是铜矿，他也有机会把数据卖给别人。信息会比金属本身有更高的价值。

雷蒙并非没有意识到自己这份职业中蕴含着可悲的讽刺。要他自己选择的话，那他永远也不会离开圣保罗星。此地正是由于人烟稀少才成为他停驻的港湾。在更加发达的殖民地，全球卫星和地面上的颗粒化分区网络让一人独处根本全无可能。圣保罗这里依然存在着边疆、界限，在那之外是人们完全不了解的事物。他，以及别的像他一样的人就是殖民地工业的手和眼：他对于这世界上人们未知的偏僻之地和那里生态环境的热爱无足轻重。他在那些地方的经历，那些数据、测绘结果和知识才有价值。于是他靠着摧毁那些能让他独处的东西来赚钱。非常邪恶的模式——但非常符合人类先天注定的矛盾本性——雷蒙在心中对自己说。他抽完烟，从腰间的野外工具包里拿出一把手镐，开始慢慢找寻一个适合放置岩芯采样弹的位置。这要花不少时间。

艳阳高照之下，雷蒙脱掉了自己的汗衫，把它塞到手枪袋的带子后面，那样子就像是条布做的尾巴。他轮番运用手镐和工兵铲清除植物和土壤，在距离地表不到五十厘米的位置就发现了坚实的岩石。如果基岩要更深些的话，他就必须回去一趟，从货机厢里拿出设备——那些用于小规模挖掘的动力工具。但那些玩意儿又贵又容易损坏，还会发出哀怨的电子嗡鸣声，好像这些“文明利器”在抗议被粗暴使用。他看了看下方的山坡，感觉有些地方挖起来很可能就要用上更麻烦的那套程序。还好他选择了从这里下手。

岩芯采样弹经过精心设计，刚好可以从自然状态下的岩石中掏出大约一臂长短的样本。岩石质地特别软的话，炸出来的样本可能会更长点。在接下来的一周里，雷蒙会在山谷中上上下下设点采样，收集十来根这样的岩芯样本。那之后，厢式货机里的设备会去筛查岩屑中的微量元素，还有那些含量低到凭肉眼无法辨识的矿物，这也要花个三四天。有了这些数据之后，雷蒙就可以设计出一套方案，用最低的成本获取最有用的那些信息。他惊奇地发现，在他设置第一枚炸弹位置的同时，他已经开始畅想在仪器测试运行期间那些漫长、弛缓、慵懒的日子。他可以出去打猎，或是探索周围的湖泊，也可以找个阳光照耀的温暖地方，让草叶在轻风吹拂下的歌吟伴他入眠。他的手指在定形装药[1]之间舞动，摆弄着电线和计时芯片，如庖丁解牛，游刃有余。许多探矿人就是对自己的工具太掉以轻心，结果毁掉了自己的工作前途，还捎带上自己的双手——有时捎带上的是自己的性命。雷蒙很小心，但他毕竟技艺娴熟。选好地点并且清理完毕后，他设置炸弹所用的时间不到一个小时。

引爆前，他忽然发现自己犹豫起来。这里是多么地安宁、静谧、和平啊！从这里向下望去，树林覆盖的山坡上，一行行黑色、黯蓝色或是橙色的条带向下延伸，风吹过处，森林泛起阵阵涟漪，好似一块苔藓织成的绿毯——除开山肩上他那个白色鸡蛋似的气泡帐篷，眼前这幅景象仿佛自创世之初就一直延续至今，亘古未变。有那么一阵子，他几乎忍不住这种诱惑，想要忘掉勘探，在这趟旅程中放松

① 被设计成特定形状，以达成定向爆破效果的炸药模块。

身心，抛开一切——至少在他被迫躲藏在山中这段时间里。但他还是抛开了这诱人的想法：等到关于木卫二人的这场乱子风平浪静之后，他回去还是需要钱，他的货机不可能一直坚持不坏。还有，如果他再次两手空空地回去，就得面对艾蕾娜轻蔑的眼神——他可一点儿都不想再面对那样的眼神了。他自我安慰地告诉自己，或许这儿根本就没什么矿。然后他又为自己会这样想感到惊讶。成为一名有钱人总不可能是件坏事吧？他的胃又在隐隐作痛了。

他仰头看着上面的山坡。这里很美：参差嶙峋，渺无人烟。但等他勘探过后，这里就再也没法恢复原样了。

“非常抱歉，”他对着眼前即将被自己破坏的风景说道，“但男人总得想法子赚钱。山不用吃饭。”

雷蒙就像是个即将被处决的犯人般抽了根烟，然后把工具箱放回背包里，走到下边他挑出来的几块巨石边上，蹲到这些掩体后面，按下了起爆器。

爆炸如期而来。但这声音本该只是短暂的爆音，然后在群山之间回荡，最终渐渐消失，现在却持续良久，越来越响亮。他脚下的山坡像油脂般扭动着，仿佛有个睡得不安稳的巨人耸了耸肩。然后他听到了岩石崩落的声音，仿佛一辆特快列车呼啸而来。光是听这些声音他就能知道，出大娄子了。

一大团尘埃将他裹在当中。尘埃犹如白雾，充满了灰泥和石头的味道。是滑坡。不知为什么，雷蒙这颗小小的岩芯采样弹引发了滑坡。他呛得直咳嗽，低声咒骂着自己，回想着他刚才看到的一切。那片岩石的表层这么不稳定吗？他怎么就看走眼了？这属于足以让探矿人送命的错误。他选择的掩体只要比现在这里再往前一点点，他就会被压得稀烂。或者没死，但更糟糕：被砸成残废，埋在石头下面，被困在这个没人能找到他的地方——他只能陷在里头，动弹不得，直到红夹克怪找来，撕光他骨架上的血肉。

震耳欲聋的怒吼声渐渐平息。雷蒙从大石头后站起身来，拿手在自己脸前晃了晃，就好像这样搅动面前的空气能弄过来更多的氧气，或是能让正在他的鼻腔和肺叶中成形的厚厚的石粉层变薄些似的。他慢慢走向前方——山坡上这些刚刚出现的碎石踩上去不怎么靠得住。那些石头热气腾腾，散发着一股怪味。

在山壁的岩层崩落之处，耸立着一道金属墙壁：大约有半座山那么高，宽度则在20到25米之间。

当然啦，这是不可能的。肯定是某种奇特的自然构造[1]。他走上前去，他那苍白的倒影——犹如一个幽灵的鬼影——也随之向他靠拢。他伸出一只手，他那模糊的影子也伸出了手；他不动，对方就跟着停止。在和那只幽魂般的手影相抵之前，他停下了动作，看着那金属表面上的倒影，看到它满脸都是震惊和迷惑——毫无疑问，同样的表情此刻也出现在他的脸上。然后，他小心翼翼地摸了摸这堵墙。

他指尖下的金属摸起来冰冰凉。爆炸没能对它造成丝毫损伤。虽然他万般不愿承认，但它显然并非自然形成的。它是人工制品。被人制造出来，被人埋藏起来，藏在了大山的岩层后面——虽然他无法想象那会是谁。

又过了好一会儿，他才想清楚这一发现的全部意义。这座山下埋着某个东西，某个非常巨大的东西，也许是某种建筑，比如说，一座地堡。也许整座山都是空心的。

这就像他对曼努埃尔所说的，这次他真的有大发现了。不过他发现的并不是矿藏，而是这个体积庞大的人工制品。这东西不可能是地球人造出来的东西，这里的地球殖民地的历史还没久远到能留下遗迹的地步。它肯定是外星造物，

---

① 有些自然构造看起来很像是人工制品。例如柱状玄武岩群等。

多半有几百万年的历史了。这个发现会让科学家与考古学家们为之疯狂，也许就连恩耶人也会大感兴趣。如果他没法利用这一发现赚到一大笔身家，那他肯定是比自己以为的要蠢得多……

他把手掌按在金属上，与他的倒影双掌相合。冰凉的金属在他的掌下颤动。然后，正如他所期待的，更加深邃的震颤透过墙壁传来。嘭嘭，嘭嘭，低沉而富有韵律，就像是有一颗巨大的心脏藏在后面搏动。那仿佛就是这大山本身的心脏——一颗硕大无朋、古老而漠然的石头心。

他的脑海中某个角落里响起了警铃，令他不安地朝周围望了望。其他人有了这样不可思议的发现之后，或许不会疑心大作，但雷蒙的族人遭受过数百年的迫害，他本人也清楚地记得苟活于墨西哥人的勉强容忍之下是个什么状况——永远不知道那些家伙何时会找个借口，就将整个村子从地图上抹去。

不管这堵墙到底是什么，也不管它到底为什么会在这颗人类远未全部了解的星球上，在这片见鬼的荒郊野外，总之它并非了无生气的遗迹——在山底下有什么东西在运转。如果它是被有意藏起来的，那肯定是因为有人不希望它被发现。然后一旦它被发现，那人可能就会很不高兴。

对方恐怕拥有难以想象的强大力量——从这件人造物体的大小就能看出来——而且也许十分危险。

忽然之间，洒在他肩头的阳光仿佛失去了温度。他再一次紧张地四下张望，感觉在这片无遮无掩的山坡上实在太容易受到攻击了。远方的空中又传来一只煎饼兽的吼叫声，但这回它的叫声在他听来，就像是来自地狱的蝙蝠在尖声哭嚎。

是时候离开这里了。回到厢式货机上——也许还是先给这堵墙拍个短短的纪录视频，然后找个别的什么地方待着。别的什么地方都行。甚至可以回地亚哥镇去。在那里他至少知道是什么在威胁着他。

他没办法跑回营地去——地势太崎岖了。但他还是跌跌撞撞地往山下冲去，动作极为莽撞。一有机会他就一屁股坐下，滑下一段山崖，掀起一片灰尘和碎石；或是从一块岩石蹦到另一块上。他大步从灌木丛和底下纠缠的麻草叶间冲过，吓得沿途的草蜢鲵和鳍脚蜥们四散奔逃。

他冲得很快。他离营地的距离已经缩短了三分之一。这时他身后的大山打开了。

外星人出现了。

山坡上，在比他高出很多的位置上开了一个洞——在那片之前并不存在，现在赫然在目的金属背后有一个山洞。他听到一阵尖利的呼啸声，类似于离心机加速时的声音，接着，有个古怪的东西从洞里飞了出来。

那玩意儿四四方方的外形看来不太像是为飞行设计的，反倒更像是设计用于在真空中移动的。色呈骨白，悄无声息——让雷蒙感觉像是个幽灵，或者说飘在空中的巨大骷髅。这里的大气层顶部十分稀薄，闪烁的星光透过蓝天隐约可见，衬在这片恢宏的蓝色天空之下，那东西的大小和远近都很难判断。这个怪异的箱形物高悬在空中，缓缓旋转着。雷蒙知道，它是在搜寻。在搜寻他。

难以忍受的恐惧揪紧了他的心脏。他的营地！那个东西显然在四下探寻有没有异常，而雷蒙完全没有采取过任何措施去隐藏气泡帐篷的白色圆顶，或是它旁边的厢式货机。本来他也没有理由要这么做。那个东西也许发现不了躲在下面灌木丛中的他，但它肯定会发现他的营地。他必须赶回营地去——回到货机上，然后起飞升空——赶在这个从山里冒出来的东西发现他的厢式货机之前。他的思维在继续向前奔跑——他的货机能不能比那个白箱子飞得更快？只要他能飞起来就好说。他可以在低空飞行，让他的飞机更难被察觉，更难被击中。他是个出色的飞行员。必要的话，起飞后他可以一直在树梢间躲闪，一路飞到琴手登台镇……

但首先他必须回到营地。

他飞奔向前，原始的恐慌驱散了最后的一丝谨慎。他跑到碎石坡的边缘，一头扎进小树林底下，那个魔鬼般的白色箱子随之脱离了他的视野。这里的矮树和灌木看起来稀稀拉拉，很容易通行，但他实际从中穿过的时候就困难重重。树枝拉拽着他，刮过他的脸颊，撕扯他的衣服。他觉得从山里飞出来的那东西就在他上头，在他身后，随时准备开火。他猛力冲刺，急促喘息，双腿上下扑腾，朝着货机奔去。

他发现的是什么？某个公司偷偷在北方搞了个见不得人的项目？他正在参与掠夺的这个世界里的后工业化原住民？在一切上帝的造物之中，哪会有这样外形完全不适合飞行，可还能飞得这么稳、这么安静的东西？外星人。那肯定是某个种类的外星人——或许是圣保罗星上土生土长的，又或者是和他一样，来自群星之间。

“我什么也没看到，”他喘息着说道，“拜托。我什么都没做。我只是喝醉了。拜托。那都是我臆想出来的！”

离厢式货机还有一半的距离时，他暂且停下了脚步，靠到一棵树上，好歇口气。天上空无一物。没有骷髅头悬在空中，用那双空洞洞的眼窝搜寻着他。他惊讶地发现，自己已经握住了手枪。他压根不记得自己有把它拔出来。不过一旦意识到它的存在，枪的重量和质感就让他安心了些。他并非手无寸铁。不管那玩意儿到底是什么，他都可以拿枪打它。他啐了口唾沫，愤怒代替了恐惧。也许他确实不知道自己面对的是什么，但那玩意儿也并不了解他。他可是雷蒙·埃斯佩霍！它要敢来搅三搅四，那就给它身上开出个窟窿眼来！

靠着自己给自己打气的大话和怒气的支撑，雷蒙再度迈开脚步，一边走向自己的厢式货机，一边留意着天空。他已经跑过的路程其实比他以为的还多：现在他只要一两分钟就能走到飞机边上了。只要他能起飞就好！他不打算停下来录像，至少那玩意儿还在外头四下搜寻他的时候不行。但他回来时，会带上地亚哥镇的武装力量——也许是总督的私人卫队。或者是警察，或者是军队。无论这座破山里头的到底是啥，他一定会把它拖到光天化日之下，砸烂它的乌龟壳。他不怕它。他什么也不怕。就算是上帝都不怕。他之前在心中那否认现实的祈祷——“拜托！我什么也没看到！”——已经被丢到了九霄云外。

他回到营地所在的那片草甸上时，那个外星玩意儿又出现在空中，就在他头顶上。他迟疑起来，在冲向他的厢式货机和转身钻进灌木丛之间犹豫不决。

现在那东西离他近多了，他可以看出它的大小了：比雷蒙想象中要小一些——也许只有他货机的一半大小。这个白色箱子飞出大山之后停下时肯定就离他相当近了，要不就是雷蒙当时的注意力都集中在自己的飞机上，没看清楚。它像是用绳子做成的：一根根烛泪般长长的白色条索组成了它的外壁，或者说它的方形表面。它猛然冲了过来，让雷蒙感到喉头一阵发紧。它太近了。他毫无机会在被它挡住去路之前赶到厢式货机上。

也许它是友善的，雷蒙想。圣母啊，它千万要是友善的才好！

货机爆炸了。草甸上的火焰和浓烟像爆发的间歇泉一样向外喷涌，发出瀑布下落般的轰鸣。山坡之上到处都是尖叫着飞到空中的滕芬鸟群。冲击波平拍过来，让泥巴、石头和破碎的植物如雨点般落到他身上。他踉踉跄跄，竭力维持着平衡。熔融的金属碎片落在他周围，嘭嘭作响，在草甸的青苔上烧出一个个孔洞。那东西在冲他开火！雷蒙从滚滚浓烟间望去，看到它转了个向，飞在离地四五米的空中，再度朝他冲了过来。气泡帐篷化作一团膨胀开来的气体，在爆破引发的热气湍流中，撕裂的塑料片翻腾跌宕，仿佛受惊的白色鸟群。

这幅景象雷蒙只瞥了一眼，就赶紧在惊惶中行动起来：奔跑，转弯，在灌木丛间横冲直撞。他能听得到自己在大声喘息；他的心脏重重敲打着肋笼，就像一只有力的拳头。要再快点！

他不用回头看也能感觉到，那架外星飞行器来到了他身后上空。雷蒙发出一声绝望的呼号，迅速转身，用自己最快的速度冲空中的那东西开了三枪，然后转过身，再次开始逃跑。他身旁的一棵树爆炸了，木屑扎进了他的脸上和腿上。他听到一个尖利的呼啸声渐渐逼近，越来越响亮，由于多普勒效应音频也越来越高。一道冲击波吹走了他周围的空气，让他摔倒在地。倒下的同时他再次扣动了扳机，虽然他根本不知道自己的枪口对着哪里，也不知道自己有没有打中什么目标。

有什么打中了他。结结实实。他的意识瞬间消失，就像是一盏被猛然掐灭的烛火。

他再度苏醒的时候，是在黑暗之中醒来……

第二幕

第一节

黑暗中，雷蒙动弹不得，无法呼吸，记忆却越来越清晰：格里亚戈耸肩的样子，卓柏卡布拉花车的咆哮声，那个木卫二人的鲜血，在红光中是惨白的，在蓝光中一片漆黑；石粉的味道，艾蕾娜的样子……原本模糊的细节越来越清晰。到最后，他只要集中精神，甚至可以听到当时说话的声音，感觉到当时身上汗衫的触感，回忆起一切的一切。山里出来的那东西抓住了他，然后对他做了些什么。又不知用什么办法把他囚禁在这片广袤而空寂的黑暗之中。所用的方法他无法想象，这么做的原因他也无从揣测。寂静和空旷改变了时间的性质。他已经无法感知时间的长短。他不知道自己在这里待了多久，也不知自己有没有睡着过。他也无法判断自己是不是还清醒着，就像他已经无法指出东西南北：没有了参照物之后，诸如“疯狂”和“方向”之类的概念本身也已没有意义。

周围有了动静，刚开始的时候很轻微，甚至让雷蒙以为是自己的幻觉。有什么在轻轻推他。皮肤上仿佛有水流经过：无形之海中的无形水流。他感觉到自己似乎被推着打了几个转。有个坚硬的物体撞到了他的肩头，然后顶在他的背部下方——或者是他向下沉到了那东西上面。那些糖浆状的液体流过他身旁，从他的脸庞与躯干上流走。他觉得应该是这些液体正在被排出去——不过也同样可能是他在被抬升到液面之上。液体流动得越来越快，也越来越紊乱。嗡然一响。一阵低沉的震颤让他的身体也颤抖起来。接着又来了几次，震动穿透了他的血肉和骨头。嗡嗡，嗡嗡。一个模糊而黯淡的光点出现在他上方。非常微弱，无限遥远。就好像是远方某个星座里的一颗星星。那光点越来越明亮了。他漂浮其中的那种液体快排干了，他离液体的表面越来越近，仿佛他正从湖底升起。直到最后他冲出了液面，最后一点液体也流干净了。

空气、光线与声音猛然袭来，犹如一记重拳。

他的身体猛然抽搐，就像是一条被丢进火热煎锅里的活鱼，每一块肌肉都痉挛起来。他像个癫痫病患者一样缩成了一团——靠脑袋和脚跟支撑起全身，背弯得像张弓。某个他看不见的东西把他翻了个身，然后他就感觉到有根针滑进了他的尾椎。他极其剧烈地呕吐起来——琥珀色的浓稠液体从他的嘴巴和鼻孔里向外直喷。然后又是一阵痛苦得犹如酷刑的痉挛，他又吐出了一大堆那种液体，仿佛之前他的肺部和胃部充满了这种玩意儿。

雷蒙对自己说，我会活下去的。这不比喝多了廉价合成葡萄酒更糟。我可以挺过去的……

又一根长针戳进了他的脖子。一团冰冷的火焰从他被刺入的那个位置扩散开来：他感觉到有些类似唾液的分泌物顺着身侧流下，所到之处一片滚烫，就像是有开水灌进了他的身体。

你们对我做了什么？雷蒙想要放声大叫。你们往我身体里注入了什么？

一次猛烈的冲击，就好像是厢式货机撞上了墙壁，他的心脏随之骤然恢复了跳动——而后是一阵可怕的抽动，他随之再度开始呼吸。

吸进的空气就像是玻璃碴儿，沿路割痛了他的整个呼吸道；他的心脏在胸腔中隆隆轰鸣。世界变成了一片血红。疼痛让他无法再有任何思考，失去了其他一切感觉。然后，他的痛感渐渐消退，取而代之的是又一波恶心反胃的感觉，仿佛五脏六腑都给吐空了。他不咳嗽的时候，就会因为痛苦和羞耻而哭泣。这样的状态仿佛持续了许多个小时，但两次发作之间的平静期越来越久，而且他的手脚似乎逐渐开始恢复了些力道。他的心脏也不再像一只落网的小鸟，疯狂挣扎着想要冲破束缚。他试探着坐起身来。

他全身赤裸，手脚摊开，坐在一个金属水箱的底下，水箱顶多就两三米见方。这就是他之前感知中那片午夜的无际汪洋！水箱壁非常高，看不到外面；上方的灯光——刺眼的青白色灯光——也太过明亮，让他没法看清光芒中更高处的天花板是什么样子。他想试着站起来，但肌肉软得像面条。这里冷得要命。他跌坐在水箱底部的金属板上，冻得发抖，牙齿也开始打战了。他试着抬起一条手臂，但神经脉冲很久才抵达他的肌肉，抬起的胳膊也东倒西歪，像是个醉汉。一股他不知是什么的浓烈气味刺激着他的鼻子。

有个蛇形的东西从水箱边冒出头来——粗壮得和一个壮汉的手臂差不多；颜色死灰，像是放了很久的肉，浑身像蚯蚓一样遍布环节。它的身体似乎在从前往后不断脉动。雷蒙看到它犹疑了片刻，似乎是在打量他，然后往下舒展身子，靠近了他。那东西应该是“脑袋”所在的部位分叉开来的三条触须，又细又长。雷蒙笨手笨脚地想要阻拦这条“灰蛇”，但它绕过雷蒙的手臂，缠住了他的肩膀。雷蒙虚弱地挣扎了下。但他实在是没有力气，而那条怪蛇紧紧缠绕，冰冷无情得仿佛死神。又一条怪蛇游了下来，缠绕在他的腰间。

那两条怪蛇动作流畅地将他拉出了水箱。他想要大喊大叫，但发出的声音听起来像是在咳嗽。被高高举在空中之后，他看出自己身在一个巨大的洞窟中，圆形的洞顶很高，洞窟中满是形形色色的声色光影，还有些模模糊糊的怪异身影。洞窟中到处都熙熙攘攘地在忙活着什么，雷蒙从这些在活动的事物中找不到半点他熟知的事物的痕迹，一切都完全无法用语言来形容。他的鼻子和嘴巴里全是一股刺鼻的酸臭味——有些像是福尔马林溶液。

蛇形触手将他放到了靠近洞窟内壁的一片高地上。这里的地面没有孔隙却像海绵般柔软，感觉就像是一条巨大的黑色舌头。它们刚一放开雷蒙，他就颓然倒下：他的双腿还太虚弱，承担不起身体的重量。他跪伏在地上等候，紧盯着那片亮得可怕的灯光，剧烈地喘息着，犹如一只困兽。这时，他突然怀念起自己刚刚离开的那片不存在时间的黑暗来。

夹在洞壁和地面之间的这块角落光线比较昏暗。一些模糊不清的形体在阴影里笨拙地移动着；随着它们的靠近，光线渐渐给这些形体补充了细节，让它们丰满生动起来，但雷蒙还是辨认不出它们是什么。他的头脑不断在努力要从那些形体身上辨识出些他所熟悉的人类身体的特征，然而——可怕的是，令他害怕的是——始终无法辨识。它们太高大了，形状也不对头，眼睛则像是明亮的橙色光球。

一根盘旋在空中的触手末端冒出根针，飞快地戳进了雷蒙的手臂，快得让他来不及躲开，也来不及抗议。又一股热流伴随着刺痛走遍他的全身，然后他忽然就觉得自己恢复了几分气力。他被注射了一针什么东西？葡萄糖？维生素？也许其中还包含镇静剂成分。他的头脑现在相当清醒，他比之前要敏锐多了，也没那么害怕了。他挣扎着半跪起来，下意识地伸出一只手给自己遮羞。

那些身影停在距他半米左右的地方，一共有三个，其中有一个比另外两个块头更大些。雷蒙现在能更清楚地看到它们的身体了。他的思维接受了这些形象，但只是把它们当作些假象；他仍然在将这些身影看作是穿着奇形怪兽服的人类，而且一直在寻找着不那么令人信服的细节，好揭破这些人的伪装。

但当然了，他的理智其实知道并不是这么回事。它们不是穿着演出服的人类。它们根本就不是地球人。它们是外星人，而且并非他所知的任何种族。雷蒙曾经搭乘银色恩耶的战舰飞船进行星际航行，有一次他还在阿卡普尔科的小巷里看到过三位赫-泽伊，它们浑身是毛，长着六条腿，看起来介于猫咪和毛毛虫之间。至于图鲁，他只在电视里见过那些家伙——隔着屏幕就让他起了一身鸡皮疙瘩。眼前这些外星人不是图鲁，不是恩耶，也不是奇安，它们不属于任何一个伟大种族。它们不属于他所了解的那部分宇宙。它们完全是些异类。疑问，责难和辩解，成百个念头在他的脑海中纠缠起伏。

你们是谁？你们要干什么？请别杀我。

虽然四肢上的关节有些地方看起来古怪得令人不安，但它们至少和人类一样是双足步行动物，不像蜘蛛、章鱼，也不是长着大眼珠子的圆球。这三个家伙的身高大约在两米到两米一五之间，所以就算是最矮的那个也比雷蒙要高得多。它们的躯干是圆筒状的，臀部、腰部看起来完全跟肩膀一样粗。它们每一个的体重肯定都得有一百三四十千克——可不知怎么回事，它们给人的总体印象却是体态优雅，身段柔软。它们的皮肤全都富有光泽，闪闪发亮，但上面的彩色图案各不相同：其中一个是金色和蓝色斑驳相杂，第二个身上是浅琥珀色的，最高大的那个则是在淡黄色的皮肤上覆满了奇异的银黑双色旋涡纹路。

它们都系着宽大的腰带，上面挂着些金属和玻璃制成的不知道是什么的东西，还有些难以形容的绳索，似乎是由某种灰白色且没有光泽的材料制成。手臂长得不成比例，手掌巨大，五指——其中有两根拇指——纤细修长到不协调的地步。它们的脑袋坐落于双肩之间的凹坑底部，略微向前凸出，下面的脖子又粗又短，整个头颈部有些像是鳄龟——显得好斗而富于攻击性。头顶上的羽冠或是头发往身后倾斜，角度参差不齐。肩头、颈背和脊柱顶端有些突起的翎羽，形成一圈竖起的翎环。它们的头部大致呈三角形，顶部扁平，但在颅骨底部向外凸出，那张脸往下急剧收窄，直到两边汇聚于一点。那些面孔简直是活生生的噩梦：巨大的黑色鼻头看起来好似橡胶头，上面有着橙蓝相间的条纹，正轻轻颤抖，在嗅着什么；嘴巴仿佛皮开肉绽的新鲜伤口，宽得过了头，并且没有嘴唇；两只小眼睛瞪得溜圆，位置低到了鼻头两侧。眼睛里则是一片炽热的橙色，如同熔融的大理石，死死地盯着他。

它们一直在盯着他，就像是盯着一只小虫子，让他心中愤怒的火星越烧越旺。他站起身来，回瞪过去。他心里还是没底，但下定决心不让它们看出来。雷蒙·埃斯佩霍决不向任何人卑躬屈膝！尤其是这些丑得超乎常理的畸形怪物！

“你们谁——”他的声音嘶哑。他清了清嗓子，然后继续说道：“你们这帮鬼东西、丑八怪，谁负责赔我的货机？”

那帮异形怪物对他的话毫无反应。体型最大的那个伸出一条关节怪异的手臂——这个动作让雷蒙想起了被和缓的洋流轻轻扰动的海草。雷蒙皱起眉，看着那个外星人用一根应该是手指的东西朝他勾了一下，两下，三下。它停了一小会儿，然后又重复了一遍这套动作。这手势看起来显得十分刻意，仿佛在生搬硬套强记下来的知识，就好像它们原本所对应的含义在地球人看来或许是无法理解的。他们所在的位置下方突然传来低沉的闷响：大山的心脏跳动了两次，然后又归于寂静。雷蒙环顾四周。外星人又重复了一遍勾手指的动作。

“你想让我靠近你？”雷蒙问。那个大块头抽了抽鼻头，头上的翎毛竖起来然后又塌了回去，再度重复了那套奇怪的动作。雷蒙突然想起一个从吉亚克星跑到圣保罗来的记者，那人唯一会说的西班牙语就是“格拉西亚斯”——“谢谢”。这个外星人也一样——任何情况下都是这个手势。

那个外星人转过身，用非常人的优雅姿态迈出几步，然后扭过它的躯体，又对雷蒙重复那个手势：跟我来。另外两个外星人一动不动，安静得像是两尊石像——要不是它们的鼻头在不停抽动的话。

“我被外星人俘虏了，而且这帮外星人还蠢得话都不会说。”雷蒙说道。他心里满是愤怒和虚张声势的英勇：“嘿，你这个混蛋！我干吗非要跟着你啊？给我个充足的好理由！”

那个外星人站在原地，一动不动。雷蒙吐了口唾沫，但口水刚一接触到脚下黑舌头似的平台就伴着一阵吱溜声消失了，仿佛是被吸了进去……雷蒙恶心地摇了摇头。不过，事实上他如果不跟过去似乎也没什么别的事可做了。他慢慢地走向前方，脚下是那潮湿得让人恶心的柔软光滑地面，每一脚踩上去都会陷下去几分，让他没法走稳当。他小心翼翼地四下张望，寻思着自己该不该试图逃跑。可又能逃到哪儿去呢？他几乎可以断定，那个外星人腰带上悬挂的那些东西里有些是武器……

前方有道门，直接在洞穴的岩壁上开出来的门。那个外星人在门口转过身对他重复了一次那个手势，然后走进门中。

雷蒙光着身子，竭力装出一副衣冠楚楚的派头，跟着那个外星人走进黑暗之中。另外那两头畜生就紧跟在他身后。

第二节

接下来的那段路途，雷蒙过后回忆时始终有些模糊不清。他被领着穿过一条又一条隧道，隧道的高度和宽度都只刚刚能容那个外星人通过。隧道的坡度很大，而且忽上忽下，有时还会折返向后，似乎走向完全是随机的。岩石散发出微弱的磷光，亮度刚好够他看清自己的脚下。他始终控制住自己，一次也没有回望身后的黑暗，哪怕心中痒痒得像有虫爬。

这地方深处大山腹地，寂静得令人难以忍受。不过偶尔能听到些远方的枭鸣，透过厚厚的石壁传到雷蒙的耳朵里。那些被抛弃的灵魂对着远方冷酷的神明发出的注定不被理睬的呼号可能就是这样的吧。他们间或经过小片有着光亮和动静的区域：有些房间满是咔嗒咔嗒的嘈杂声和一股子浓浓的腐烂气息；有些沐浴在刺眼的红色、蓝色或是绿色的灯光中；有些则漆黑如墨，唯独他们途经的小径上有道光链，发出微弱的银光。有一段时间他们就在这样一个房间里一动不动站了很久，与此同时雷蒙感觉自己的五脏六腑有种下坠感——让他怀疑他们或许是身处升降梯中。

他们经过的洞窟一个比一个更加怪诞离奇。一个窟室当中有个缓缓蠕动着的池子，里头是些发光的蓝色油液。池子中央有一团隆起，上面趴着许多看上去像是些大过头了的蜘蛛的玩意儿。另外一个洞顶非常之高，在洞穴底部的地面上放着层层叠叠的物件，房间里满是外星人，在那些玩意上忙忙碌碌。那些也许是些设备、机械、电脑，只不过其中绝大多数对于他来说都太过陌生，在他记忆里只留下些无从辨识的模糊影像，一些模模糊糊的轮廓、阴影和闪动的光线构成的怪异混合物。这个窟室的对面有两个巨大的外星人——和隧道中跟他在一起的那几个外星人很像，但足有五六米高——在幽暗中干活，把一些状如巨大蜂巢切块的东西拿起来，摞成堆。它们的动作迟缓而优雅，如同老式恐怖电影中那些用定格摄影拍出来的恐龙，看似不真实的同时却有种让人如坠幻梦的美感。在它们侧面，有个体型较小的外星人，正把一股柔软的糖浆似的东西顺着若干巨石形成的梯级往下引，偶尔还会用一根黑色的长杖去碰碰那堆流动着的玩意儿，仿佛在敦促它不要跑错了方向。

雷蒙觉得自己的头脑渐渐呆滞。有太多的东西亟待接受，让他的意识拼命努力想要理解他所看到的东西，将它们纳入自己熟悉的框架中，结果却运转过度。这段梦魇般的跋涉最后满目尽是无法理解的事物，他只能默默忍受。一根巨大的灰色触手从墙壁中伸出，抚摩了一阵他前方的那个外星人，然后滑落到地面上，像条蛇似的蜿蜒而去。一种类似于豆蔻、烤洋葱与医用酒精混合在一起的气味到处弥漫，然后又消失无踪。他先前听过的那种低沉的跳动声会不时响起，两次之间的间隔似乎毫无规律，但雷蒙发现，自己正在渐渐期盼这声音的到来。

除了那些洞窟附近，隧道里到处都显得狭窄、昏暗而安静。那个外星人的后背在岩石发出的磷光中隐约闪烁着淡淡微光，就像是幽暗水域中的一尾游鱼。有一阵子，在雷蒙看来，它皮肤上的那些纹路似乎在蠕动、扭曲、变化，就好像拥有了自己的生命。他脚下一个踉跄，下意识地抓住了外星人的手臂，以免跌倒。它的皮肤感觉类似蛇皮，温暖而干燥。在隧道的封闭空间中，他能闻得到外星人的体味，那是种浓重的类似麝香的气味，有些像橄榄油，又有些像丁香，给人的感觉更多的是怪异而不是厌恶。它压根没有回头或是停下脚步，也没有发出任何声音。它只是继续泰然自若地向前走去，步伐稳定，始终如一。而雷蒙则别无选择，只能一路跟随，不然就只能被独自留在这座寒冷黑暗的外星迷宫之中。

最后，他们在又一个灯光耀眼的窟室中停了下来。雷蒙差点就撞上了前面那个外星人宽大的背脊。以人类的眼光而言，这窟室的比例和尺寸有种微妙的不协调感。形状更接近于菱形而非长方形，地面略有些倾斜，天花板也是倾斜的，但角度不同，房间高度也四处不一。这里所有的一切都让人精神错乱，一切都完全不对劲，让雷蒙感觉头晕目眩，胸中烦恶。这里的灯光太亮了，太蓝了，到处都充斥着某种沙沙声，犹如轻声耳语，刚好在人类的听觉阈值左右徘徊。

此地并非出自人类之手，也不是为人类所建。雷蒙向前走进窟室内部，看到墙壁上有许多小小的图画在缓缓流动，仿佛是有一层油膜覆盖在墙壁上，从天花板向着地面潺潺绵延；油流携有一层薄薄的浮渣，上面的图形不断变化：构成漩涡的鲜明色带，几何图形，错综复杂的印象派图样，还有些一望无际的超现实主义风景画。偶尔会有些能让人得以辨识的具象艺术画面流过：树木，山脉，群星。

还有些细小的外星人面孔，仿佛在从热夜之梦[1]的混沌乱流中探出头来，不怀好意地盯着雷蒙。这一切都席卷而下，最后被底下的地面吞噬。

陪他过来的那个外星人示意他继续上前。雷蒙战战兢兢地穿过窟室，感觉心乱如麻，很不自在。他不自觉地把身子往一边斜过去，和倾斜的地板相抗，而且每走一步都格外小心，就好像他觉得这窟室随时会下陷或者摇晃起来。

窟室的正中央是个圆形的深坑，里头铺了层金属，在坑底站着另一名外星人。

它比雷蒙的向导还要高，而且胖得多，下半身肿大，围度足有其他外星人的四到五倍，羽冠和翎毛也更长。它的皮肤是骨白色的，没有任何图案。是上了年纪所以变白的？染成白色以代表某种地位？又或者它根本就属于另一个种族？雷蒙说不上来。那个外星人抬眼看向雷蒙，顿时让他大为震撼，动弹不得——那目光中蕴含着强大的力量，它身上散发着冷峻的威严，那种感觉仿佛化为了实质。然后他又注意到——并且又小小地吃了一惊——这个生灵的肉体是直接和深坑相连的，它的身体中伸出些大概是导线、

---

① 指发高烧时半睡半醒间的谵妄幻觉。《热夜之梦》为马丁名作。

电缆或是操作杆的东西，另一端消失在光滑的金属坑壁当中，在它周围构成了一个错综复杂的“猫的摇篮”[①]。有些黑色的线缆黯淡无光，另有一些则发出荧光，还有些则散发出夺目的光彩，亮红色、灰色和棕色交织，有节奏地缓缓脉动，仿佛是某种令人恶心的活物。雷蒙移开自己的视线。

那双炽热的橙色眼睛在审视着他。雷蒙清楚地意识到自己此刻正一丝不挂，但他决不愿意向这个怪物示弱，哪怕仅仅是为了掩蔽自己的裸体也不行。那颗巨大而苍白的头颅动了动。

“名词，”外星人开口道，“动词形式。标识符。语义学占位符。身份认同感。”

雷蒙死死盯着那个外星人，竭力不让自己脸上流露出惊讶的神色。它刚才说的是西班牙语（雷蒙还会说一点英语、葡萄牙语和法语，当然，还有在这个殖民地当中通行的杂交语种：葡英混合语），而且吐字相当清晰，只是声音粗哑还带着些金属的质感，仿佛是一台机器在讲话，令

---

① 一种翻花绳（玩绷子）的图案，也指翻花绳游戏。《猫的摇篮》为库特·冯内古特名作。

人心烦。见鬼了，它是怎么学会人类语言的？“你在说什么？”雷蒙说，“看在上帝的分上，你到底想干什么？”

“粗俗习语。宗教恐惧。”外星人说道。然后它的语声中带上了某种类似失望的情绪：“流转不畅。”这头巨兽在它那导线和电缆的大网中挪了下身子，那肿胀的身体好一阵波动起伏，仿佛拥有自己的生命般。

雷蒙感到怒火上涌。“你想从我这里得到些什么，怪物？”

“你是个人类。”那怪物庄严地宣告。

“是的，我是人类。你以为我是什么？”

“你缺少塔特克鲁德。你是个有缺陷的东西。你的本性危险，倾向于奥布雷。”

雷蒙朝地上啐了口唾沫。这家伙冷酷而不熟练的表述中的那种傲慢口气，那双一眨不眨的橙色眼睛投来的平静凝视都让他火大。每次雷蒙面临压力的时候——他醉后滥赌，输掉了自己的第一架厢式货机的时候；莲娜最终离开他的时候；艾蕾娜威胁要把他丢到街上去的时候——他的怒火从来都会对他不离不弃。现在它又回来了，让他一时间情绪激昂，决心坚定。“你们这帮家伙到底是什么啊？”他问道，“你们来自何方？是这个星球上？还是别的哪个星球？你们袭击我，还违反我本人的意愿把我关在这里，你们知道自己这是在干什么吗？啊，还有，我的货机呢？你们谁会赔台新的厢式货机给我吗？”

突然之间，他意识到了当下的情形是多么荒谬。他身处外星人的巢穴深处，被困锁在一座大山的中央，被众多怪物包围，而他居然在为自己的货机大发牢骚！他费了好大劲才压下放声大笑的冲动——他很怕自己一旦笑起来就止不住了。

那个外星人一言不发地盯着他。“如果你想交流，那就得讲道理。”雷蒙厉声说道。愤怒让他感觉自己拥有力量，掌握着控制权。虽然他知道这与事实相悖，但任何有助于他维持正常思考的东西都弥足珍贵。“你们不喜欢我这样的人，那你们可以告诉我该怎么离开这个烂地方。”

那个肤色苍白的大块头外星人看起来花了点时间去思考雷蒙所说的话。它耸动着鼻子，仿佛在闻着周围的空气。“这些只是声音，不是话语，”外星人停了下来，隔了相当长时间之后才继续，“不和谐的自外于洪流之音。你不可以再发出无意义的声音，否则你就当被矫正。”

雷蒙打了个寒战，移开自己的视线；他的怒火已经迅速消退了——和燃起时一样迅速。现在他感到身心疲惫，外星人那毫不动摇的态度让他心头阵阵发凉。“我身上有什么东西是你们想要的吗？”他疲惫地问。

“我们并不‘想要’任何东西，”外星人说道，“你又说了和事实的流向不符的话。你拥有一个机能，你因此而存在。你会实现自己的这一机能，因为这样做就是你存在的意义，你的塔特克鲁德。这无关想要或不想要：一切都是必然之流。你是个人类。你会流向一个人类所会流向的方向。我们通往他的路会由此被准确地开辟，正如他之于你。你会履行你的机能。”

这家伙的发音越来越清晰，仿佛它说出的每一个词都在让它对雷蒙的语言更了解一分。雷蒙有些好奇：再这样说下去，还要多久它就会用墨西哥口音说话，并且满嘴粗话呢？“如果我不按你们的希望工作呢？”雷蒙问。

外星人顿了顿，似乎一时间陷入了困惑。最后它说：“你活着，因此，你会实现自己的机能。不执行机能，你就不可能存在。既存在又不存在——你会成为一个矛盾，奥布雷，会扰乱洪流。奥布雷是不可容忍的。为了恢复洪流的和谐，就必须摒弃你‘存在’的这一幻象。”

雷蒙只觉得浑身上下都起了鸡皮疙瘩。这话说得够清楚的，他心想。他再次开口之前，小心地选择合适的用词：

“我该实现的机能是什么呢？”

那双冰冷的橙色眼睛再度凝视着他。“当心，”外星人警告道，“因为需要我们来向你转述你的塔特克鲁德，本身就是你在滑向奥布雷的征兆。但我们会给予你一次宽免，因为你并非完美的造物。听好了：有个人类从我们这里逃走了。三天前他从我们这里逃离，我们至今一直没能找到他。他的这一行为表明他是奥布雷，也就证明了他并不存在。故而他存在的幻象必须被抹消。绝不可以让那个人抵达某个人类的定居点，把我们的事告诉其他人类。如果他这么做，就将会干扰我们自己的塔特克鲁德。这样的干扰乃是盖苏，是重大的矛盾。因此你将会找到他，抹消他，以恢复洪流的和谐。”

“你们自己找不到他，为什么觉得我就一定能找到？”

“你是人类。跟他是一样的。你会找到他的。”

“现在这会儿天晓得他会跑到了哪里！”雷蒙反驳道。

“你会去的地方和他会去的地方——它们是同一个地方。你会前往他所在的地方，然后你就会找到他。”

雷蒙琢磨了一下这些话。

“那么，你是说，外头有个人发现了你们，然后跑掉了。现在你想要我帮你们，在他回到文明社会之前抓住他？你要我为你们去追捕他？你是这个意思吗？”

缆线中央的那个生物琢磨了下雷蒙这些话。

“是的。”它说。

“然后，我为什么要这么做？”

那深远可畏的砰砰声再度从他脚下行星的深处传上来。它提醒了雷蒙，让他再度想起了自己身在何方，以及在跟个什么样的生物对话。他骤然感到一阵头晕目眩。那个大块头外星人看样子并没有注意到他的痛苦。

“你生命中充斥着目的，”它说话时的语气几乎像是在耐心解释，“你的心脏在跳动。你在和外界交换气体。你这么做都是为了一个目的。存在，但却没有目的，那是矛盾的。你们的语言是有缺陷的，会表达出虚幻不实的陈述。你的目的就是帮助锁定这个人的位置。如果你没有了目的，那么你的存在这一幻象就必须被矫正清除。”

好吧，雷蒙觉得，这话说得够清楚了。要么去追猎，要么去死。解决的办法也很简单。他准备说谎。雷蒙一点都不想为这帮怪物充当犹大的山羊[1]，但只要他还深陷山腹

---

① 被故意放出去，以追踪捕捉其同伴的山羊；也指带领羊群进入屠场，之后本身会被放出的头羊。

之中，他就没法摆脱它们。如果他能够出去，那至少会有点希望。他突然想起个问题，心头一寒。

“你们把我关在这里多久了？”他问道，“外面还是夏天吗？要在冬天追踪一个疯子是根本不可能的。”

那巨兽沉默不语。雷蒙越发焦虑了。他在黑暗中那段看似无尽的时间如果确实长到了足以让季节更替的地步，那么逃离这些外星人就等于自杀。冬季的气候会杀死他，就跟捅进他肋骨之间的一把小刀会杀死他一样确凿无疑。

“我在那个臭水缸里头待了多久？”

“三天。”那家伙毫不迟疑地说。

雷蒙感到一阵强烈的恐惧，部分是因为这答案完全出乎他的意料。

“那个你们让我去追踪的人。逃出去的时间也是这么久？我在这里的时候他一直在外逃亡吗？”

那个外星人停了好一会儿，然后才用它那低沉嘶哑的嗓音给出了回答：“是的。”

雷蒙被人跟踪了。治安机构里的某个倒霉鬼跟在他后面来到了北方，本想找到杀死那个木卫二人的凶手，结果却一头撞进了那地狱般的场景中。雷蒙忍不住开始想象当时的状况——那应该是个地亚哥镇上的警察，或是一名总督的私人特工。他一路鬼鬼祟祟地摸到雷蒙的营地那里，看到的却只是烧焦的地面、扭曲变形的金属，还有这帮怪物，从雷蒙发现的那道金属高墙里飞出来。那个混蛋有没有呼叫救援的时间？在这么北的位置，没有卫星信号，但警方有信号可以在大气层上反弹的无线电。外星人有没有像摧毁雷蒙的厢式货机一样，也摧毁那家伙的交通工具？

雷蒙这辈子都是个穷人，所以，就跟大多数穷人一样，害怕警察的本能已经深深烙印在了他的灵魂中。光是想到警察曾经与他如此接近，近到会坠入同一批外星人的罗网之中，就让雷蒙恐慌得嘴里阵阵发苦，生出一股子金属铜的味道。然而，他的逻辑思维告诉他，警方是他如今最可指望的了。在一般的情况下，他最不想见到的就是警察；但也有些时候，状况糟糕透顶——比如眼下这样的时候——于是哪怕是他这样时常触犯法律的角色，如果看到警察们翻山越岭而来也会非常高兴的。如果消息能传到琴手登台镇那边，殖民地的武装部队就会到来。那个被派来跟着他的家伙，跟踪的技巧无疑是挺高超的，现在雷蒙只能指望他逃亡的技巧也同样高超。

然后，如果地面机动部队赶来，救出了雷蒙……接下来呢？他杀死了那个木卫二人。总督仍然会急不可待地为这事把雷蒙给吊死吗？又或者他会因为发现外星人巢穴的这份功劳得到特赦？如今的他真是深处困境，前有重重险阻，后有无尽深渊。

“好吧，”雷蒙说，“你们想找到那个警察，我就给你们找到他。反正他也不是我的朋友。”他挠了挠下巴，暗自盘算。话说回来，太轻易就让步可不成。他狡黠地提出了个问题：“如果我为你们办到了这件事，我能得到什么好处？”

外星人又盯着他看了很久，这次久到雷蒙都开始担心自己玩得过火了。“你是个不完美的、存在矛盾的生物。奥布雷也许会显现于你的身上。我们会陪在你身边，以确保此种显现不会发生。”

“你们？你们全都要？”

“我们。非我们。你的语言是有缺陷的，会在表达中导致出现其实并不存在的矛盾。我们会从整体中分出一部分。马奈克会牺牲自己，维护洪流。马奈克是我们，但非我们。马奈克会陪伴你，看护你。靠着他，你的塔特克鲁德将得到保全。”

好吧。他以为这帮外星人能让他离开，独自奔赴荒野，相信他会去坚决执行它们分配的任务——这种幻想不可能成真的。不过只有一个看守，这可真是走运。要是有两三个这种玩意儿，想逃之夭夭就很难了。再多几个的话那根本不可能逃得掉。但如果只有一个……

那个把他一路从第一个洞窟带到这里的外星人安安静静地走到雷蒙身旁。这可真是让人毛骨悚然——像这么大块头的家伙，不可能这么悄无声息才对。

“呃，马奈克？”雷蒙对那家伙说，“你名叫马奈克？我叫雷蒙·埃斯佩霍。”

雷蒙还在犹豫着自己该不该试着跟马奈克握个手，这家伙却突然伸出手来，抓住他的双肩，就像是拎起个人偶一样轻松地把他高高举在空中，一动不动。雷蒙下意识地打了过去——在酒吧与街头的那些夜晚的记忆在愤怒中回到了他的双臂和双腿里。他觉得自己仿佛在向大海挥拳攻击。马奈克纹丝不动。

深坑里升起一条惨白的蛇。

雷蒙看着那东西，被吓得简直要魂飞魄散。这显然是某种线缆——从他能看到的这头甚至还伸出来两根光秃秃的电线——但它的动作却如此灵活，让他没法不联想起一条凶险的白色眼镜蛇。它升到差不多跟雷蒙双眼平行的高度，缓缓左右晃动，那没有眼睛的惨白头部对准了雷蒙。它的头部轻轻颤抖着，就像是条真正的蛇在嗅探空气，搜寻猎物。然后，它对准他伸了过来。

雷蒙再度竭尽全力想要挣脱，但马奈克毫不费力地把他按在原地。那条蛇形电缆靠近之后，他看得出它在有节奏地脉动，就好像它真的是有生命的；它末端伸出的那两根裸露的导线犹如大蛇分叉的舌头，在空中忽闪。他感觉自己浑身的肌肉都在颤抖。此刻他对自己一丝不挂的状况感受得格外鲜明——他全无防御，弱小无助，浑身上下所有的弱点全都直接暴露在外，暴露在敌意满满的空气之中。

"我会照做的！"雷蒙尖叫道，"我说了，我会照做的！你们不用这样对我！我会帮你们的！"

那根缆线碰到了他咽喉正当中的凹处。

一瞬间雷蒙感觉自己仿佛被死者的双唇亲吻。同时有两根针刺进来，疼痛伴随着一阵剧烈的寒冷。一阵怪异的震颤上下窜动，走遍了他的全身，就好像有人用羽毛的手指沿路拂过他的整个神经系统。他的视线模糊了一下，然后又恢复了。马奈克把他放回到地上。

那条缆线已经埋进了他的脖子里头。他忍住恶心的感觉，伸手握住喉头的缆线，感觉着它在自己手中的脉动。摸起来感觉是温暖的，跟人类的肌肤差不多。他试探着扯了一下，然后加大力气拽了拽。他感觉到用力拉扯时，自己喉咙上的皮肉也跟着在动。显然，要把这东西扯下来就跟撕掉自己的鼻子一样困难。那根缆线还在脉动，这时雷蒙才意识到它在渐渐和自己心脏的搏动同步。它就在雷蒙的眼前颜色渐渐变深，好像是他的血液灌了进去。

不知怎么的，这玩意儿也把自己跟先前制住他的那个外星人给连在了一起——另一端融入了它的右腕当中。他被套上了狗绳，成了这些魔鬼的一头猎犬。

“这根萨赫尔不会伤害你，但它会帮助你消除身上的矛盾。”深坑中的那个家伙说道，它仿佛察觉到了雷蒙的沮丧之情，但无法理解这种情绪，“你应该欣然接受。它可以帮你免于奥布雷。如果你表现出奥布雷，你就会得到纠正。就像这样。”

雷蒙发现自己忽然就躺在了地上，但他不记得自己倒下的过程。到了这时候，他才得以回顾刚刚的感觉，才得以痛定思痛——如同一个游泳的人回首张望适才从他头顶席卷而过的巨浪——然后意识到，那是他这辈子体验过的最可怕的痛楚。他不记得自己有没有大声惨号，但他的喉咙生疼。他的尖声呼啸仿佛还在洞窟的岩壁间回响。或许，那声音会永远在这里回荡。他吸了口气，然后呕吐起来。他知道，只要能避免刚才的事情再发生一遍，他什么都会做，要他做什么都可以。自从在黑暗中苏醒之后，雷蒙·埃斯佩霍的心中头一回真正感觉到羞愧。

我要把你们都杀了，雷蒙心想。无论如何我会想办法把这东西从我喉咙里挖出去，然后我会再回来，把你们全都杀掉。

“自我克制，”惨白的外星人说，“纠正奥布雷，那么即便是你这样带有缺陷的事物也能达成连接，甚至达到协调的水平。”

雷蒙花了好一会儿才明白它这番胡言乱语是出发前的结束语，它发出严厉但不失慈祥的告诫：地狱之火威胁着你，救赎之机岌岌可危；且向前行，切勿再有过恶。这玩意儿还是个神棍！

马奈克把雷蒙拉起来，轻轻把他朝一条通道的方向推了推。那条肉质的牵狗绳——萨赫尔——自行缩短了些，以适应他们之间的距离。马奈克说了些什么，雷蒙无法理解其含意，然后它看起来放弃了温和的劝诱。那个外星人匆匆向前，萨赫尔随之拉扯着雷蒙的喉咙。他别无选择，只能跟上去，就像只在主人的脚边跑前跑后的狗。

而你，我的朋友，你会头一个去死。雷蒙盯着马奈克漠然的背影，在心中默默说道。

第三节

他们顺着来时的隧道原路返回，穿过一个又一个洞穴，穿过规律的噪声、翻腾的阴影，穿过耀眼的蓝光。雷蒙的步伐沉重得像台自动步行机，一路被马奈克拖着向前，脖子上的狗绳让他感觉又难受又尴尬。冰冷的空气吮吸着他身体里的热量，就算是在走路运动也不足以让他维持温暖。

雷蒙跌跌撞撞一路向前，同时在自己的内心深处搜寻着希望。

要过多久，艾蕾娜才会思念他的陪伴呢？最少也要几个月吧。甚至她也许会觉得他只是再度离开，瞒着她独自去了新热内卢，去填写报告，收取报酬，然后把钱都花光。比起动身搜寻雷蒙，她更可能会让自己陷入暴怒中，然后去某间荒郊酒吧[①]或者朗姆小屋，再找个胡子拉碴的探矿人作为报复。同样，曼努埃尔·格里亚戈也会以为，他至少要在野外待上好几个星期。雷蒙暗自责备自己，当初干

---

① 非洲、拉美等地的一种简陋酒吧，往往位于郊外或者荒野，只有一个草棚甚至几块木板。

吗要跟他提起什么打猎、遁入骨头山脉远离人烟的梦想？曼努埃尔也许会觉得雷蒙压根就不会回来了——如果他怀疑（他多半会的）雷蒙知道那些警察在追踪自己的话。

只有执法机构会前来寻找他，而执法机构寻找他的目的就是将他抓获。

没人会来救他。事实如此。他一直我行我素地生活——只顾自己，自行其是——而今他要为此付出代价了。他无法指望别人的救援。他孤身一人，离最近的人类定居点都有千里之遥，身遭俘虏，为奴被役。

要想摆脱这种境遇，他必须自己找到出路。马奈克拽了拽萨赫尔，雷蒙抬起头来，这时他才意识到他们已经停了下来。外星人把一捆东西塞到他怀中。是些衣物。

这包衣物包括一件样子类似家居睡衣的无袖连体服，一件大斗篷，还有一双硬底便靴，全都是用某种古怪的亚光材料制成的。他用冻得发僵的手指扯了扯。这帮外星人显然并不习惯给人类制作衣物。这些衣服做工粗糙，也很不合体，但至少还能帮他多少抵御几分严寒。他赤裸的躯体得到了遮蔽，四肢开始回暖，然后他的牙齿才后知后觉地开始格格打战。

马奈克带领他穿过一条明亮的白色通道，进入另一个洞顶很高的巨大洞窟。一些颜色和大小都跟蚜虫差不多的东西在地板上成群地爬来爬去，互相碰撞，还有些撞上了他的双腿，用尖细而甜腻的声音叽里咕噜地唱着些他听不懂的歌谣。石室中央被一个灰白色的箱子所占据——和摧毁他厢式货机的那个一模一样的箱子。他们靠近之后，雷蒙发现那箱子并非固体，而是由数以百万计的白色和淡黄色的涓涓细流交织形成的流动着的“板条”，它们构成的箱体表面布满令人恶心的液滴。他们靠近时，那些板条移动了，箱子上开了个口子，等他们进去以后又关闭了。

箱子的内部也同样是半流体的，也有固体部分——有一条宽大低矮的长凳，看样子是为马奈克那副酒桶状的形体准备的；墙边还凹进去了一块，这块比较小，雷蒙把腿缩到胸前的话大概能坐进去。

雷蒙呆呆地看着马奈克检查着这个箱子，还俯下身去，用它修长的手指小心地抚弄内部的操纵装置。他能感觉得出来，自己的脑袋越来越晕，越来越迟钝，也越来越麻木。原因大概是倦怠，还有震惊——他在太短的时间里遭遇了太多的怪事了。他已经疲惫不堪，他有生以来从不记得自己有这么累过：也许是它们给他打的那针药剂——葡萄糖或者肾上腺素，或者别的什么玩意儿——的药效已经过去了。就在他快要站着睡着的时候，马奈克把他一把抓起，像成年人举起个小孩子一样轻松高举到空中，然后把他给塞进了箱子里。雷蒙挣扎着想要坐起身来，但马奈克抓住他的双臂，拽到背后反剪，然后拖出一截电线似的东西把它们捆到一块，再把他的两条腿也绑了起来。然后这家伙转过身去，坐到了控制台前。马奈克碰了下那上头的一个按键，箱子便平稳地升向空中。

加速度将雷蒙的头甩向一侧，固定在一个很不舒服的角度。他意识到，尽管对眼前的状况心怀恐惧，但自己已经再也无法继续保持清醒了。就在他们向着高高的洞顶岩层攀升的途中，他的双眼就已经越眯越细。温和的G力（交通工具变速或者转向时乘坐者感受到的虚拟力）如苔藓般柔和但又无可逃避地拖拽着他全身的骨架，同时似乎也在不可抗拒地将他拖入梦乡。

在他们上方，岩层打开了口子。

就在雷蒙的知觉渐渐消失，拖着他沉入无数嘶嘶作响的白色雪花点中之际，他看到了外面的天空，那里有一颗惨白的孤星。

刺骨的寒风将雷蒙刮醒。他挣扎着坐起身来。箱子突然倾斜，他惊觉自己的目光穿过了那些编织板条间的空隙，直接看到了下面细小的树梢，它们和他之间只有一片空气的汪洋相隔。接着箱子又猛地倒向另一侧，于是正渐渐昏暗下去的天空围绕着他的脑袋飞旋，一时之间让那些刚刚现身天际的黯淡星辰化作了道道细密的光弧。

他们恢复了水平姿态。马奈克毫不动摇地坐在箱子的控制台后，坚定冷漠得像是一尊雕像，它的翎羽在狂风中抖动着。箱子再次倾斜，在空中沿着一个斜面下落。雷蒙意识到，他刚才失去意识的时间不可能超过一两分钟：他们身后就是外星人的那座大山，出入口像虹膜般缩小关闭了，他被俘虏时所在的那片山坡此刻就在他们身下。就在他们朝着下方的山坡滑翔的同时，周围的天色又暗了许多。几分钟前太阳已经沉到了地平线另外一头，此刻只有天地交接处还有一抹黯淡的红光。天空的其他部分颜色像是李子、茄子和栲木的色彩，他们头顶上一片墨黑正在飞快地浸染所有这些色彩，同时向着西方蔓延。山坡上覆满了林木，就像是长满了毛刺，正迎着他们冲上前来。太快了！他们肯定会坠毁……

他们从天而降，在一片山间谷地的中央轻轻触地，安静得好似羽毛的阴影落地。马奈克掐断了箱子的引擎。黑暗吞没了他们，猎食者们在夜里发出的诡秘声响将他们四下包围。在这片黑暗中，马奈克抓住了雷蒙，轻松得就跟提起个玩偶似的，把他从箱子里拎到外边走了几步，然后松手让他仰面掉到地上。

雷蒙不由自主地发出呻吟声，声音大得让他自己都吓了一跳，并为此深感羞愧。他的手臂仍然被反绑在身后，这样被压在身子底下让他感觉相当疼。他翻了个身，趴在地上。冰冷的地面让雷蒙倍感舒适，但即便在如今这种精神不振头脑混乱的情况下，他依旧明白，这舒适的背后是死亡的降临。他在地上扭动，翻滚，成功地把自己的身体裹到那块给他的长斗篷当中；这东西居然很暖和。尽管又疼又不舒服，他以为自己会很快沉入梦乡，但在无光的黑暗中，突然有光打在了他的眼睑上，让他睁开了眼睛。

光芒起初异常耀眼，但随着他的双眼渐渐习惯，光线显得黯淡了许多。马奈克从箱子里拿出来些东西，是个小球，装在一根长长的金属杆顶端。它将金属杆尖锐的末端插进了泥土里。此时那只球体亮着，里面有个暗淡的黛青色光团在燃烧，向外有节奏地散发出一波波热浪。雷蒙看着这光球，看着马奈克绕过它——每走一步，萨赫尔就明显地随之缩短几分——缓缓向他走来，看起来一副若有所思的样子。直到这时，看着马奈克悄然走来的姿态，看着它顾盼之间橙红色双眼的眼角流溢出的微光，看着它鼻子皱起抽动的样子，它的脑袋在粗短的脖颈上不停左摇右晃，每走一步肩膀就随之耸动的模样，听着它如同铁块摩擦般粗重的喘息，闻着它那股浓重的麝香味——到这时，雷蒙心中终于彻彻底底地接受了马奈克是个外星人的事实，打心底完全接受了这一点。它不是头古怪的动物，不是个穿着演出服的人，不是机器人，不是梦境，不是幻象，也不是魔术：它是个有智能的外星生命，而雷蒙是它的俘虏，在这荒野之中，孤身一人，听凭它的摆布。

这个简单的事实对雷蒙造成了巨大的冲击，他感觉得到自己脸上的血色褪得一干二净。他胡乱地蠕动身子向后爬去，徒劳地想要逃离那头怪物。就在这个过程之中，他开始失去对世界的把握，失去知觉，向着一片黑暗滑落。

外星人就站在他身前。那家伙似乎高耸入云，看不到尽头，仿佛一根不可思议、令人生畏的豌豆茎，那双眼睛仿佛一对耀眼的橙色太阳。这是雷蒙最后看到的一幕。然后那些雪花点飘过了他的面庞，将他整个掩埋，一切都消失不见了。

早上又是一阵剧痛。他仰面朝天睡着了，结果现在两条胳膊完全是麻木的。身体的其余部分无处不疼，好像到处都被木棍打过似的。那个外星人又站在了他面前——又或者它根本就没动过。是的，或许它一整晚都矗立在那里，近在咫尺，又疏若天涯；形容可怖，不知疲倦，不眠不休。那天早上，雷蒙透过他那双疼痛充血、视野模糊的眼睛，看到的第一样东西就是那个外星人的面孔。抽动着的长长黑色鼻头，上面有着蓝橙两色的图案；翎羽在风中颤抖、飘动，就像是巨型昆虫的触角。

我要杀了你，雷蒙又一次想道。此时他的脑中几乎毫无怒意。只是一种发自心灵深处、近乎肉体本能的坚定决心。无论如何，我都要杀了你。

马奈克把雷蒙的身子拉起来，然后放开了他。可雷蒙的双腿无法支撑身体，结果一被放开就立刻摔倒，又躺到了地上。马奈克再度把他拉起来，于是雷蒙再次摔倒在地。

马奈克第三次向他伸手的时候，雷蒙尖叫起来："杀了我吧！你为啥不直接杀了我？"他蠕动着身子向后退去，躲开马奈克伸过来的手，"你还不如现在就直接杀了我！"

马奈克停了下来。它的脑袋偏向一边，好奇地打量着雷蒙，那古怪的样子很像一只鸟。那双冷漠的橙色眸子细细地端详着雷蒙，一眨不眨。

"我需要食物，"雷蒙继续说话时，语气中多了几分理智，“我需要水。我需要休息。我的胳膊和腿被绑成这样，压根就没法用。我连站都站不住，更别提走路了！”他听得出自己的嗓门越来越大，但他忍不住。“听着，你这怪物，我要尿尿！我是个人，不是台机器！”他使尽浑身的气力，勉强起身跪在了泥地上，身子一个劲打晃。“这是奥布雷？是吧？很好！那就杀了我吧！反正这样我也活不成！”

地球人和外星人在沉默中面面相觑了许久。这阵爆发让雷蒙精疲力竭，呼哧呼哧直喘气。马奈克仔细地审视着他，鼻头一直在颤抖。最后它说：“你有瑞特赫？”

“见鬼的，我怎么知道我有没有？”雷蒙嘎声说道，那声音仿佛是在他发干的喉咙里刮擦出来的，“那东西是啥？”他尽量挺直自己的身子，反过来瞪着对面的外星人。

“你有瑞特赫。”外星人重复了一遍，但这次不是在提问了。它飞快地往前走了一步。雷蒙往后一缩，唯恐他刚才要求的死亡即将到来。但马奈克是来切断绳索给他松绑的。

刚开始，他的四肢还是完全没有感觉，就像陈年木料般毫无生机。然后手臂和腿脚的知觉渐渐恢复，灼痛让他开始剧烈痉挛。雷蒙摆出一副坚忍的表情，一言不发，但马奈克肯定是察觉到了他的皮肤骤然间变得苍白，并正确解读出了其中原因——因为它把双手伸向下方，开始给雷蒙的两臂和双腿做按摩。被它碰到时，雷蒙试图躲开——那种触感让他又一次想起了蛇皮：干燥、结实而又温暖——但外星人有力的手指惊人地灵巧而温柔，让他打结的肌肉松弛开来。然后雷蒙发现，自己对这种碰触也并没有想象中那么反感。毕竟，痛苦确实因此减轻了，而这才是真正重要的事情。

“你四肢上的关节不健全，”马奈克评论道，“那个姿势并不会让我感觉不适。”它动手展示了下：把自己的胳膊前屈后弯，角度大得令人难以置信。一时之间，闭着眼睛的雷蒙差点就觉得，他完全可以认为自己正在听着个地球人说话——马奈克的西班牙语说得比深坑里的那个外星人流利多了，它的嗓音也不太像是生了锈的机器那样粗哑。但只要雷蒙睁开双眼，他就会看到那张可怕的外星人面孔，丑陋凶残，距离他自己的面孔只有几厘米——他的肚子一阵翻江倒海，接下来他不得不再一次修正自己的观感，适应这个事实：自己正在和一头怪物对话。

“现在站起来吧。”马奈克说。它帮雷蒙站起来，搀着他一瘸一拐地缓步绕了半圈，以便消除肌肉痉挛，恢复血液循环。此刻雷蒙的样子就像是个在表演土著舞蹈的关节炎患者。最后他总算能独立站稳了——虽然双腿仍然因为肌肉紧张而一个劲颤抖和打晃。

“我们今天上午损失了些时间，这些时间我们本来都可以用在履行我们的机能之上的，”这话的语气几乎能让人听出它心中的叹息声，“我先前并未执行过这种类型的机能。我没有意识到你拥有瑞特赫，因此未能将所有因素纳入考量。现在我们不得不承受由此而来的损失。”

突然间，雷蒙明白了瑞特赫应该是个什么意思。他的困惑盖过了他的愤怒：“你怎么可能意识不到我是有知觉的？我跟坑里那个白色的家伙说话的过程当中你一直都在场啊！”

“我们当时在场，但我当时尚未独立出来。”马奈克简短地答道。它没有进一步详细解释，雷蒙也只好满足于此。“现在我已经在这里了，我会仔细地观察你。你将会展现出人类之流的局限性。一旦我们了解到这些局限性，那人的去路就更容易预测了。”它往四周比画了下。“我们所知的那个人最后出现的区域。”它的嗓音低沉而洪亮。雷蒙几乎觉得能听得出这东西有几分悲伤。“我们就从这儿开始。”

雷蒙扫视四周。确实，这里有些迹象表明存在过一座临时的小营地——有个小棚屋，用些细长的树皮把刚折下来的新鲜树枝绑在一起搭建的，勉强能让人躺进去睡觉。有个石头围成的小火塘，里头看得到些灰烬，那位执法人员用火烤硬了一根树枝，然后拿它叉了不知道什么东西烤着吃。看来，他们派来追捕雷蒙的这人对于在野外如何生存很有经验，他知道如何利用手边能拿到的一切物品来维持生存。干得真不错。

马奈克默默站在那个白箱子旁。雷蒙看了看它，等着看它要采用怎样的策略。然而，那个外星人什么也没做。在尴尬地沉默了好几分钟之后，雷蒙清了清嗓子。

“怪物。喂。我们已经到了这儿，然后你打算让我做什么呢？”

“你是个人类，”马奈克说，“他会怎么做你照做就是。”

“他有工具和衣服，而且他没被一根混账绳子拴着。”雷蒙说。

“你们的分流之处几乎就在起点附近，”马奈克说，“这是预料之中的。你不会因此遭受惩罚。你的需求会引领你前往相应之流。这就足够了。”

“谈到需求和流动，”雷蒙说，“我得去尿个尿。”

“这样很好，”马奈克说，“从达成小便这一目标起步。”

雷蒙笑了。

“那你留在这里，我去达成小便这个目标。”

“我会进行观察。”马奈克说。

“你想看着我小便？”

“我们要探索束缚着那个人类的可能性之河道的堤岸。如果某种活动是他要存在就必不可少的，那我就必须加以理解。”

雷蒙耸了耸肩。

“你运气不错，我对这种事并不害臊，”雷蒙边说边朝着最近的一棵树边走去，“知道吗？有些人啊，要是被你看着就一滴也尿不出来。”

地面粗糙不平，而雷蒙的双脚娇嫩敏感。长时间浸泡在那些外星凝胶当中似乎把他身上的所有老茧都给泡软掉了。他一边冲着树干放水，一边试图理解那个外星人的行为。它提及了“人类之流的局限性”。身为如此缺乏耐性、如此注重实用的一个生物，马奈克对于雷蒙的排尿需求却有着异常的兴趣——它本该觉得这种事无关紧要才对。这种行为看起来对于追击逃亡者并非不可或缺的。不过，它之前连反绑他的胳膊会让他不舒服都不知道。或许这些外星人要靠他来理解人类的行为习惯。他不只是头猎犬。仅仅身为活着的人类，他就足以为它们提供指引。

雷蒙清空自己的膀胱之后又站了好久，借机转动思维，琢磨策略。他无法回绝那些外星人的指示。在被演示了那根狗绳可以带来多大的痛苦之后，他对这点深信不疑。但劳工抗议活动有着悠久的历史，其中自有手段，能让工作比预计的消耗更多时间和物资。消极怠工。雷蒙也许不得不为这些魔鬼工作，但他没必要成为他们的好员工。他会慢慢推进，在马奈克容忍的极限之内花上尽可能多的时间，给它解释大便、小便、打猎和设置陷阱的种种细节。雷蒙每成功地浪费一个钟头，也就意味着那位执法人员会多一个钟头用于返回文明社会，然后带回援军。那之后事情会如何发展，雷蒙不知道。

他多花了一倍的时间解完小便，然后让袍子落回原处，盖住双膝。马奈克偏了偏它的大脑袋，但这动作代表的是赞许还是厌恶，雷蒙就无从得知了。

“你这样就够了？”马奈克问。

“没错，”雷蒙说，“一段时间内是完全够了。”

“你还有其他的需求？”

“我需要找些淡水饮用，”雷蒙说，“还得找些食物来吃。”

“复杂的化合物，能够从中汲取潜在的能量，以促进流动，防止淤积，”马奈克说，“也就是梅希班。你要怎么制造它？”

“制造？我没打算制造它。我打算去打猎。你们这些魔鬼是怎么做的？”

“我们消耗复杂的化合物。它们是恩伊・尤斯–俄洛伊，是人工制造出来的东西。但我带着的欧伊克无法给你提供营养。你要如何获取食物？我会允许你自行设法获取的。”

雷蒙挠了挠胳膊，耸耸肩。

“噢，我打算去杀死些动物。我想试着做个抛石索，去杀只毛靴兽或者龙松鸦什么的，可我脖子上有这个该死的玩意儿[①]。你能不能把它暂时弄掉？只要一小段时间，让我展示完这是怎么一回事行吗？”

马奈克站在那里，毫无反应，跟一棵树似的。

“我想也不行，怪物。那就得用陷阱了。或许得花多点时间，不过应该能成功的。来吧。”

---

① 使用抛石索时需要甩动绳索来旋转加速石头，脖子前方不能有障碍物。

事实上，最快也最简单的方法应该是像他上次露营那样收集绮丽甲虫。即便深处森林的天幕笼罩之下，在这地方他也已经看到了几只。要不然花上半个钟头他也可以采集到够他小吃一顿的面浆果：在偏远的北方，这玩意儿树上一抓就是一大把。从这块土地上获取食物并不难。构成圣保罗星生物界的那些氨基酸几乎和地球上完全相同。但采集食物太简单了，会让他们迅速进入这场追猎的下一阶段。所以雷蒙不会那么做，而是去教那个外星人如何设置陷阱。

他的野外生存装备自然是全都跟着厢式货机一块被摧毁了。如果他是真心想要轻松顺利地抓到自己的猎物，那肯定会因此火冒三丈。不过由于目的在于拖延时间，所以他只是略有些恼火。说到底，毕竟是那些混账毁掉了他的货机。

雷蒙在灌木丛中搜寻着制作陷阱的原材料：鞭藤；几根够长的树枝，要干到可以折断，同时又还得有些水分，能够被弄弯；一把用于充当诱饵的圣依纳爵[1]类坚果——

---

① 耶稣会创始人。耶稣会从17世纪开始进入拉美，至今在拉美仍有很大势力。

其实是种有黏性的树皮，闻起来类似蜂蜜和松香。他恼火地发现，这些活计让他原本跟陈年皮甲一样坚韧的手指隐隐作痛：外星人给他泡的那场糖浆浴肯定是把他双手上的老茧也都给溶掉了，让他的十指不适应正经活计了。整个过程当中马奈克一直在默默地看着。雷蒙发现自己做着做着不知怎么地就开始进行详细说明了。那个家伙默不作声的注视带来了巨大的压力，让他提心吊胆的。

雷蒙最后总算设置好了陷阱，然后就领着马奈克回到灌木丛里，等待着某只毫无防备的野兽路过。这多半花不了太长时间：在北部这么偏远的区域，动物们都挺憨的，它们并不熟悉陷阱，也从未成为人类捕猎的目标，因此很容易抓到。不过他还是会先尽可能地多拖上一段时间，然后再去检查陷阱。

他们坐在枝枝叶叶之中。马奈克看着他的眼神中带着某种情绪，雷蒙有时觉得是极度的好奇，有时觉得像是失去了耐心——但更可能是他从未感受过，也从未听闻其名的某种情感。

“那个叫食物的东西会自己过来找你杀了它？”马奈克用它悲伤而洪亮的嗓音说道。

“如果你这么吵吵闹闹，那就不会，”雷蒙压低声音说，

“我们大概并不需要事先得到它的同意。”

“它不知情？这是涅杜托伊？”

“我不知道你这个词是什么意思。”雷蒙说。

“真有趣，”马奈克说，“你理解目的和杀戮，却不理解涅杜托伊。你真是个恼人的生灵。”

“别人也这么说我。”雷蒙说。

“你在什么情况下会杀戮？”

“我？”

马奈克不作声了。雷蒙突然对这个妨碍狩猎的家伙大为恼火，不过他随即在心里提醒自己，这只是个拖延时间的把戏而已。他叹了口气。

“人类会为各式各样的原因杀戮。如果有人想杀你，你就得先杀了他们。有时候人们实在太穷了，只能去抢别人的钱，然后有可能会做过头。或者有什么人宣布开战，然后士兵就得出发去互相杀戮。还有的时候……有的时候你就是走进了不该进的酒吧，开始做出些混账的行径，被有个不该在那的家伙听到了，然后他就因此杀了你。”

一时之间他仿佛回到了国王酒吧。他想不起那个木卫二人到底说了些什么，才引起了事端。细节全都模糊不清，难以确认，就像一场旧梦。酒吧里有台柏青哥，它的小钢珠在那些错综复杂的钢钉间疯狂地弹跳。还有个黑色直发的女孩。不是因为那人对雷蒙说了什么。没人喜欢那个蠢蛋。每个人都想把那家伙打得屁滚尿流，但动手的只有雷蒙一个。

“你为什么要杀他？”

雷蒙战栗起来。马奈克那沉静的凝视似乎洞穿了他的灵魂，就好像他这漫长而可悲的一生中所有的真相与谎言都写在了他的脸上。突然之间，他满心都是羞愧。

“你向那个叫食物的东西宣布开战了。”马奈克语气庄重地说道。雷蒙的内疚瞬间消失了。马奈克并不理解他，就像是一条狗读不懂新闻速递。他凭借自己的意志力压下了大笑的冲动。

“没有，”雷蒙说，“它只是头动物。我需要食物。它就是食物。这不是杀戮，只是狩猎。”

“那个叫食物的东西不会被杀？”

“是的，会被杀。好吧。这么说：如果人们需要食物，就会杀死动物，吃掉它们。”雷蒙说。

“我明白了。”外星人说完就陷入了沉默。

他们等着的时候，太阳已经在一片蔚蓝的天空中高高升起。马奈克吃了些他的欧伊克，那是种棕色的糊状物，跟蜜糖一样黏稠，有一股很重的酸味。雷蒙挠了挠自己的脖颈上萨赫尔埋进他血肉的地方，试图无视自己腹中的空虚。但饥饿感越来越强烈。他虽然想得很好，要尽可能地拖延时间，但结果连两个钟头都没等到，他就站起身来，过去检查陷阱里抓到了什么。有两只草蜢鲵，一只“胖肉圆”——这是种毛茸茸、胖乎乎、圆滚滚的有袋类动物，也被殖民者们叫作“弗吉尼亚小胖”。那只胖肉圆死状凄惨，它在疯狂中对着自己一阵猛咬，刺猬般的毛皮被厚厚一层柏油状污血染得黑乎乎的。马奈克饶有兴味地看着雷蒙把这几只动物从陷阱里拿出来。

“很难想象这些东西跟食物有关，”它说，“这些生物为什么会为了你把自己勒死？这是它们的塔特克鲁德吗？”

“不，”雷蒙边说边把动物尸体给系到一根运输藤上，“这不是它们的塔特克鲁德。这只是它们碰巧遭遇如此。”他发现自己一边干活一边盯着自己的双手。因为某种他不知道的理由，他的双手让他心中不安。他耸耸肩，抛开这种感觉：“你们的人就不会去捕猎食物吗？”

“我们捕猎为的不是食物，”马奈克语气平淡地说，“捕猎这样的生物是白费工夫。它们怎么能懂得感激？它们的大脑太小了。”

“我的胃袋也很小，但它会感激这些猎物的。”雷蒙站起身来，把那串死掉的动物甩到自己肩头上搭着。

“你接下来就要吞吃那些生物吗？”马奈克问道。

“首先要把它们烹饪一番才行。”

“烹饪？”

“在火上加热。”

“火，”马奈克复述了一遍这个词，“失控的燃烧过程。真正的食物应该不需要这样的准备工作。你是个原始生物。这些步骤浪费时间，时间最好还是都用于履行你的塔特克鲁德。恩伊·尤斯–俄洛伊不会干扰生命洪流。”

雷蒙耸耸肩。“我吃不了你们的食物，怪物。我也不能生吃这些东西，”他把那些尸骸拎到眼前打量着，“如果要让我行使功能，那我就得去生个火。帮我收集些柴火来。”

他们回到空地上，雷蒙临时做了个火弓，点起一小堆炊火。火焰噼噼啪啪烧旺了之后，外星人转过头瞧着雷蒙。“燃烧已在进行中，”它说，“接下来你要做什么？我希望观察这个所谓的烹饪过程。”

这外星人的语声中是不是带着一丝厌恶？雷蒙忽然意识到这整个过程在马奈克看来会是何其怪异：捕捉并杀死一只动物，剥掉它的皮毛，扯出它的内脏，将其切碎，把死尸放在火上烘烤，最后再吃掉。有那么一会儿，这件事突然显得怪诞而又残忍，虽然他以前从未有过这种感觉。他低头看着手里的胖肉圆，又看了看自己满是黏糊糊黑血的手，他今天上午挥之又来的那种微妙负罪感又强烈了起来。“首先我得给它们整整皮，”他压下心里的不安，坚定地说：“然后才能烹饪。”

“它们这不是已经有一层皮了吗，还用整？”马奈克说。

雷蒙惊讶地发现自己笑了：“我是说得把它们的皮给剥掉。还有那些毛。用刀子割下来。你明白了吗？在离镇子这么远的地方，我只能把毛皮直接扔掉。浪费了些，不过草蜢鲵的皮反正也值不了几个钱。”

马奈克抽了抽鼻子，然后伸出一只脚戳了下那些草蜢鲵：“听起来效率低下。把食物的这么大一部分都切下来然后扔掉，不是很浪费吗？整个外皮部分都浪费了。”

“我不吃毛皮。”

“噢。”马奈克说。它走近雷蒙，坐到他身后的地上，双腿向后怪异地蜷曲。“观察这一过程应该会很有趣。开始吧。”

“我需要一把刀。”雷蒙说。见马奈克一言不发，他又补了一句："那个人应该有把刀。"

"所以你也需要？"

"嗯，我可没法用牙齿干这活。"雷蒙说。

马奈克默然从它的腰带上抽出个圆筒，递给雷蒙。雷蒙翻来覆去地看着这东西，不知所措。马奈克把手伸过去，在圆筒上操作了一下，然后就有一根十五厘米长的银色金属丝伸了出来，硬邦邦地挺在那儿。雷蒙拿起这把奇怪的小刀，开始处理那只胖肉圆的内脏。金属丝轻而易举就破开了血肉。大概是饥饿让雷蒙的注意力过于集中在手头的工作上了，所以直到他把那只胖肉圆用一根签子串起来，放到火上烤着，又开始动手处理第一条草蜢鲵的时候，雷蒙才意识到那个外星人做了什么。

它递给了他一把武器。

那家伙犯了个错误。很快它就要为此送命。

他努力对抗猛增的肾上腺素，拼命不让手中的锋刃有丝毫动摇，不让他的双手有半点颤抖。他一边躬身忙于挖出草蜢鲵后腮的细致工作，一边瞥了眼马奈克。那个外星人似乎没察觉到任何异样。问题在于，该攻击它哪里？捅它的身体风险太大；他不知道这家伙要害器官何在，因此根本没法确保一击必杀。马奈克比他高大许多，也强壮得多。雷蒙很清楚，一旦战斗拖长，他就必败无疑。所以必须速战速决。带着一股飘然欲飞的愉悦感，他下定了决心：攻击喉咙。他会用这把刀子割开外星人的喉咙，用尽全力。那家伙毕竟也有嘴，会呼吸，那么它脖子里某处肯定有一条气道。如果他能切断那条气道，剩下的就只是要坚持活下去，一直撑到外星人被自己的血呛死就好。胜算还是相当微小，但他愿意赌这一把。

“看看这个。”他边说边拿起那只胖肉圆的尸骸。它的腿被割掉、鳞片被刮掉之后，肉质柔软，呈类似于生金枪鱼的粉红色。马奈克倾身靠近。和雷蒙所期待的一样，它的双眼都对准了他左手的那团死肉，忽视了他右手中的利刃。雷蒙满心都是那令人陶醉的得意扬扬之情，就好像他正站在地亚哥镇某家酒吧外的街道上一样。这些怪物并不知道，它们俘虏的这个生灵也知道如何成为一个凶恶的怪物！他等待着，直到马奈克为了把侧面那条草蜢鲵看得更清楚，略微偏过了脑袋，暴露出咽喉处散布着黑色与黄色斑点的肌肤，然后他发动了突袭。

他猝然间就躺到了地上，仰望着高高的紫罗兰色天空。他腹部的肌肉绞成一团，只能小口小口地喘着气。他被剧痛狠狠地打倒在地，滚到一边，就像是挨了石巨人的拳头。

一切发生在瞬息之间，快到难以追忆，但带来的冲击仍在令他的身体疼痛不已，一个劲地抽搐。那把刀被他丢到了地上。

你真蠢。他心想。

“真有趣，”马奈克说，“你为什么要这么做？我对你不构成任何威胁，所以你没必要为自卫而杀我。我不是你的食物，所以你也没必要杀我来吃。你并没有对我宣战。我没有去酒吧，我也没有钱。可你还是产生了杀戮的冲动。这种冲动的本质是什么？”

如果雷蒙笑得出声的话，他现在一定会哈哈大笑。这一幕实在是滑稽可笑，又可悲至极，跟他绝望的愤怒情绪太相配了。他撑起身子坐到地上。在那只胖肉圆残骸上滚动让他的双手和胸口都糊满了血。

“你……”雷蒙开口道，“你事先就知道。”

马奈克的翎羽竖了起来，而后又倒伏下去。在透过林冠照进来的柔和阳光中，它那邪恶而毫无情感的橙色双眼仿佛在散发光芒。

“萨赫尔参与到你的流动之中，”它说，“它不会允许你采取会干扰你的塔特克鲁德的行动。你不能以任何方式伤害我。”

“也就是说，你可以读我的心。”

“萨赫尔可以预先阻止奥布雷的行为发生。我不明白‘读我的心’是什么意思。”

“意思是你知道我在想什么。你在我动手之前就知道我准备要做什么。”

“不。汲取最初的意图会搅乱流动，影响你履行机能。只有在你倾向于表现出奥布雷的时候，你才会被纠正。”

雷蒙用手背抹了把眼睛。

“所以，你是不知道我在想什么，但知道我准备要做什么？”

马奈克默默地打量了下他，然后说：“每一个动作都相当于一道瀑布，源自意向，坠入行动。萨赫尔汲取的位置在瀑布上游很远的地方。采取行动的意向必定早于行动本身，因此你无法在我察觉你要有所行动之前就采取行动。企图伤害我的袭击无法完成，并且必将受到惩罚。无法明白这点的你只是个原始生物。”它偏了偏脑袋，更仔细地打量着雷蒙：“请回到当下的问题。这种冲动的本质是什么？为什么你想要杀死我？”

“因为人应该是自由的，”雷蒙说着，徒劳地推了推脖颈上那根粗大的肉质绳索，“而你现在剥夺了我的自由，怪物！”

外星人把脑袋往另一边偏了偏，那样子就仿佛这些字眼对它毫无意义，名副其实是“左耳进，右耳出”。马奈克轻轻松松地把雷蒙从地上拉起来，让他站稳。接着外星人又把那把刀放回了雷蒙的手里，这让他有些惭愧又深感屈辱。

“继续烹饪过程吧，”马奈克说，“你本来正给这只小动物的尸体剥皮。”

雷蒙慢慢地把那根银色圆筒给转了个向，摇了摇头。他已经失魂丧胆了。他不可能击败这头怪物，就像一个小婴儿无法赢过自己的父亲。他对外星人的威胁如此微不足道，以致这怪物会毫不在意地把武器递给他。他感到有种冲动，想将这把刀送进自己的胸口，结束这种奇耻大辱，但他抢在萨赫尔的严厉惩罚到来之前就抛弃了这个念头。

他用这把外星匕首削尖了一根小木棍，把那些小动物的尸体串在木棍上，然后举着生肉串，放到火上。起初，他把胖肉圆和草蜢鲵放在离火焰远些的位置，好尽量拖长烧烤的时间，但随着油脂和烤肉的香气让他的胃蠢蠢欲动，他就垂下了手中的木棍。

这些多筋的瘦肉吃起来味道比雷蒙的记忆中要好

些——咸咸的，还有种浓郁的泥土芬芳。他把肉吃光，只剩下了那些细小的黄色骨头，然后在自己的袍子上擦了擦手，站起身来。

“我们走吧，怪物。我得去找些清水喝。”

“这些烤干了的肉不够吗？”

雷蒙吐了口痰。

“没有食物我还能活上几个星期，”他说，“没有水的话，几天内我就会死掉。”

它站起身，让雷蒙带着它穿过林间小径，走到一条湍急的小溪旁。冰冷的水流从溪中的岩石间冲过，泛起一团团白色的水沫。在这北方的偏远之地，冰川滋养了众多溪流，溪流最终汇成了大河——也就是漏斗河，在这条河远方就是琴手登台镇的定居点。他蹲在溪边，用双手捧起冻得人手指发麻的溪水，放到自己唇边，心中幻想着自己把一份信息装进个瓶子里，让它在河水中上下颠簸，顺流而下，抵达文明社会。“落于怪物之手！速派救援来！”他也许该指望自己能设法让一群煎饼兽带他飞回地亚哥镇。反正都是做梦，谈不上哪个更离谱。

他用手背擦了擦嘴巴，坐回地上。

“这就是全部了吗？”马奈克说，“吞咽死肉和水。排出小便。这些就是约束那个人的河道？”

“噢，他有时候还得大便。跟小便有点像。有时候他还得睡觉。”

“你也要做这些事。”马奈克说。

雷蒙站起身，朝营地和那个飞箱的方向走去。外星人亦步亦趋。

“这种事不是说做就能做的，”雷蒙说，“不是说我能够像台可悲的机器，你按个按钮我就一下子睡着了。这种事该来的时候才会来。”

“大便呢？”

雷蒙感觉心中怒气升腾。这家伙真是个白痴！他居然是被这么一种蠢蛋奴役了。

“也会在该来的时候来。”雷蒙说。

“那我们要观察一下是什么时候。”马奈克说。

“好的。”

“趁这段观察的时间，你可以解释一下自由这东西。”

雷蒙停下脚步，扭头往后看去。阳光在外星人的旋涡纹皮肤上投下斑驳的影子，形成了类似迷彩的效果。

“你会为了自由而杀戮，”马奈克说，“自由是什么？”

“自由就是脖子上没被插进这根东西，”雷蒙说，“自由就是可以在我想做的时候做我想做的事情，用不着跟着别人的调子起舞。”

“这个所谓起舞，是种风俗吗？”

“天啊！”雷蒙大喊一声，转身面对着俘虏了他的这个外星人，“该死的，自由就是做你自己！自由就是不用为了任何原因听命于任何人！不管是你的上司，你的女人，还是那个混蛋总督和他那支小小的混蛋部队，都不用！自由的人想走就走，想走哪条路就走哪条路，没人有权挡住他的去路。没人！你是蠢到连这都理解不了吗？”

雷蒙重重喘气，仿佛他正在奔跑。他的脸颊涨得通红。那双炽热的橙色眼睛打量着他的全身。萨赫尔再度搏动了一下，雷蒙恐惧得浑身发抖——但他预想中的痛苦一直也没有降临。

“自由就是没有束缚？”

“是的，你这怪物，”雷蒙故作斯文起来，仿佛在跟一个自己并不喜欢的小孩讲话，“自由就是没有束缚。”

“但这有可能吗？”它问道。

一个个想法和一桩桩回忆在雷蒙的脑海中飞闪。艾蕾娜。他为了攒钱买厢式货机不得不在没有烈酒的情况下挣扎度日的那段时间。警察。那个木卫二人。

“不，”雷蒙说，“并不可能。可如果你不为此努力，你就算不上是个真正的人。走吧。你拖住我的脚步了。如果你打算一直把这鬼东西插在我身上，至少我走路的时候麻烦你跟上来。”

在营地里雷蒙陷入了沉默，外星人也听之任之。它看起来若有所思，还有些自我反省的样子——长成它这副德行，实在没法确切判断，只能说大概如此。时间渐渐入夜之际，雷蒙确实感觉到了有大便的需要，然后全程旁观的外星人让他深感羞耻。

“诶，吃个晚饭吧？”事毕以后，雷蒙试着想要忘掉这段羞耻的经历，用轻快的口气提出建议，“再来些食物？反正今天已经太晚了，不适合继续赶路了。”

“你刚刚才清空了自己的肠子，”马奈克说，“现在你又想把它们再装满？”

“活着就是得这样啊，怪物，吃了拉拉了吃，到死之前都不会结束。死人不用拉也不用吃，但活人必须要这样，不然他们很快就会死了。”他骤然想到一个念头，然后狡猾地看了看外星人：“那个人类也得吃东西。你们要追的那个人。你可以了解下他会怎么做。我来向你演示下怎么捕鱼。”

“他不会布置陷阱？不会像你之前那样？”

“他会的，”雷蒙说，“不过他会把陷阱布置在水中。来吧。我演示给你看。”

外星人弄明白雷蒙需要什么以后，倒是挺配合的。不远处有棵冰根树，他们从树上折下根干燥的细小枝条，然后——在和马奈克进行了一场冗长的商议之后，因为它花了很长时间才明白雷蒙想要的是什么——外星人提供了一根柔软且延展性极强的灰白色金属丝，雷蒙用它们做成了一根简陋的钓鱼竿。雷蒙又用另一种金属丝做了个鱼钩，然后沿河一块块翻开岸边的石头，最后找到了一只肥硕的橙色大甲虫，用它来做钓饵。雷蒙把那只甲虫穿到鱼钩上时，马奈克的鼻头突然好奇地抽动起来。

雷蒙领着外星人，在溪边找了个看起来不错的位置，放下鱼钩。雷蒙一边等着鱼上钩，一边时不时偷眼瞧瞧马奈克。外星人站立原地，注视着水面。尽管它有时候会流露出对他们的任务进展迟缓不满的态度，但这会儿它看上去倒是很有耐心，一动不动、不知疲倦，无论要花多久它都没问题的样子。雷蒙瞥见溪水中央晃过一抹蓝光，有条鱼跃出了水面，但没东西吃他的饵。他一直都不算是个太有耐心的人，这会儿已经开始焦躁不安了。为了打发时间，他吹起了口哨。那是首傻乎乎的小调，是他和艾蕾娜刚刚在一起时她教给他的。他不记得歌词了，但这并不重要。

这曲子让他想起了艾蕾娜，想起了她长长的黑发和麻利的双手——在自家小菜园里没完没了的劳作让那双手上长满了老茧。她是个深色皮肤的小个子女人，有时非常可爱，哪怕童年时的疾病让她的脸上到处都是坑坑洼洼。有时候，雷蒙会不自觉地用指尖抚摸那些痕迹，然后艾蕾娜会把脸扭开。“别，”她会说。“别这样，你让我又想起了自己有多丑。”接下来，如果雷蒙之前刚好手头没有太多酒可喝的话，他会说：“不，不，看起来没这么糟糕，你非常美丽。”但艾蕾娜从来都不相信他。

“你在发出的那些声音是什么？”马奈克的询问打断了雷蒙的遐思。

他皱了皱眉：“我在吹口哨，怪物。吹首小曲。”

“吹口哨，”外星人复述了一遍，“那是另一种语言吗？我听不懂，虽然我能听出其中包含一定的结构和次序。解释一下你用那种语言说的话都是什么意思吧。”

“我刚才根本就没在说话，”雷蒙说，“那是音乐。你的同类，他们都没有音乐吗？”

“音乐，”马奈克说，“啊。有序的声音。我理解了。你会从一系列特定的节奏中获得愉悦感。我们没有音乐，不过这东西的数学函数非常有趣。将随机的东西变得整齐，会增强生命洪流。你可以继续吹你的音乐了，人类。”

雷蒙没有接受外星人的邀请。他拉了拉鱼线，然后用力收竿。第一竿钓上来了个雷蒙从没见过的玩意儿。这并不奇怪——目前人类对圣保罗星的了解还是少得可怜，地亚哥镇和鹅颈镇的渔网每周都会捕捞到新的物种。眼前这只身形臃肿的灰肚皮底栖生物，鳞片上依稀散布着些好像脓包的白色瘤疣。他拔出鱼钩的当间，这东西冲他嘶嘶怪叫。他带着厌恶之情把它扔进了水里。“扑通”一响，那东西就消失不见了。

“你为什么要把那个食物扔掉？”马奈克问道。

“它是个畸形怪物，”雷蒙说，“就像你一样。”

他又找来一只甲虫，然后他们继续注视着水面，与此同时周围渐渐暮色四集。林冠之上的天空逐渐化作圣保罗星日落时那令人惊艳的紫罗兰色。绿色、蓝色与金色的极光在空中翩翩起舞。看着眼前的美景，雷蒙一瞬间再度感觉到了开阔的荒野每每给予他的那种深邃的宁静。即便为人俘虏奴役，即便他的肉体被萨赫尔刺穿，这片广阔无垠、光彩摇曳的天空依旧美丽，仍然能给人带来慰藉。

又过了几分钟，雷蒙终于抓到了一条肥美的利刃鱼，鱼身是白的，鱼鳍鲜红。他把鱼拖出水面的时候，瞥见了马奈克的脸庞。它正好奇地观望着。雷蒙摇了摇头：“你们没有音乐，也不吃真正的食物，”他若有所思地说道，“我觉得你们这种生物真的很可悲。两性的状况如何，怪物？性别你们总该有吧？你是男的，还是女的？”

“男的，”马奈克说，“女的。这些概念与我们无关。有性繁殖既原始又缺乏效率。已经被我们超越的东西。”

“太糟糕了，”雷蒙说，“这可超越得太过头了吧！不过也有好处，我觉得至少这就意味着我不必担心今晚你会摸进我的窝棚来，没错吧？”他冲着满脸困惑的外星人咧嘴一笑，就起身走回营地。马奈克一言不发地和他并肩而行。在营地里，雷蒙迅速地再度点燃炊火，把那条鱼慢慢烤熟；一时之间，他真心希望能有些大蒜或者辣椒粉可以撒到鱼上。不过，烤好的鱼肉还是不错的，温热多汁。他吃饱了之后，又烟熏了几条鱼肉干，拿麻草叶子把它们裹好，留着明天吃，然后跪坐在地上，打了个呵欠。他觉得十分满足，并且有种诡异的惬意感觉——尽管他境况岌岌可危，身边的同伴甚至并非人类。

不再有什么问题，没人再提出什么难以理解的质询。最后，雷蒙的身体终于开始觉得沉甸甸的了，他爬起来，钻进那个警察搭建的简陋窝棚里，用双臂枕着自己的脑袋，让自己顺其自然地沉入梦乡，哪怕他始终隐约意识得到，那个怪物就在不远处看着自己。

就让它看着吧。它每在这里跟雷蒙多待上一个钟头，就会多出一分机会给那个曾经追赶雷蒙、如今被雷蒙追赶的陌生人。

第四节

第二天的早上，天气晴朗但寒冷。雷蒙醒得很慢，意识一点一点地回归，他甚至完全说不清自己是何时越过了睡眠和清醒之间的那道分界线。哪怕是在完全醒来之后，他也还是裹在自己的斗篷里一动不动，品味着清晨的声息和馨香。裹在这套外星衣物里面感觉温暖舒适，但他脸上感觉得到外面的空气，冰冷而干爽，带有冰根树林特有的那种类似肉桂味的香气。他耳朵里能听到不远处急流的潺潺水声，随朝阳一同升上天空的“小鸟”们呼朋唤友的啸鸣，还有远处一只“无衫汉”[1]在漫长的一晚狩猎之后，回

① 原文为西班牙语。有穷人，无产者等多个义项，近现代最有名的义项是指阿根廷支持庇隆的平民。

到它在树上的巢穴中时，那怪异而洪亮的叫声。

尽管他的身体因为在坚硬崎岖的地面上睡了一觉而有些疼，他的膀胱也已经隐隐作痛了，雷蒙还是不想动弹。这样躺着让他感觉十分宁静，且似曾相识。那些不适感是他的老熟人了。经历了一天艰苦的勘探，然后第二天像这样独自在森林中醒来的经历已经有多少次了？很多很多次，他想。多得已然无以细数，多得已经难于回忆。

他甚至觉得自己几乎可以假装这只是又一个平常的早晨，之前发生的一切都只是场噩梦而已。他紧紧地抱住这个念头，好一会儿才不情愿地放开。这是个谎言，但却是个令人愉悦的谎言，他不就是为了愉悦才把这么多时间花在起床上嘛。他小心翼翼地睁开眼睛，发现自己的目光透过窝棚的出口投向了西方。拂晓的曙光照耀下，那些冰根树高高的树梢间仿佛有蔚蓝色的光辉跳动。在森林背后，西北面的远方，他看到几颗明亮的星辰，正随着太阳升起渐渐隐去：那是琴弓座，琴手登台镇正是由此得名——因为从镇子所在的位置再往南就看不到这个星座了。他看着，看着，直到最后一颗明星也被白昼的天空吞没，这才翻了个身。然后，随着他喉头上传来被萨赫尔拉扯的感觉，所有太平无事的假象瞬间消失无踪。雷蒙心不甘情不愿地坐起身来。马奈克依然站在窝棚外面，它油光水滑的皮肤上凝结出了串串露珠，翎羽在晨风中飘动。看样子，从他进来睡觉开始它就没有动过，像一尊石像似的静静站着，观察了他一整个晚上。想到这里雷蒙不得不努力控制住自己，不让自己浑身发抖。

雷蒙嘟哝着爬起身来，看到那个外星人双目圆睁。于是他问道："怎么了，怪物？你在等什么吗？"

"是的，"它说，"你已经恢复到适合履行机能的状态了。睡眠现在结束了吗？"

雷蒙把手伸进袍子挠了挠肚皮，打了个大大的哈欠，嘴巴张到感觉可能会让下巴脱臼才罢休。夜间许多细枝和残叶溜进了窝棚里，缠在了他的头发当中。他用手指梳了下头发，把它们扒拉了出去。除此以外，这窝棚感觉很棒——结构精巧，内部干燥，大小刚刚好。那个警察甚至在睡觉的铺位下面垫了一层冰根树叶，用于将夜间他身体散失的热量给反射回来。那家伙在荒野中肯定待过很长时间。

"睡眠现在结束了吗？"外星人又问了一次。

"你第一次问我就听到了，"雷蒙说，"是的，睡眠结束了。你的同类们也不用睡觉，对不对？"

"睡眠是个危险的状态。它会将你置于洪流之外。它是种不必要的机能中断。对睡眠的需要是你们天性中的一大缺陷。只有软弱的低等生物才需要在自己生命中一半的时间里处于无意识状态。”

“是吗？”雷蒙打着哈欠说，“哎，你该啥时候自己睡个觉试试看。”

“睡眠已经结束。”马奈克说，“是时候开始履行你的机能了。”

“别这么着急嘛。我还得去小便。”

“你之前小便过了。”

“噢，这是个会持续演进的过程。”雷蒙故意错引了一句某位牧师说的话，他在地亚哥镇的广场上听到过一次这位牧师布道。那场讲道是关于灵魂多变的本性的，那位宣讲者脸涨得通红，满头大汗。雷蒙和保罗·多明格斯当时还朝他扔了些琥珀杏仁。他好些年都没想起这事了，可他回忆起来却是无比清晰，仿佛那就发生在片刻之前。他有些疑虑，不知道是不是曾经浸泡其中的那种恶心的外星黏液对他的记忆产生了什么影响。他曾听说，从静滞休眠中苏醒的人们有时候会得失忆症，或是出现严重的记忆混乱。

此刻，站在一棵树皮呈网格状的伪松前，冲着树根底下撒尿的当间，雷蒙发现更多陌生的记忆纷纷回归，一桩桩涌上心头。马丁·卡苏斯，他来到地亚哥镇后交到的第一个朋友。马丁当年住在码头旁的一套两室公寓里，房间里铺着奶黄色的竹制地板，地板的许多接缝边角都翘起了皮。有整整一个月的时间，他们俩每天晚上都在那里，一边唱歌，一边猛灌啤酒，不醉不休。马丁给他讲述了自己在森林里作为职业猎人设置机关捕猎动物的经历，说他曾如何如何用鲜肉哄骗一只卓柏卡布拉踏进了底下架着长矛的陷坑。雷蒙则编造出若干他在墨西哥的猎奇故事，一个比一个耸人听闻，一个比一个难以置信。马丁的女房东有回找上了门，威胁要报警逮捕他们两人，于是雷蒙就装疯卖傻。他还记得那个老女人震惊的表情，记得她双手乱摆的样子——她搞不清雷蒙这样是在侮辱她还是在威胁她。那感觉就像在观看一盘录像，先是一段和实际体验同样鲜明的闪回，然后身临其境的感觉消失，唯余回忆。

雷蒙和马丁后来为一个女孩闹翻了，而那位女孩最后选择远远躲开他们两个。雷蒙回忆着这段往事，懒洋洋地挠着肚子，指尖拂过自己光滑的皮肤曲面。可怜的老马丁。他不知道马丁后来的际遇如何。但他不得不承认，不管怎么样都不会比他现在更糟。

“你们也不小便，对吧，怪物？”

“你们必须要排泄废物，那只是因为你们摄入了品质低劣的食物，”马奈克答道，“欧伊克能提供养分，而不包含废物。它就是这样设计的，提高效率。你们的食物中充满毒素和你们的身体无法吸收的非活性物质。这就是为什么你们必须要大小便。这既原始又反自然。”

雷蒙咯咯怪笑：“原始？或许是吧，”他说。“但要说反自然，你们才是反自然的，怪物！我们是动物，我们俩都是。动物会睡觉，会吃别的动物，会拉屎，会繁殖。你们一样都不会。所以，你看，谁才是反自然的呢？”

马奈克俯视着他：“生物拥有了瑞特赫，也就拥有了超越动物的能力，”它说，“如果拥有这种能力，就理当加以运用。因此，你们才是反自然的，因为你们尽管拥有超越原始状态的能力，却死抱着这种状态不肯放手。”

“死抱原始状态可以有很多乐趣。”雷蒙开始准备进行论证，但似乎已经越来越不耐烦的马奈克打断了他。“我们的讨论始于小便，”它说，“而今转了一大圈又回到了这里。我们现在已经准备好了。你要进入优尼亚。我们要继续前进。”

“优尼亚？”

马奈克顿了顿。

“那个会飞的箱子。”它说道。

“噢。但我还需要再吃些东西。你不能逼一个没吃早饭的人出门干活。”

“你没有食物也能坚持好几周。你昨晚是这么告诉我的。”

“那不代表我愿意这样，”雷蒙说，“你希望我处在最佳工作状态的话，我就得吃东西。就算是机器也得添加燃料才能工作。”

“不可再有推延，”马奈克边说边不怀好意地摸了摸萨赫尔，“我们立刻出发。”

雷蒙考虑了下要不要提出抗议，宣称地球人类还有更多必须要执行的生理机能——为了拖延更多时间，他吐上一两个小时的口水也无妨。但马奈克看样子已经下定决心，雷蒙并不希望它诉诸暴力，用萨赫尔来强迫他服从。

“好吧，好吧，我就来。等一秒钟就好。”

雷蒙对那个警察已经仁至义尽了。他做了这么多，那个来逮捕他的家伙，无论是谁，都该为此对他感激不尽！雷蒙抓起那些昨晚准备好的包裹在叶子里的熏鱼肉条，跟着外星人回到它那只骨白色的箱子里。看来只能在路上吃顿冰冷的早餐了。

这艘古怪的飞船升空的时候，他感觉肚子里一阵抽搐。他们朝西南方飞去。他们身后，北面是骨头山高耸入云的群峰，山坡的高处此刻全都被水汽充沛的翻涌乌云遮蔽，模糊不清——那儿正在下雪。南面的世界更加开阔，渐渐平坦，化作森林覆盖的平原，而后地势一路走低，热气蒸腾，水泽密布，犹如一个巨大的倾斜汤盘，向着南端的地平线绵延而去，在视野尽头隐约可见一堆泥沼，像是盘子边缘的污物。从天上这里望下去，同样在视野尽头附近还可以看到一条细细的银线，穿梭于这片由绿色、蓝色和橙色的木头与黑色岩石构成的天地之间。那是漏斗河，是排出骨头山脉和整块北方大地上积水的巨大河网中的主干水道。在西南方数百里之外，琴手登台镇就在这条大河旁，高居于一片分布着红色岩脉的石崖之上，镇上那些摇摇欲坠的木制旅店和房屋里塞满了矿工、猎人和伐木工们，镇子的码头中挤满了运矿的驳船，还有些巨大的原木筏子，它们不久就会出发，顺流而下，前往鹅颈镇。那名警察的目的地几乎可以肯定也是那里——灯火通明，往来喧嚣，相对安全的琴手登台镇。

他会如何赶往那里？像他这样能够造出那么漂亮的窝棚的好汉，肯定可以顺顺当当地用手头的材料弄出一个木筏来。一旦他抵达漏斗河的岸边，造好他的木筏，他就会顺流而下前往琴手登台镇。这样比步行穿过纷乱的密林要轻松得多，也快捷得多。如果是雷蒙自己，被困在这片荒野之中，没有厢式货机，穷途末路，孤立无援，他也会选择同样的方向，去做同样的事情。所以，他确信那个警察也会这么做的。说到底，外星人把他当作它们的猎犬，这件事上它们还是挺聪明的——他确实知道那个警察会做什么，会去哪里。雷蒙确实有能力找到他。

他还得拖延多久才能给那个警察足够的时间逃走？那家伙会不会已经到了河边了？从骨头山脉的山脚下出发，徒步穿过这片崎岖地带的话这段路可挺长的。话说回来，那之后已经过去了好几天……应该差不多了吧。

他们下方还是一片浓密的冰根树林，那些高大而瘦削的树木上长着蓝白色的半透明针叶，看上去就像是数以百万根细小的冰溜子。他们继续往前飞。下方有一座巨大的虫巢，像通天塔般高耸在树林之上，里面那些看上去由金属构成、像是活生生珠宝般的怪异昆虫们在他们经过时纷纷涌上塔身，作势威吓，好保卫它们的女王。接下来是片林间空地，地上只有一头硕大的“牛仔怪”残骸。这东西有六条腿，看着有些像马，大半身子已经被卓柏卡布拉吃掉了，剩下的部分被随意丢在这里。然后又是冰根树。他们在兜圈子。马奈克这是打算用什么办法寻找那个警察？

“我们在找什么？”雷蒙大声喊叫，好压过身边呼啸的风声，“从这么高的地方什么也看不见啊。你在这东西上装了传感设备吗？”

“我们发现了很多东西。”马奈克说。

“我们？我可什么都没发现。”

“优尼亚会渗入我的生命洪流，萨赫尔也会。而你因为自己的天性，必定无法参与其中。这也是你会感到强烈的苦恼的原因。但这是你的塔特克鲁德，因此必须予以接受。”

“我可不想参与你那破烂之流，”雷蒙说，“我只是在问你，这东西上面是不是装了某种传感设备？”

“有必要发出这些噪声吗？”马奈克问道。要不是雷蒙完全确信这些外星人并不拥有任何人类可以理解的情感，他肯定会断定这家伙是被惹火了。“搜索本身是种表现，来自——”

“——你的塔特克鲁德，不管那是什么玩意儿，”雷蒙说，“随你怎么说都好啦。因为我没法参与那什么什么流，也许我只能够这么做——跟你进行友好的交谈，对不对？”

马奈克头上的翎羽飞快地一起一伏。那硕大的脑袋迅速地左右摇晃。它转身面对着他，与此同时白箱子的板条变密了些，风声随之减小了些。“你是对的，”马奈克说，“你只能运用这种喷吐空气的原始途径交流。的确，我应当尝试让你的高级思维参与进来，以便帮助你避免奥布雷。而且如果我能更好地理解这种不协调的‘自我’的机制，那个人的天性也会更加明显。”

“这听起来可不太像是在道歉，怪物。”雷蒙说。

“这个用语很奇怪。我并没有坠入奥布雷。我没有理由流露歉意。”

“噢，好吧。这样就好。”

“不过如果你希望发声交谈，我会用这种形式与你分享。我的确有些传感设备。它们是这台优尼亚的天性，正如啜饮你的生命洪流是萨赫尔的天性，也正如管理和引导这具形骸——”马奈克说到这里指了指自己，“是我的天性。但那个人更像其他的动物，要探寻约束他生命洪流的河道这一任务要更加复杂微妙。”

雷蒙耸了耸肩。

他们想要抓到那个警察的话，最好的办法就是向西抵达漏斗河，接着从那人步行可以抵达的大致位置再往南飞一段，然后就等在河边，直到那个混蛋乘着他的木筏顺着河水漂过来。但如果外星人看不出这个法子，雷蒙可不觉得身为俘虏有什么特殊的必要去点醒它。如果外星人想要这样毫无用处地来回晃荡一整天，雷蒙觉得也挺好的。

“你抓到那个可怜虫以后，你打算拿他怎么办？”

“纠正他存在的幻象，”马奈克说，“被观测到这种事不可以发生。发生了这种事的幻象是根本的矛盾，盖苏，是对现实的否定。如果我们被人看见了，我们就会将不再是我们自己，我们就将绝对不会是我们自己。那些不可以被发现的就一定不可以被发现。那是矛盾的。必须被解决。”

“这根本说不通啊。那个人，他已经看见你们了。”

“他还在幻象之中。如果能阻止他回到同类中去，信息就不会扩散出去。他将会获得纠正。他存在的幻象会被剥夺。无论如何，如果他是真实的，我们就不是了。”

雷蒙打开麻草叶包，吃干净他熏鱼条上的肉，然后把白骨丢在脚下的板条上。

“你知道吗，怪物，要说话说得跟你这样没头没脑，我得喝上半个晚上才办得到。”

“我听不懂。”

“问题确实就在于‘听不懂’，混蛋。”

“你吞下的那种液体会影响你的交流能力？你在营地待的时间不够久，这种影响还来不及表现出来？”

“那是河水，”雷蒙不耐烦地说，“刚才我说的是酒。我刚才说‘喝’的意思是，喝酒。我这是碰上了什么鬼啊，你这魔鬼居然从没听说过酒类饮料吗？”

“给我解释下‘酒类饮料’。”

雷蒙挠了挠肚皮。有那么一瞬间，他感觉指尖下光滑的皮肤颇为怪异。他要怎么给这个脑子半疯半癫的东西解释饮酒——还有饮酒的真实感觉——是怎么回事呢？

“酒里面有种东西。是种液体，”雷蒙说，“它叫作酒精。人们通过发酵得到它。发酵，是种分解过程。土豆能做伏特加，葡萄能做果酒，大麦能做啤酒。然后，你喝酒的时候，一个人喝酒的时候……酒会让他从自我中超脱。你能理解吗？所有那些‘理当如此’的事情都不会再让他那么烦心。束缚在他身上的那些鸡零狗碎，都会稍微放松一点儿。就像是小便。我说不清楚，怪物。”

“它会放松束缚，”马奈克说，“它会让你自由。”

回忆再度向着雷蒙猛袭而来。周围的世界骤然间隐去。

那年他十四岁。他还会度过漫长的两年，然后才选择加入某个工作团队，接着离开地球。八月为墨西哥的这片群山带来了雷暴雨，天上是巨大的云层，往下逐渐从白色化作灰黑。从山崖上那座小小的普韦布洛村落下来以后，雷蒙住进了一个男孩的棚屋里。男孩比他年纪大些，棚屋位于墨西哥城附近某座平顶山上，一片违章建筑组成的村庄当中。

那天，他正坐在一堆奇形怪状的烂木头和旧塑料上——他和那个男孩开玩笑地把这堆玩意儿称为“前门廊”——看着那些云团聚集，高高耸立在天空之中。雷蒙当时猜测，下一场风暴当天晚上就会降临到他们头上。到时候这座小屋是会在里面来一场小规模的狂风暴雨呢，还是会在风雨中就此垮掉？他正在试图推测这个问题的答案时，另外那个男孩出现了，沿着满是泥泞的石头路，从一排简陋的棚户和另一排之间的小巷中间溜达过来……

马奈克的手臂触到他的肩头，稳住他的身子，被雷蒙不假思索地一把打开。“出现了一阵乱流，”马奈克说，“你的注意力很集中，但焦点所在却暧昧难明。”

“我想起了一些事，”雷蒙说，“仅此而已。有一回我喝了酒。那时候酒让我感到了自由。”

“啊。重现精度在继续增加。这是件极佳之事。你的塔特克鲁德找到了中心点。但你的生命洪流仍然不畅。”

“是啊，我们人类总是这样，就像你也永远是这么丑，怪物。你想知道喝了酒精饮料是什么感觉。这就是了：酒能让一个人忍受他无法忍受的事。它能带给他其他任何方式都无法带来的自由。一个人喝醉以后，感觉仿佛万物皆寂，独我一人。一切都皆有可能。一切都美好怡人。感觉就好像手中握着天地的权柄。没什么别的东西能让人感觉到如此完满。”

“这么说酒是好东西。它能增加流动的路径，将注意力聚焦。它带来自由，而自由是人类的核心欲求之一。饮酒即是在传达美德。”

在小巷中，那个木卫二人坐倒在地，手捂自己的腹部。人群往后撤去。雷蒙再次感觉到被他们背叛时心中的那股寒意。

“喝酒确实有很多好处，”他说道，“你干吗会问我这么一堆见鬼的问题？你不是应该去追猎那个人吗？”

“我希望和你共同分享，”外星人说道，“你无法感觉到生命洪流。这些词句是你仅有的渠道。”马奈克的口气听起来像是雷蒙离开地球后在飞船上遇到的那位随船心理医生。他举起自己的双手，掌心向外，排拒外星人的关心。

“我已经厌倦了谈话，”雷蒙说，“让我自个待会。”

“你可能需要一段时间的吸收融会。”马奈克表示赞同，那样子就好像他们刚才讨论的是一根需要调校的升力管。雷蒙靠在箱壁那些稀稀拉拉的白色板条上，透过缝隙窥视着下方橙黑相间、闪闪发光的树叶之海。如果他当时没喝醉，多半也就不会杀死那个木卫二人。他也就不用跑到外头这么偏远的地方，屁股后面还悄悄跟来个警察。

但要在地亚哥镇上保持清醒，那实在不堪想象。就好像要他驾驶一艘没有燃料的飞船，或者徒手去采掘矿石一样。只有醉后他才能忍受人群。雷蒙是个酒徒，很能喝，但并不受瓶中之物的掌控。当他在这种地方遗世独行，远离人群带来的压力之时，他并不需要威士忌。一瓶酒在野外够他喝上一个月的，而在城里半个晚上就没了。他并不是个酒鬼。他有证据在此。

他察觉到事情有变的第一个征兆是，飞行中的箱子突然停了下来，静静地悬浮在空中，仿佛有根绳索从天上垂下，把它吊在原地。太阳刚开始落山，雷蒙在夕阳的光线中眯着眼睛，向下望去。但他们下方的那些树木看起来跟他们之前飞过的那几十万棵树木也没什么不同。

“那儿有东西？”雷蒙问道。

“是的。”马奈克回答了，但没再多做任何解释。飞箱向下降去。

这个新营地比他们之前看到的那个要大些。营地里的窝棚也更宽敞——大到能让人在里面坐着；还有个用石头和沙子做成的火塘，里面有好几堆灰烬。那个逃亡者可能在这里逗留了足有一整天，当中一直生着火。也可能是待了好几天——如果他仅仅只有做饭的时候才生火的话。马奈克走在前头，缓缓穿过这一小片林中空地，脑袋前后摇晃着，仿佛在和着心中某首慢歌的拍子。被牵着脖子的雷蒙紧紧跟随其后。一堆绮丽甲虫的甲壳在斑驳的阳光中绽放着璀璨的光辉。一堆毛靴兽的皮毛被随意弃置，某种长着尖牙的小型食腐类动物曾在其中一张上啃了几口，然后弃之不顾。还有根干瘪的蓝灰色香烟屁股被丢在窝棚旁。

雷蒙心中暗自琢磨：这名警察究竟走了多远？马奈克带着雷蒙开始追猎这个男人的时候，他已经逃跑了三天。那之后又过了一天。如果说那个人在第一个露营点过了一夜，然后在这里过了两夜，那就意味着他只领先雷蒙他们一天的路程。雷蒙默默咒骂着这个磨磨蹭蹭的家伙。一切都取决于这个混蛋能否赶到河边，顺流漂到南方，然后带回援军。总督，警察，或许恩耶们，还有恩耶飞船上可能存在的外星警备队都随时可能赶来。这样最好——就让人类最大的外星庇护主们过来把马奈克轻松碾死吧，就像一颗苔藓覆盖的巨石在滚动中碾死一只小虫。

雷蒙吃吃笑了起来，但外星人对此不闻不问，继续进行它的调查工作。

雷蒙看到营地里有好几个地方都有足迹，应该是那个警察进出森林时留下的。折断的树枝，还有凹陷、凌乱的落叶层，十分显眼、清晰，就像是他在那些地方留下的记号。如此看来，这里还曾是个作战基地。那人有个计划，或者说他考虑得更多，不仅仅是一路逃亡。也许他在寻找着什么。那名警察会不会在附近某处藏了个紧急救援无线电信标？这种巧合的可能性实在不高，不过仅仅是想到这点就让雷蒙心跳加快。又或者，那人是个白痴，到现在还觉得自己是猎人，雷蒙是猎物。那样的话，马奈克肯定会找到他，杀死他，然后雷蒙就会被弄回外星人巢穴那让人毛骨悚然的黑暗与噪声之中，从此不见天日。

马奈克停在窝棚旁，伸出手臂翻动那个人用作床垫的树叶。有什么东西在蓝绿相间的树叶中打个转——脏兮兮的，白底上带有暗红色的血迹。马奈克身子前倾，发出一声短促的咔嗒声。按雷蒙的理解，这表示它心情喜悦。雷蒙挠挠胳膊，感觉情况不妙，心中隐隐有些不安。

“这是什么？”他问道。

马奈克拿起一片碎布——一只浸有血迹的衬衣袖子。袖子的一部分被弄皱了，捆扎在一起，看来它曾经被系在一起充当过绷带或者止血带，然后随着血迹干涸变得硬邦邦的。

“看样子，你们把那个可怜的家伙伤得不轻啊。”雷蒙说话时努力让自己的语气显得快活些。

马奈克还是没答话，自顾自把那条绷带丢回了被翻得乱七八糟的树叶当中。它大步朝着火塘走去，萨赫尔随之伸长，变细，但仍旧拖着雷蒙，让他必须跟上去。在火塘草草堆砌起来的石围边上，泥土中有什么东西在闪闪发光。外星人停了下来，打量着那东西。雷蒙走到这家伙身旁，然后他的心中惊奇和恐惧同时升起。他跪倒在地上，用指尖抚摸着艾蕾娜给他的香烟盒。

“这是我的。”他轻声说道。

“它是那个人的，小手工艺品。”马奈克的语气仿佛是在赞同。

“不，”雷蒙说，“不，这是我的。它属于我。警察，他们不可能拿到这个，除非他们找到了……”

他几乎是连滚带爬地回到了窝棚中，抄起那只鲜血浸染的袖子。布料是粗帆布，在野外好几个月也不会坏的那种。袖子末端的纽扣已经碎裂了一部分。

“这是我的衬衫。那个家伙穿着我的衬衫！”

雷蒙转身看着马奈克，骤然高涨的怒火烧得他的耳朵里嗡嗡作响。他晃了晃攥着那块染血帆布的拳头。

“那个家伙怎么会有我的衬衫？”

外星人头顶的翎毛扬起又垂下，它油光水滑的皮肤上那些涡纹仿佛在转动。要不是很清楚萨赫尔会给他带来那种无法想象的痛苦，雷蒙已经要冲上去打他了。

“回答我！”

“我不明白。提供给你的衣物——”

“是你们的衣服，”雷蒙撕扯着身上的外星罩衣大吼，“你们这群该死的魔鬼制造的。你们让我穿上的。这才是我的衬衫。我的。我把它从地亚哥镇穿出来的。我买的。我穿过的。这是我的，还有……还有……”

马丁·卡苏斯的形象突然出现在他的脑海中，那记忆格外清晰，让他再度身临其境，如同幻觉闪回。那个女孩的名字叫作莲娜，雷蒙曾对格里亚戈提起过她。她是河边那家“牛仔烧烤店”的一名厨师。马丁当年以为自己和她坠入了爱河。有一个星期的时间他天天都在写诗，每次都始于用星辰比拟她的双眸，但等时近黄昏，他灌下一瓶廉价威士忌之后，结尾处就变成了猥琐的脏话。雷蒙在一家脏兮兮的通宵酒吧里见到了她。他们都叫那儿“里克酒吧[①]”，虽然在它酒牌[②]上写的可不是这个名字。

当时雷蒙喝醉了。现在雷蒙又看到了她。看到了她的鹅蛋脸，朝着脑后梳拢的黑发，她嘴角的线条。她身后墙纸那饱满的大红色。他看到了莲娜，就想起了灌进他脑子里的所有想象，马丁围绕着她编织的所有狂想。当她抬起头，对上雷蒙的视线时，那感觉就像是溪水流下山坡。他别无选择。只能奔向她。

随后站在他面前的换成了马丁，手里握着那把钣金钩子。雷蒙把那片沾血的破布丢到马奈克的脚边，手朝着自己的腹部摸去。马丁的手看上去血肉模糊，但其实上面的血是雷蒙的。他痛得那么可怕，流了那么多的血。他敞开那件外星长袍，心中有几分觉得记忆中的马丁会再度跳出来，再多砍他一记——虽然当时实际发生的是马丁当场崩

---

①出自电影《卡萨布兰卡》(1942)。原文严格来说是“咖啡餐吧”。
②“酒精饮料销售特许证”的俗称。

溃，失声痛哭。

雷蒙的手指摸到的是一片平滑、几乎毫无瑕疵的腹部。那条疙疙瘩瘩的粗大伤疤消失了，原本的伤疤所在之处只有一条细如发丝的白痕。他这才意识到，其实他早就知道了，他的手指之前一直是在那道失踪的伤口周围下意识地徘徊，他的身体先于头脑察觉到有些东西不见了。他的皮肤上感觉得到外星布料的粗糙质感；他指尖和脚底的老茧也全都付诸阙如。他缓缓地卷起自己的袖子。在小犬镇外那家酒吧跟苏诺·洛佩兹用砍刀打斗时留下的伤疤不见了；艾蕾娜的指尖在他身上反复撕开又反复愈合的地方，那一道道白色的皱痕也不见了。他的手指上没有半点烟渍，也没有多年的劳作在双手留下的擦伤、色斑和老茧。这些年来他的双臂已经被太阳晒得黝黑，但如今他身上的皮肤光洁无瑕，完全是淡棕色的，好似新产下的鸡蛋壳。一个之前被他有意无意掩盖下去的发现浮出水面，令他浑身发冷。

在那个液槽中，他根本没有呼吸。他的心脏也没有跳动。

“你们对我做了什么？”陷入惊恐中的雷蒙低声问道，“你们对我干了什么？对我的身体做了什么？”

“噢！真有意思，”马奈克说，“你能够卡特那了。这对我们也许并不是好事。我不觉得那个人拥有多重心灵整合的能力，就算他有，也不应该会造成这样的迷失错乱。你应当小心注意。如果你变得和那个人差异过大，就无法专注于你的塔特克鲁德了。”

“怪物，你在说什么？”

“在说你的苦恼，”马奈克说，“你正在察觉到自己是谁。”

“我是雷蒙·埃斯佩霍！”

“不，”外星人说。“你不是那个人。”

第五节

雷蒙——如果他确实是雷蒙的话——蹲在地下，手肘杵在膝盖上，双手抱住自己低垂的头颅。马奈克矗立在他身旁，用它那低沉而悲伤的语声做起了解释。发现了外星人巢穴的那个人就是雷蒙·埃斯佩霍。没人跟踪他，没有什么警察，也没有从南方飞来的另外一架厢式货机。外星人的巢穴被发现，这件事本身就造成了矛盾，然后为了纠正那个人存在的幻象，他遭到了攻击。他逃掉了，但并非毫发无伤。他的一部分——一根手指——在那次袭击中脱离了本体。那块血肉充当了——“恩伊·尤斯-俄洛伊”——造物的种子。这个曾经参与原本那个生物生命洪流的造物，带着雷蒙的记忆和知识苏醒。马奈克不得不解释了两遍，雷蒙才明白过来——那个“造物”就是他自己。

“你分享他的生命洪流，”马奈克说，“整体会完全呈现于局部，所以任何一个局部也都可能表达整体。保真度上必然有些损失，我们决定功能性的知识和即时反应的精确度要优先于身体细节的相似性。随着你的进程发展，你逐步趋同于塑造了局部的那个形体。”

“我就是雷蒙·埃斯佩霍，”雷蒙说，“而你是个撒谎的杂种，说话就像放屁一样臭不可闻。”

“这两个陈述都不正确。”马奈克耐心地说。

“你在说谎！”

“你所使用的语言真是太不像样了。交流的功能在于传递知识，说谎就无法传播知识。这是不可能的。”

雷蒙的脸烧得滚烫，然后冷却下来：“你在说谎。”他小声说。

“不，”外星人悲伤地说，“你是个造物。”

雷蒙猛地站起身来，但马奈克并没有退缩。那双巨大的橙色眼睛眨了眨。

“我是雷蒙·埃斯佩霍！”雷蒙大声喊叫，“我不是个外星怪物！是我开着厢式货机飞到这边。是我设置了炸弹。我！就是我做了这一切！我不是一根在培养槽里长大的手指头！”

“你越来越激动了，”马奈克说，“控制你的愤怒，否则我就要施用痛苦了。”

“用啊！”雷蒙大叫道，“来啊，你这个胆小鬼！你是在怕我吗？”他在嘴里聚拢了些唾液，全都朝马奈克脸上狠狠地吐去。

那一大团口水打在了外星人的一只眼睛下方，然后缓缓沿着它的脸颊流下。马奈克看起来不太像是感觉到了被侮辱，倒更像困惑不解，它没有表现出丝毫常人会有的厌恶之情。它小心地擦掉唾液，凝视着自己手指上残留的液体。“这个动作的意思是什么？”它问道，“我感觉这种物质没有毒性。它有什么功用吗？”

雷蒙的斗志骤然间消失得一干二净，就好像一只气球被人戳破了个洞。“把你的脸擦干净吧，怪物。”他轻声说完这句话，就垮下了身子，蹲回地上，用胳膊抱紧自己的双膝。这是真的，他就是个可憎的怪物。他的前额、腋下和膝盖弯都汗津津的。他正在渐渐相信马奈克所说的话：他并不是真正的雷蒙·埃斯佩霍，他甚至都不是个真正的人类，他是头出生在大缸里的怪物，一只非自然的生物，刚刚诞生三天。他所记得的每件事都是虚假的，都是发生在另一个人身上的事情，而不是他的亲身经历。他本人以前从未离开那座大山，从未在酒吧里跟人打得头破血流。他甚至都从未见到过真正的人类，尽管他的记忆中有许多他自以为认识的人。

他多希望自己根本没有来到这里，也没有放下那颗要命的采样弹！然后他意识到，他也并没有做过那些事。做下那些的也是另外那个人。过去的一切都属于那个人。属于他的唯有现在，唯有马奈克与周围的这片森林，此外就一无所有。他毫无价值。他什么人都不是。对整个世界来说他都是个新来异客。

这想法太过荒谬不经，让他几近头晕目眩，于是他刻意地用强大的意志力，艰苦地将它抛到一旁。深入思考这个问题只会将他导向疯狂。他转而将注意力转移到周遭的真实世界上，转移到扑面而来的冷风和暗沉的靛蓝色天空中疾飞的乱云上。无论他是什么人，又或者是什么东西，他都是活着的，活在这个世界上，用野兽般的热切对世界做着回应。冰根树的气息闻起来正如他虚假的记忆中它应有的那样美妙，拂过草地的风也跟记忆中一样凉爽而清新；

远方的天际是骨头山脉那壮阔的景象，高峰的雪冠之上，阳光闪耀，这景象一如既往的美丽，这美丽也同样令他心情愉悦，一如往常。肉体本身总是想要继续生存，他苦涩地想着。哪怕我们已经不再想活下去。

他将这个念头也驱出脑海。如果他要活下去，就不能容许自己绝望。他是如何诞生的并不会改变任何事情：无论他是像个智利辣椒似的在罐子里头长出来的，还是浑身浴血、哭喊着从母亲子宫里钻出来的都一样。他就是雷蒙·埃斯佩霍，无论那怪物是怎么说的，也无论他的双手看起来是什么样子。他必须是雷蒙，因为他不可能是别的任何人。如果说外面有个人也觉得他就是雷蒙，和现在会有什么不同吗？如果有一百个这样的人又如何？不管他的年纪是三天还是三十岁，他活着，活在当下，活在此地，活在这一瞬间，而这才是最重要的。他活着——而且他想要继续活下去。

他抬头看向外星人，那家伙还在等待着，很有耐心。“你的话怎么可能是真的？”雷蒙抿紧嘴唇，挤出几句，“我可不是个无知的乡巴佬——我知道克隆人是怎么回事。克隆出来的只是个婴儿，得和其他每个婴儿一样长大成人。克隆体不会拥有我的记忆。你说的那样根本行不通的。”

“你根本不知道我们能做到什么，又做不到什么，”马奈克驳斥道，“而且你说的是另一回事。你说的是从一个粗糙的分子模板出发，制作相似的全新独立个体，之后还需要有个发育时间。而你是通过再现原型的方式制造出来的。二者完全不同。”马奈克顿了顿又说道：“后者其实是个在你们的语言里没法确切表达的概念，不过如果你获得的阿塔卡足以让你理解这一概念的话，你和原型间的偏离就会更为深远。这会干扰我们的塔特克鲁德。”

“我的肚子。我的胳膊。我之前的那些伤疤……”

“我们牺牲了完美保真。随着时间推移，它们的外形都会更加趋近于呈现整体。”

“我的伤疤会长回来？”

“你的整个肉体系统都会继续趋近原型。信息的回收也会同步进行。”

“我的记忆？你是说我的记忆也是这样子来的？”

“进一步趋近当然就会进一步趋近，这是不证自明的事。”

雷蒙瞪着马奈克。一刹那间，他忽然明白这些外星人为什么没有性别了。它们跟他一样，也是在大缸子里生长出来的。也许他们俩还是在同一个大缸中被创造出来的！

他和这个怪物是兄弟，彼此之间的相似点都多过他和真正的雷蒙·埃斯佩霍之间的。

“你们把我变成了个怪物，跟你一样的怪物，”他辛酸地说着，同时又开始发抖了，“我甚至连人类都不是了！”

萨赫尔抽动了一下，仿佛是在发出警告，恐惧顿时令雷蒙的肚子绷紧，阵阵发冷，但剧痛并没有到来。马奈克伸出了一条长着怪异关节的长臂，然后笨拙地把手放到了雷蒙的肩头，像是模仿安慰人的动作，只是模仿的样本本身拙劣不堪。“你是个拥有瑞特赫的有生命的造物，”它说，“你的诞生方式无关紧要，你也不应该让自己为此烦恼。你仍然可以通过履行自己的机能达成你的塔特克鲁德。任何有生命的存在，其追求也莫过于此。”

这番话和他自己先前的想法太接近了，让他一时间迟疑不定。他推开那家伙的胳膊，站起身来。萨赫尔变细，延长，让他能够走得略为远些。马奈克又一次令他大吃一惊——这家伙完全没有跟过来的意思。雷蒙在火塘边上坐下，从地上捡起香烟盒，让它啪的一下弹开。自打他被从那个大缸里头拉上来，这是他见过的最接近镜子的东西了。他的脸比他熟悉的那张要光滑些，眼角的皱纹也少些。痣和伤疤全没了。他的头发更整齐了，颜色也更浅。他看上去不一样了，更年轻了。他还是像他自己，但又有所不同。

他似乎又要开始感觉到天旋地转，于是他伸出双手，稳住自己的身子，双掌紧紧压在圣保罗星坚实的土地上，将自己锚定在现实，锚定在当下。如果马奈克刚才所讲的是真的，如果营地外确实还有另一个雷蒙·埃斯佩霍，那一切都大不相同了。继续拖延时间不会有任何好处。如果另一个雷蒙回到琴手登台镇，确实，他关于外星人秘密基地的故事也许会引发巨大的社会反响，但无论是那个雷蒙还是任何其他人都完全不会意识到他的存在。或许会有一支武装部队前来探查，甚至向外星人发起攻击，但他们不会来找他。不过，如果他真的找到另一个雷蒙，他们两人一起，或许就能想出把牌桌掀到外星人脸上的办法。他清楚如果他知道自己成了猎物的时候会做什么。他会想方设法干掉猎手。而眼下这正是雷蒙唯一的机会。如果他能向另一个雷蒙发出警示，让对方知道自己正被追踪，并且相信对方会采取正确的行动，那么他们双方联手，也许能消灭这个奴役着他的外星怪物。有那么一会儿，他深深希望马奈克说的是实话，此刻真的有另一个和他自己非常相似的聪明人，在荒野中自由自在地行走着。他突然因为另一个雷蒙有了种奇怪的自豪感——尽管这群怪物拥有种种强大的力量，但他还是从它们手上溜掉了，耍了它们一把，让它们见识到了人类的能耐有多大。

可另一个雷蒙真的会帮助他吗？还是会跟他被外星人吓到一样，被他给吓得惊恐万状？如果他帮助另一个雷蒙摆脱追兵，另一个雷蒙肯定会万分感激吧。雷蒙试图想象自己对于在危难之际前来救助自己的恩人弃之不顾的场景。不可能的，他不信自己做得出来这种事。他会和这个新朋友紧紧拥抱，就像亲兄弟一样，把他藏起来，帮助他。支持他找到自己的事业，又或者跟他合伙……

雷蒙呸了一声。

这太扯了。不，他只会把刀子送进另一个雷蒙的肋骨之间，然后在这个令人憎恶的外星玩意死去之际哈哈大笑。但话说回来，他还有什么别的选择吗？另一个雷蒙也是马奈克的敌人。这点上他们目前立场一致，然后，如果能找到方法杀掉马奈克，让自己摆脱萨赫尔的话，接下来的问题他再另想办法。他是谁，他究竟是什么，他要如何融入有另一个雷蒙存在的世界——这些问题只能等等再说。首先他得活下去，得从奴役中解放自己。所以，要做的头一件事就是赢得马奈克的信任，让他觉得自己在全心全意地合作，诱使他产生虚假的安全感，直到自己能找到机会，给这外星人来个一剑封喉。

这计划尽管相当模糊不清，但还是让他的心情安稳下来。能有个打算，至少就有了前进的方向……

“你已经让自己冷静下来了。”马奈克说。它什么时候靠近的，雷蒙压根没听到。

“是啊，你这魔鬼，”雷蒙说，“我想是的。”

他再度打开香烟盒。盒子里空空荡荡，只有艾蕾娜刻在银盒内壁上的一行字：我的甜心。“我的甜心。来吧，我的甜心，抽烟吧。”雷蒙笑了起来。

“我不明白你的反应，”外星人说，“你应该解释给我听。”

“我只想来根香烟。”雷蒙让自己维持着友善的语气。看到我有多安全了吗？看到我有多配合了吗？“看起来另外那个贪心鬼把里面的香烟全抽完了。太糟了，对吧？啊！我真想痛痛快快来根香烟啊。”他伤感地想起了许久之前用来点燃引信的那根香烟。或者说另一个他用来点燃引信的那根。另一个他用另一套肺叶，在另一个人生中吸过的那根。

“香烟是什么？”马奈克说。

雷蒙叹了口气。跟这家伙说话的感觉总是鸡同鸭讲。

他试着给这生物描述香烟是什么。马奈克还没听完一半，鼻头就厌恶地抽搐起来。

“我不明白抽烟的功用何在，”马奈克说，“肺部的功用是给身体供应氧气。用植物燃烧产生的烟气，还有它们燃烧不完全而生的废料填充肺部的话，难道不会干扰这种功能吗？抽烟的目的到底是什么？”

“抽烟会让我们得癌症。”他压抑住怪笑一声的冲动。那个外星人看起来太严肃了，又一脸困惑的样子，让他实在忍不住要给它开个小玩笑。

“噢！那癌症又是什么？”

雷蒙解释了一下。

“这是奥布雷！”马奈克说道。它大为惊慌，声音变得越发沙哑刺耳。“你的功用在于找到那个人，决不允许你对这一目的造成干扰。别妄图通过感染癌症来阻碍我！”

雷蒙咯咯笑了起来，然后大笑不止。欢乐的波涛一浪高过一浪，很快他就叉腰大笑，笑得全身剧烈抖动，笑得咳嗽起来。马奈克又靠近了些，羽冠扬起又垂下，那样子让雷蒙觉得它是在询问——就像个想询问父母，自己到底说了什么会让他们如此欢乐的小姑娘。

“你这是癫痫发作吗？”马奈克质问道。

这也太好笑了。雷蒙冲着外星人指指点点，奚落着它，手舞足蹈，狂笑不止，一时之间什么话都说不出来。马奈克这种困惑的可笑程度被眼下他境遇的荒谬和心灵承受的巨大压力双重放大，直教他欲罢不能。外星人焦虑不安但又吃不准是怎么回事，前前后后彷徨不已。大笑终于渐渐停下，然后雷蒙发现自己已然躺倒在地，精疲力竭。

“你不舒服吗？”马奈克问。

“我很好，怪物，”雷蒙说，“我很好。倒是你，你太好笑了。”

“我不明白。”

“是啊。没错，你不明白！这就是你为什么好笑的原因。你真好笑，你真是个可笑又可怜的小鬼头。”

马奈克盯着他，面色严峻：“你很幸运，我不在连接状态下，”它说，“要不然的话，我们会立刻消灭你，然后着手制造另一个复制品，因为刚才那样的强烈冲动暗示你是个有缺陷的有机体。你刚才为什么会癫痫发作？是癌症的症状吗？”

“蠢怪物，”雷蒙说，“我那是在笑。”

“解释‘笑’是什么。我不理解这个机能。”

他寻思了下，想找到个能让这怪物明白的解释。“笑是件好事，”他虚弱无力地说，“带来快乐。不能笑的人也就一无是处，它是我们机能的一部分。”

“并非如此，”马奈克答道，“笑让生命洪流停滞。它会干扰机能的正常运行。”

“笑能让我感觉更好，”雷蒙说，“我感觉更好了，我的机能也运作得更好。你看，它类似于食物。”

“这种陈述并不正确。食物能够给你的身体提供能量，而笑不能。”

“它提供另一种能量。如果发生什么滑稽的事，我就会笑。”

“解释‘滑稽’。”

他想了一小会儿，然后回忆起上次在小犬镇听到的一个笑话，是当时跟他一块喝酒的艾洛伊·查韦斯讲给他的。“那就听好了，怪物，”他说，“我来给你讲个滑稽故事。”

这笑话讲得很不顺。马奈克老是插嘴问问题，询问定义，要求解释。到最后雷蒙恼火地说道：“混蛋，如果你不能闭嘴，让我好好讲完，这故事就不滑稽可笑了！你那一大堆问题要把故事都给搞砸了！”

“为什么问问题就能让那件事情变得不滑稽了？”马奈克问。

“别管为什么了！”雷蒙厉声喝道，“只管听着。”

外星人没再说话，这次雷蒙总算没再被打搅，一路顺顺当当地讲完了故事，但他讲完之后，马奈克只是皱了皱鼻头，用那双死气沉沉的橙色双眼盯着他。

“现在你应该笑才对，”雷蒙对它说，“这是个非常滑稽的故事。”

“这件事情为什么会滑稽？”它问。

他斜睨了那个外星人一眼，但见它一脸严肃地坐在那儿，好像一尊笨重的雕像，于是他又忍不住狂笑起来。

随后痛楚来临——整个世界被撕得粉碎，令他深感耻辱和卑微。这次比他记忆中那次持续得更久，凶恶，彻底，而且像晕船一样复杂难解。等疼痛终于过去之后，雷蒙发现自己蜷成了一团，手指紧紧地抓在那根随他的心跳而搏动的萨赫尔上。令他深觉可耻的是，他在哭泣，就像是一条毫无理由就被人踢开、遭到背叛的小狗。马奈克站在他身前，毫无感情，一言不发，于是此刻它的样子在雷蒙看来，就是个活生生的魔鬼。

“为什么？”雷蒙喊道。他羞愧地发现，自己说话都断断续续了。“为什么？我没做什么啊。”

“你威胁要感染癌症以逃避我们的任务。你发生了癫痫，让你的机能受损。你从矛盾中得到了愉悦。你为无法成功融入而愉悦。这是奥布雷。任何奥布雷的征兆都会招致此种惩罚。”

“我是在笑，”雷蒙低声说道，“我那只是在笑！”

“再笑就会招致此种惩罚。”

雷蒙有种类似头晕目眩的感觉。他忘了。他刚才又忘了，他脖子上狗链那头的这个家伙，它并不是个长得奇形怪状的人类。在那双半透明的橙色眼睛背后的思维并不是人类的思维。这件事太容易被忘记了。而忘掉这件事非常危险。

如果他想活下去——如果他想要逃离眼前的困境，回到人类社会之中——他就必须记住，这个家伙跟他自己不一样。不管他是被如何创造出来的，他都是个人。而马奈克则是头怪物。他居然会不把它当作怪物看待，真是太愚蠢了。

“我不会再笑了，也不会得癌症。”雷蒙说道。

马奈克没再说什么，只是在他身旁坐了下来。寂静在他们之间延伸，化作一道深渊，仿佛星辰间的虚空，怪诞而险恶。从前，雷蒙也有许多次曾感觉，某些他不得不与之打交道的人和他格格不入——美国佬，巴西人，甚至是纯血的墨西哥人（在他们心目中混血儿是不洁的）；那些外国人的思维方式跟他不同，对事物的感受也不同；决不能对他们报以完全的信任，因为雷蒙没法完全理解他们。女人，甚至是艾蕾娜，也常常会给他这种感觉。或许这就是为什么他这辈子大部分时间都孤身一人，为什么他身处在荒野之中要比身处他的其他同类之间会更觉得舒心。但所有这些人和他之间的联系都远远多于马奈克。他和北方那些美国佬之间有着历史、文化和语言的重重隔阂——但就算是美国佬也懂得发笑，被人啐了一脸也会火冒三丈。雷蒙和马奈克之间没有这样的共同点：隔开他们的是许多光年的距离，还有上百万个世代的进化演变。对于萨赫尔另一头的那个生物，他不可以有任何想当然的概念。这个念头让他阵阵发寒，山间吹来的轻风都不再凉爽了。

国王酒吧的经理米克尔·易卜拉欣不止一次说过些类似的话。就算狮子会说话，我们仍然没法理解它们。他绝对不能让自己再忘掉自己是被跟一头狮子拴在了一起，否则他不会有半点机会。

马奈克来催促他了："该继续行使我们的机能了。"

"再给我一分钟，"雷蒙说，"我想我现在还没法走路。"

马奈克沉默了片刻，然后转过身，在废弃的窝棚和树林之间来回踱步。外星人的动作牵动了萨赫尔。雷蒙尽力无视它。在萨赫尔的惩罚让他目不能视的期间，雷蒙不知什么时候咬到了自己的舌头。他现在尝到了自己的血。不是外星的灵液[1]，而是带着铁锈味的人类血液。他吐了口唾沫，是红色的。如果说他之前还隐约有种担心或者恐惧，怕经过马奈克和他的魔鬼同类们一番天晓得是什么鬼的操作，他可能会变成了某种非人的存在，那现在这种感觉也已荡然无存了。马奈克向他展示出自己和人类相去何其遥远的同时，也让雷蒙看到，自己确确实实还是人类。

“有件事得说下，”雷蒙说，“你的那个计划——观察我，然后去搜索那个人。如果我真跟野地里那个家伙一模一样的话，我可以告诉你他肯定会做的某些事。一些特别的事情。不仅仅是任何人都能想到的那些。”

雷蒙说完就站起身来。没等他把外星长袍上的泥尘和碎叶拍干净，马奈克已经大步流星走回到他身旁。

“你对那个人可能的流向有所洞察，”马奈克说，“你当会说明此一洞见。”

“那条大河，”雷蒙说，“他会朝着河道前进。如果他能抵达河边，建造一个木筏，那他就可以乘着筏子到下游的琴手登台镇去。河里有鱼可吃，水可以直接饮用。他可以

① 希腊神话中青铜巨人塔罗斯体内流动的（金色）液体，是它的生命之源，但对凡人是剧毒。

昼夜不停地赶路，不用停下来休息。这是对他最有利的办法了。”

马奈克沉默不语，鼻头一个劲抽动，仿佛在分辨这个主意的气味。雷蒙觉得，它完全有可能是真的在闻。这个控制他的生物身上怪异的地方多了，用鼻子闻到思维相形之下也并不显得有多么荒诞无稽。

“那个人之前在这里，”最后，马奈克开口道，“如果他的功能在于接近河流，我们的塔特克鲁德就要进行修改。你的机能行使得很好。避免奥布雷比滑稽要好得多。”

“你说是就是吧。”

“我们该继续了。”马奈克说完，便牵着雷蒙，回到那只会飞的箱子里。

他们在森林上空飞掠搜寻之际，他开始更加仔细地琢磨他们刚刚离开的那座营地。有些小细节吸引了他的注意力——为什么另外那个雷蒙会离开营地，然后又屡次三番地回去？为什么那里明明有再好不过的绮丽甲虫作为食物，那人却还要去不辞辛苦地抓捕野兽，再剥掉皮毛？他用来烧烤这些小动物的烤肉扦子哪去了？一个想法在他脑海中渐渐成型：外头丛林里的那个他应该有所图谋。有个他没考虑到的计划正在逐渐成形，而他却看不太清这计划的面貌。

可如果他自己真的是某种无法想象的外星科技用一丁点儿血肉复制出来的雷蒙·埃斯佩霍，如果他真的跟外头那个人，跟他记忆中的那个人完全一般无二，那对于计划是什么，他不就该已经心知肚明？或许他对自己身份的迅速接受并没有他之前以为的那么简单。他发现自己开始怀疑，萨赫尔的功能或许不仅仅限于用痛苦来让他丧失尊严。或许它还可以将某种药物悄悄注入他的血液，让他更为平静，也更加容易轻信，更容易忽略他这种古怪的处境中本应会产生的种种问题。现在回想起来，他的反应和他自己本来应该会有的不太一样。

外星人曾指示他不要让他的自我认知偏离雷蒙·埃斯佩霍，而他就遵从了这种命令。这真是一个正常人会有的反应吗？如果他迄今为止的人生并非始于那个大水箱，他真的会有这样的反应吗？

他无从得知。他能做的只有将这些疑问统统赶出脑海，然后将希望寄托在另一个雷蒙·埃斯佩霍身上。那人正藏身于这片森林中的某处。多半接近他的目标了。马奈克当时说，那个雷蒙已经逃跑了三天。那现在就是差不多快五天了。他估计，那人每天至少可以走完三十千米的路程，在这种被地狱的魔鬼紧紧追赶的情况下更是如此。如此算来，今天白天结束的时候，他那位双生兄弟就差不多到河边了。除非他的伤口拖慢了他的脚步。除非他得了败血症，得不到救助，独自一人死在了林中。雷蒙想到这里简直怕得要发抖，但随即就丢开了这个想法。外头那位可是雷蒙·埃斯佩霍啊。像他那种茅坑里的硬石头可没那么容易死掉！

上帝啊，他最好别死！

第六节

雷蒙原本从未想过离开地球。那只是人生中诸多的境遇之一，仅此而已。十五岁那年，他在墨西哥南部一家露天矿场找到了份工作。有名操作员病倒了——肺里沉积了太多的粉尘——于是雷蒙站上了他的岗位。工头向他展示了如何操纵那台老式起重机，又提醒他，矿上有三层楼高的挖土机是不会在他挡在路上时放慢速度的，然后他的工作生涯就开始了。阳光炽热，足以让他坑坑洼洼的挡风玻璃周围那些塑胶封条融化开裂，而他得顶着这样的日头，按照指挥者喊出的指令搬运或是平整矿渣与碎石，每天十六个小时。每天早上他都会拿块布绑在嘴上。不管那块布开始的颜色——蓝色，红色，或者橙色——有多么鲜艳，等下工的时候都会被尘土变成灰蒙蒙的。一帮老工人把他暴打一顿之后，他加入了帕伦奇为首的工作团队——老帕伦奇是个脾气古怪、疯疯癫癫的家伙，猥琐得像只耗子，冷酷得好似最后杀死他本人的癌症。但他会保证没人能欺负他队伍里的人，也是他告诉了雷蒙怎么把卫生巾贴在自己的安全帽内，好防止汗水流进眼睛。

在矿场上干活那段时间糟糕透顶。他住着的简陋木屋不比他成年前住的那些耗子窝好到哪去，晚上还得睡在一张大通铺上。食物里尽是沙子。每个工作日都是看不到尽头的煎熬，让人疲惫不堪，而赚到的钱只够他在周六晚上买醉一番。但毕竟，这是份工作。

多亏他遇到了帕伦奇。那个老头要求他手下的人都得学习。每天夜里，所有人只想要去睡觉，忘掉这一天的时候，帕伦奇却让他们全都去看采矿技术和工业地质学的课程录像。雷蒙原本非常讨厌这事，但他不想被从团队中被踢出去。于是，他半不情愿地进行了学习。然后他发现自己学得还挺开心的——虽然他从没承认过这点。石头在他眼中有了不同的意义，让他看到一副悠久的画卷：大地成形，将远古的历史折叠收藏于自己体内，直到像他这样的人前去凿开地层。半个小时的上课时间成了一天中最棒的时刻，几乎值得为之牺牲睡眠。

帕伦奇多半也和他看到了同样的景象，因此才会有后来的举动。那时候，银色恩耶们的飞船抵达了墨西哥城上空的起降平台。它们巨大得不可思议，在天空中高高悬停，仿佛一群乘着上升气流的巨鹰。它们带来了一份合约。它们有一颗殖民行星，第一波殖民者已在三十年前出发，现在恩耶们打算再追加派遣一艘飞船，为那颗星球带去必需的工业基础设施。按照地球时间计算，第一批殖民者都还需要过上好几个世纪才能抵达，但由于恩耶驱动引擎那令人咋舌的性能和相对论效应，雷蒙只需要在飞船上度过一年多点的时间就会到了。只要在合同上签了字，带着人类那些可疑的工业成果奔赴那片黑色太空，任何人都注定会活到很久以后，比留在地球的所有人都久。单单这一件事似乎就足以说服帕伦奇了。他接下了合约，带着他的全体手下跟他一块签了字。

雷蒙还记得，自己搭乘轨道穿梭机前往起降平台的时候，穿梭机环绕地球滑翔了两圈，最终差不多是停在了出发点的正上方。他当时十六岁，正要弃他的母星而去。他没多少感触，只在从恩耶飞船上向下俯瞰的那一刻曾感到一丝遗憾。碧蓝的大海，洁白的云团，还有分布着一片片工业化区域的陆地，在新月之夜里闪耀光明，犹如永恒不灭的火焰。远离地球之际，它反而显得更可爱了。从足够远的地方回望时甚至显得美丽迷人。

帕伦奇死在了半途中。他体内的肿瘤一直在压迫他的心脏，有好几个月了。雷蒙和队伍里的其他人手忙脚乱地重新组织自己的队伍，同时暗自担心没了帕伦奇之后，恩耶们可能不会继续履行合同。他们想得没错。合同无效了，然后等那些巨型飞船来到圣保罗星时，恩耶们就把这帮多出来的小伙子们作为普通劳工送下船，丢进了这个陌生的世界。他从地球上的无名小卒变成了殖民星球上的无名小卒。他们没办法回到地球，而且他在地球上认得的所有人都已死去了。不过他还记得帕伦奇教给他的东西，又找了更多的教程来看，然后自己跑去一家勘探事务所里做了学徒。事务所没过几年就倒闭了。他抢在抵押资产被没收拍卖之前不久买下了一架二手厢式货机，成为一名独立勘探人。

他初次前往荒野地带勘探时，感觉就像是中了乐透大奖，又像是回到某个熟悉却早已忘怀的地方。广袤辽阔的天空，森林和海洋；南面的巨大地缝，北方巍峨的群山。空无一人。这是他在记忆中头一次真正独处，于是他眼中的泪水夺眶而出。他现在还记得当时的那副情景：自己坐在驾驶座上，让厢式货机自动驾驶，哭得像是见到了耶稣显灵。

“你正在苦于复现过程的影响，”马奈克说，“随着你的大脑结构完成构型，记忆会不再那么富于侵入性。”

雷蒙往那家伙望去，不知道它是要安慰他，还是要责怪他，他甚至不知道它在说的观念是不是压根就没法用人类的语言把握。

“怪物，你究竟在说什么？”

“当你的神经回路归入正常流径时，旧有的模式将会控制住目前暂时的不正确的特殊状况。”

“谢了，”他说，“我压根没担心这个问题。”过了一小会儿，他开口问道：“这么说，如果我非常努力地尝试的话，就可以让某个特定的记忆长回来？”

“不，”马奈克说，“过程会受到意志力的阻碍。你不应当试图回忆特定的事件。这么做会降低你的机能。你应当克制。”

“大概就类似抓破伤疤就会让伤口总也长不好吧，”雷蒙耸耸肩，换了个话题，“嘿，怪物。说到底，你们是怎么到这里来的？”

“我们参与到洪流之中。我们在此地的存在是必然的。”

“行吧，你怎么说都对。不过你们这群畸形怪物，你们不是本地的，没错吧？你们不可能是本地生物。这里没有城市，没有工厂，也没有图鲁们用的那种虫塔之类的玩意儿。你们不吃本地的植物和动物，如果你们是在这里跟它们共同演化出来的，那你们就该吃。这里不是你们的母星。所以你们是怎么到这儿来的？”

“我们在此地的存在是必然的，”马奈克又说了一遍，“即便有你们缺陷重重的语言所说的那些关于我们种族的种种限制加诸洪流之上，这个结果还是必不可免的。”

“你们躲在一座山的内部，”雷蒙说话的同时，透过飞箱稀疏的板条望着自己脚下三米处那绿橙两色混作一团的树梢，“你们火急火燎地要阻止另一个版本的我把消息传出去。你知道我在想什么不，怪物？”

马奈克没有回答。一层纤薄透明的皮膜盖住了它的双眼，让那两道橙光暗淡了些。雷蒙觉得只有一种动物才会像这样长着一双能够从里面看到外面的眼皮——鸟类。又或者鱼类？雷蒙咧嘴笑了笑，往后一靠。

“我想，你们跑到这荒郊野外的理由跟我是一样的。我想，你们正在躲避什么东西。”

“那个人在躲避的是什么？”马奈克说。雷蒙突然有些不安，他本不想提到关于那个木卫二人的事的。但现在说不说有什么关系呢？

“我杀了个人。他跟一个女孩在一起，他对那女孩很不好。我当时喝醉了，他很吵，烦死人了。他说了些混账话，我也说了些混账话。最后我们去小巷里做了结——你懂的，对吧？结果他是从木卫二来的大使。他们恐怕一直在做准备，然后等上好几代人，才能有一个人搭个顺风船来到这里——然后被我插了一刀子。总之，我只想赶紧跑，找个他们找不到我的地方，等这件事的风头平息。然后，我就找到了你们这群外星人。”

“你杀死了自己的同类？”

“近似于同类吧，”雷蒙说，“他是木卫二来的。”

“他限制了你的自由吗？”

“没有。他也没对我做其他混账事情。”

“那你到底为什么杀了他？”

“无所谓，”雷蒙说，“就是会有这种事情。偶尔发生。类似意外。我们两个当时都喝醉了。”

“酒精饮料，”外星人说道，“它会解除你们的束缚。”

“对。”

“你们为了获得自由而杀戮，而自由本身又会引发你们的杀戮，”外星人说，“这个循环是奥布雷。”

“确实不太完善。”雷蒙说。

那个木卫二人当时说了什么？雷蒙努力想要回忆起当时的经过。那个木卫二人肯定是说了什么，或者是做了些什么。说了些取笑他的话？要不就是挖苦讽刺他了？结果导致他们去了外面的小巷。是关于那个女孩的吗？似乎很有可能。他还记得那条小巷，记得那把刀，记得那人的血在变换的灯光下变换的颜色，但在那之前的事情都模模糊糊，不明底里。他不知道有没有办法分辨，这到底是他当时喝醉了的结果，还是他这颗外星人新近制造出来，尚未完全成形的大脑本该如此？

你为什么要杀他？

这听起来越来越像是个好问题。

在北方的天空中，巨大的云团正在聚拢，堆积，形成白色、灰色和黄色交织的云层。一些绿色的气球——人们管这种气囊中充满氢气的植物叫“天空百合”——散落在云间，缓缓画出一条条慵懒的螺线，高空中的轻风吹到它们身上，让它们上下翻飞，好似海中的水母。雷蒙看到云层中央下方有闪电划过，但相隔太远，听不到雷声。快下雨了，无论另一个雷蒙此时身在何处，至少应该不必担心自己被浇个透湿。现在的状况对于另一个雷蒙而言是多么怪异啊——他孤身一人，还带着伤，浑然不知此刻还有另一个人知晓外星人的存在，并且正在计划着保全他的性命和自由。雷蒙想象着外面自己的双生兄弟，他应该正躲藏在树叶下面，甚至可能正看着这只骨白色的箱子在空中划出巨大的弧形轨迹。

另一个雷蒙此刻应该很惊恐，而且愤怒。惊恐不仅仅是因为他的发现，以及他在这场捕猎中充当了猎物，也因为他现在如此孤独,与世隔绝。一人独处跟与世隔绝是有区别的。有厢式货机和给养的情况下，他会很享受一人独处。想着自己是琴手登台镇以北唯一的人类，无法呼救求援，睡在简陋的窝棚里，还得逃避神秘莫测的外星文明的追捕——这就是另一码事了。他试着想象把自己放到那个位置。努力去思考他会有何感想。

他会想干掉这个外星人。而且他知道自己想得没错，因为他自己也正是这么想的。雷蒙叹了口气，至少另一个雷蒙的脖子上没插着那么根鬼玩意。

马奈克的身子颤抖起来，优尼亚突然在半空中来了个急停。雷蒙立刻将注意力转到外星人身上。它的翎毛纷纷竖起，如同疾风中的草叶；它的双臂似乎在不安地相互搓弄，又或是在不知摆弄什么。雷蒙的心里猛然感觉无比沉重。出大事了。

“怪物，你发现什么了？”他问。

“那个人曾经就在附近。不久前还在。你对他生命洪流的诠释是正确的。你是件合用的工具。”

“他在哪儿？”

马奈克没回答。优尼亚开始缓缓前后摇晃，仿佛是被绳索悬吊在空中的单摆。雷蒙站起身来，箱子底板的板条嵌进了他没有老茧的柔软脚底。他的心脏在狂跳，但他说不上来自己这是在期望什么，还是在担心什么。萨赫尔抽动了一下，然后平静下来。

“他在哪儿？”雷蒙重复了一遍，这次马奈克转过身来看向他。

“他现在不在，”外星人声音低沉，“你来解读下这是怎么回事。”

优尼亚转了个向，朝斜下方飞去。雷蒙踉跄了下，坐回原位。森林的树冠在他们两侧分开，然后一片又宽又长的草甸出现在视野中。一些巨大而扁平的石头——从外表来看，是花岗岩——躺卧在青草和野花之间。在其中一块石头旁边，有什么东西在风中飘扬。雷蒙眯起眼睛，努力辨认那是什么。有一根树枝或是木棍，被插进了那块大石头边上的土里，顶端绑上了一块布，看起来像是旗帜。那块布脏得发灰，上头沾有些深色的污渍。是他的衬衣。是雷蒙衬衣的剩余部分，用残存的那只袖子绑在了棍子上。

“这个物体表示的意义是什么？”马奈克问。

“我完全搞不懂，”雷蒙说，“或许是表示投降的旗帜？有可能他想要谈谈。”

“如果他想要交谈的话，为什么他又不在场？”

“你们可是打断了他那根见鬼的指头！”

马奈克陷入了沉默。优尼亚在那面古怪的旗帜上空缓缓地兜着圈子。雷蒙嗞嗞地直抽冷气。这面旗帜被放在这里，必定是想要吸引他们的注意。但投降这种想法以雷蒙的直觉来看很不对劲。雷蒙·埃斯佩霍是不会想投降的。优尼亚在岩石上空盘旋，缓缓朝着地面下降。雷蒙想象着他的双生兄弟可能正躲在森林里，也许正在窥视着他们。外星人发现他的时候，他的双筒望远镜在背包里吗？还是在厢式货机里，随后就被焚为灰烬？不，不可能在包里。他的背包里没有足够的空间，不可能同时容纳望远镜和那些岩芯采样弹。

雷蒙的不安瞬间化作了彻底的恐慌。岩芯采样弹！那根树枝被插在石头边缘，是用来将花岗岩石板内部的振动放大的。那不是什么旗帜。那是个起爆器。

“停下！”他狂叫道。但他迟了半秒钟。优尼亚碰到了石面。电光石火之间，雷蒙觉得自己能看到那根树枝微微抖动。爆炸随之而来。

第七节

雷蒙挣扎着挪动身子。有事要做，很要紧的事情，但他记不太清楚到底是什么。大地似乎在他脚下摇晃，跟他喝酒喝到举步维艰的时候很像。只是现在有件糟糕的事，有件重要的事。可他想不起来到底是什么。

最初让他恢复了一点点清明的，是优尼亚的外壳。构成这东西四壁和地板的骨白色板条和潮乎乎的细绳都已经被炸得稀烂，分崩离析。它们落到了地上，乱七八糟地搁在那块花岗岩板上，就像有小孩要在这里玩挑竹签游戏。只有一块侧板还竖着，带着一个箱角，如同老年人的脊梁，佝偻无力。灼热的空气带着股对探矿者来说颇为熟悉的酸味——炸药爆炸后的残留气息。在石头对面那边，一大摊飞溅出来的新鲜泥土和刚被炸碎的石头显示出炸弹释放爆炸力的方向——倾斜向上，对准了在石面上的人，而不是下方的地面。他隐约有个印象——似乎更像是出于他的幻想，而不是现实——在爆炸的那一刻，箱子的板条瞬间合拢，密不透光，保护了他以及外星人马奈克。

雷蒙试图坐起身来，但半途而废，颓然倒回了地上。他的手臂虚弱无力，右腿膝盖上方有条深深的伤口，鲜血正从中往外直冒。他勉强翻了个身。他的思维渐渐开始清晰，刚才那转瞬之间的记忆碎片也随之拼合成了整体。

那个人想杀了他们。另一个雷蒙，无论他身在何处，显然是知道自己被跟踪了，于是他设置了一个陷阱，想杀死追来的外星人。雷蒙心中怒火熊熊燃烧，但敬意和一种古怪的自豪感也几乎在同一时间油然而生。让整个宇宙的外星人都知道这件事才好：雷蒙·埃斯佩霍是个硬茬子，惹恼了他可是很危险的。雷蒙大笑起来，虚弱无力地拍打着地面，嘴巴都笑酸了。这一手玩得可太棒了。然后他忽然意识到自己在笑，却没有因此受到惩罚。

萨赫尔仍旧连在他的脖子上。它原本苍白的血肉颜色变深了，像是淤青。雷蒙咽了口唾液。他头一回开始琢磨一个问题：如果这个邪恶的玩意就这么插在他身上死掉了，那他会怎么样？

“怪物！”他喊话的声音显得低沉而遥远。他高音区的听力在爆炸中被损坏了，结果只能听到自己语声中的低频部分。“怪物！你还好吗？”

没有回应。雷蒙最后挺身坐了起来，然后一只手抓住受创的青黑色萨赫尔，循着这根绳索摸到外星人硕大的身躯旁。马奈克还站立着，但站姿重心很低，差不多是半蹲着，仿佛它需要更大的支撑面才能维持身体平衡。它关节怪异的手臂有一条无力地垂在身侧。它的左眼从炽热的橙色变成像是深色的红宝石，而且肿得比原先大了一半。不过，变化最惊人的还是它的皮肤。之前那些银色的涡纹像是浮在黑色的皮肤上，纹路清晰，油水分明；而现在，它身上有半边皮肤都变成了焦灰一片。它身上的肌肉似乎也绷得更紧了，那样子简直像一条被烤得即将爆开的香肠。它鼻子里流出一滴苍白的黏液，落到它脚边的地上。雷蒙猜不出那是什么，但不管怎么看，外星人的状况都不太好。

“怪物？”雷蒙又问了一遍。

“你没有能预见这件事。”外星人喃喃低吟。

“别扯啦。”雷蒙说。

“映照那个人的生命洪流是你的目的。”外星人说。

“噢，我这件工具的能力没那么好啦，”雷蒙吐了口痰，“我忘了那混蛋把岩芯采样弹装在背包里了。这是个失误。”

“他还有什么别的装置吗？”

雷蒙耸耸肩，努力回忆自己野外工作包里的布局。

“有些食物，不过多半都已经被他吃完了。有个紧急救援无线电信标，不过信号距离很短。按照设计原意，它是用于启动厢式货机里的一台大型信标的，而那个已经被你们这群怪物给炸没了。一把手枪。我还有把手枪。”

“就是那个用磁场加速金属的装置？”马奈克问道。它的声音听起来比之前更加呆板，更像一台机器。雷蒙不知道这是因为外星人的嗓音确实有变，还是因为他自己的耳朵出了问题。

“就是那个。”

“它已经被从那人手中夺走了，”马奈克说，“就是在此过程中那个人的一部分肢体遭到分离。”

“手枪毁掉了他的手指？”雷蒙问，“你是说那个家伙没用扣扳机的手指就做到了这一切？”

马奈克眨了眨眼睛，那只红肿眼睛的眼皮没能完全合拢。

“这很重要吗？”马奈克问。

“那倒不是。只是相当了不起。”

外星人发出一阵低沉的喘鸣。要是换个别的场合，雷蒙肯定会误以为它是在笑；而现在，他怀疑是这家伙在抽羊角风，或者被什么噎住了。它鼻吻处流出的黏液有一阵子变成了鲜艳的蓝色，然后又变回了灰白。

“那个人现在还有多少枚这种炸弹？”马奈克问道。

“我不知道，”雷蒙说，“我背包里一共有四枚。标准配备。我找到你们的时候用掉了一枚，那就还剩三枚，但我不知道他在这里是只用了一枚，还是用掉了全部三枚。”

“能确定到底是哪种情况吗？”

“当然，多半可以，”雷蒙说，“我可以去瞧瞧看。不过，我还得先处理一下我的腿。而且你看起来状况也糟糕透顶。”

“你要去确认用掉了几枚炸弹，”马奈克说话的声音变得有些尖利刺耳，雷蒙觉得应该是他对高频声音的听力开始逐渐恢复了，“你应该立刻去做这件事。”

“好吧，”雷蒙说，“我得过去，看看炸出来的弹坑。你觉得这条见鬼的绳子能伸得了那么远吗？”

外星人有一阵子一动不动，然后开始拖着自己的身子，穿过骨白色飞箱四分五裂的残骸，朝着大地上新增的那块伤疤走去。它步履蹒跚，一副痛苦的样子。雷蒙能听到它的呼吸声，那是种低沉的呼哧呼哧声，他印象里从没听到过。很明显，这家伙伤得很重。

弹坑很大，但相当浅。雷蒙打量着爆炸对这一隅花岗岩造成的破坏。如果炸弹的爆炸方向设定成了正对石面，或者是干脆朝向石头下方，那么石头上遭受破坏的范围应该要更广。另一个雷蒙让爆炸朝向斜上方，对准触发爆炸的东西。用作扳机的树枝如今残存的部分顶多只能算是一把牙签，散落在从草地边缘到弹坑底部的范围内。有那么一小会儿，他在心中想象出一副令人震惊的情景：一只煎饼兽正在高空中飞翔，忽然就被一小截树枝给戳穿了。不过他忍住了，没笑出声来。

如果石缘更完整些的话，他或许还能够更清楚地分析出触发炸弹的扳机装置是如何设置的。要把岩石的震动和树枝以及上头旗帜带来的振动区分开来，这可是个棘手的任务。他眼下能想到三种或许能让这个把戏成功的途径——具体能不能成要取决于岩石内部的结构。

不过这些并不是关键。重点在于，爆炸的角度斜向上方。他对弹坑的直径进行了步测，过程中腿上传来超出预期的疼痛，让他走得一瘸一拐。爆炸形成的痕迹是分瓣的，依稀可以看出有三个起点。他差不多能看出这陷阱是如何设置的了。树枝充当了扳机，它相对于比较稳定的岩石而言要敏感得多，任何在这鬼地方起降的举动都会跟移动树枝本身一样引发爆炸。他的双生兄弟不知道追捕者会从哪个方向过来，于是他把全部三枚炸弹都设置到了这里，让爆炸杀伤面大致呈圆形。他把一切都赌在了这一个陷阱上，而且他的赢面确实不算太小。

雷蒙蹲在地上，把手指插进泥土，感受新鲜泥土带来的那份纯粹的愉悦感。地上满是爆炸现场的气味。比他记忆中一枚采样弹爆炸后的味道要浓得多。他有些好奇，设置这个陷阱时那个人有什么样的感觉。是开心喜悦，还是神经紧张？又或二者兼具？设置岩芯采样弹和简易扳机可不容易，更何况他还得拖着一只残缺的右手工作。然后，陷阱成功了。优尼亚被炸毁了，马奈克身负重伤。现在比分追平了——一炸对一炸，厢机换飞箱。雷蒙有种不祥的预感：在树林里的另一个他将会成为赢家。

“嘿，怪物！”雷蒙喊道。马奈克一直站在弹坑边，原地没动。它静立不动的样子从前显得那么诡异，现在看来却是虚弱无力的象征。雷蒙一瘸一拐地走回它身边说：“怪物。你死了吗？能听见我说话吗？”

“我听见了。”马奈克说。

“我可以完全肯定，他用光了三枚炸弹。不会再有类似的事情发生了。”

马奈克没有答话。雷蒙吐了口痰，挠了挠身子。外星人再度颤抖起来，然后低下了头颅。它的翎毛全都无力地倒伏下去，就像是枯萎的常春藤。

“我没能履行我的塔特克鲁德，”外星人说，“我被损坏了。那人进展顺利。我们应该回到其他人那里，坦白一切。”

“我们不能这么做！”雷蒙脱口而出，脑子里全都是外星人巢穴中的可怕图景。他不可以回到那种地方，让自己余生都被困在令人窒息的黑暗之中。追猎必须继续，不然的话他根本没有逃离的希望。“那人肯定就在附近。他已经什么都没有了。怎么，他还能凭一把猎刀和一条脏裤子阻止我们吗？”

“我受到了削弱。”马奈克说。

“他也一样！你们打断了他那根可怜的手指头！伤口这几天会溃烂化脓。这几天他又一直在亡命奔逃。他随时都可能会垮掉！”

马奈克沉默了。雷蒙努力鼓舞这个外星人继续向前，竭力想把某种东西——愤怒、冷酷的决心、责任心、对复仇的渴望……什么都好，只要能把这种东西通过发乌的萨赫尔传到这家伙的身体里就好。他们现在决不能回头。

“你所谓的塔特克鲁德就是半途而废，跑回去找你的老妈？就像个懦夫？是这样吗，怪物？那个人仍然在野地里，仍然在朝着琴手登台镇前进，而且现在我们知道他在往哪走。我们能追上他。如果我们这么一瘸一拐地回去，得花上好几天。这段时间里天晓得他会跑到哪儿。到那时候，要再想阻止他告诉所有人你们的消息就太迟了！”

马奈克没有反应，于是雷蒙继续施加压力。

“你看到他设置的陷阱了？肯定就是不久前设置的。否则会有别的动物偶然触发它。不，他就在附近。他很可能就留在附近，观察陷阱起没起作用。哪怕他爬到某棵树的树梢上看着，他离这里也顶多只能有个两三千米。你还是可以抓到他的。”

马奈克的头缓缓偏向一侧，然后又偏到另一侧，仿佛这怪物正在摇头说不。一阵冰寒的惧意让雷蒙为之战栗。不能就这样结束。他们必须追赶另一个雷蒙。他们必须这样做。肯定有某种东西——有某种办法，能让这个负伤的外星人愿意继续前进，而不是放弃任务，掉头逃走。雷蒙的双手发抖，头脑中的风暴在急速飞旋。他很想去斥责这个怪物，踢它，打它，强迫它去做正确的事；但他勉强控制住了这种冲动。他没有细想到底该说什么，可一开口就说出了一番让他自己都大吃一惊的话。

“它们会怎么看你？你的兄弟们，待在那座山里的其他人？它们知道你出来了。它们知道原因，你总不会告诉我，它们并没有为此对你感到羡慕吧？你希望作为一个失败者羞愧地回去，然后看看它们会用什么表情面对你吗？那好啊。你想知道被自己的同胞唾弃是什么样的感觉吗？太好了。那我们就走吧。来啊，你这大废物！”

然后雷蒙真的伸出一只脚，踢了外星人一脚，那个位置应该是脚踝——如果它真的有脚踝的话。触感柔中带刚，就像踢上了一棵裹在一层胶皮里的树。马奈克还是没有反应。

“那就回去啊，你这个可怜的小恶鬼！”雷蒙喊得更起劲了，血气上涌，让他的脸颊发烫，“转过身，让我们就这么回家去，让它们知道你一无是处。知道你根本没有和任何东西相联合。知道你根本就不是它们的一员。让我们来看看你有多喜欢从此被它们不屑一顾！要不，就继续往前走，做它们希望你做的事，给这摊子事来个了结！它们没胆量来做这些。而你有。给它们看看！最糟糕的情况下会怎么样？外面那个疯疯癫癫的卑鄙混球也许能杀死我们。你在担心的就是这个吗？失败而归难道会比光荣战死更好？有点勇气好不！像个人样！”

外星人垂下了头，那些翎羽在微微颤抖。

“我必须休息，”它低声说道，“但你说得对。停止行使机能是奥布雷。展露我的塔特克鲁德是第一位的。”

“太对了！”

“我会暂时专注于自我维修。等继续前进不会引发进一步损伤的时候，我们就去寻找那人的去向。”

“好吧，”雷蒙点了点头，浑身上下都是轻松愉悦的感觉，“那就没问题了！幸好你还算是有种。我们会步行赶上他。我们能办到的。”

“他也是这样的吗？”外星人问。

“什么样？”

“你的思维是不协调的，”外星人说，“你的塔特克鲁德散漫失焦，而且你天然就易于倾向奥布雷。你理解杀戮和意志，却不理解涅杜托伊。你打从核心就有缺陷，可如果说你孵化出来之后还是克异的，那你本应被重新吸收回去。

你需要独立，同时又需要聚合。你的生命洪流总是在流动中自相冲突，激流扰乱了你的正常机能，但又能冲决原本限制你的界线。那个人也是这样吗？还是说你一直在发生偏离？”

雷蒙凝视着外星人完好无损的那只眼睛，努力理解它这一通话什么意思。流动和冲突，激流与限制。相属与相离。或许，引发这些疑问的正是他自己。

“不，怪物，”他最后只能说：“这并非偏离。我向来就是这样。”

第八节

一小时后，外星人自己站了起来，同时发出一声音调渐渐降低的叹息，类似于一条铰链穿过一个孔洞下坠时发出的声音。它漠然说道：“我们出发。”并打了个手势要雷蒙带路。

他们沿着草地边缘一点点走过去，花了一个钟头多点的时间才发现那个人的足迹。从上午一直到午后，这段漫长而艰辛的时间当中，一直是雷蒙充当尖兵，萨赫尔拖在他身后，马奈克步履沉重缓慢，但坚定不移。要不是雷蒙对另一个他会用来制造假足迹的那些把戏了解得一清二楚，这事情做起来恐怕还要更加麻烦。他们有两次发现了像是对方出现失误留下的痕迹——一个泥巴脚印，指向一道石梁；还有一长条地面被弄得乱七八糟的，那样子似乎是他下坡时失去了控制。雷蒙像只训练有素的猎犬，带着外星人轻松排除了这些干扰的假象。

他们一路向前，森林的景致随之变化。在靠近山脉、地势较高的区域，森林里的树木全是冰根树和拟松类。他们越朝河边走，树木的叶子就越是千奇百怪。迷失[1]柳长着宽大的枝条，黑色的树干，像是形体部分融化的女子；高耸入云的白鱼树，得名于其惨白的树叶和树汁的海洋气息；还有可以略略移动的珊瑚苔藓，它们亮粉色的骨架透过翠绿色的肌体隐约可见。雷蒙感觉自己居然渐入佳境，疲倦和脚踝的抽痛似乎都不翼而飞。他仿佛能预见到自己该去的方向，另一个雷蒙先前所去的地方。他几乎忘掉了走在自己身后的马奈克。它笨重的身体完美地追随着雷蒙的脚步，以免萨赫尔被他们俩给从两侧绕到同一棵树上。

---

① 原文为西班牙语perdida，意为“丢失”或“迷失”。莎士比亚《冬天的故事》中，被抛弃在荒野的国王之女就以此得名“帕蒂塔”。

一头毛靴兽在他经过时咩咩惊叫，像是根被惹恼了的双簧管在冲他发出斥责。一只“几几羊”的细小骨骸散落在一座小山崖下，它们被啃光了肉以后跟优尼亚的板条一样白。另一个雷蒙基本上是在沿着一条行经他设置陷阱的那片草地附近的小溪前进。溪水是个绝不出错的向导，而且尽管沿溪而行并没有路径，雷蒙却发现他们所经之处溪水的欢笑声几乎从未断绝。他发现自己在笑，满心都是宁静的感觉。太阳升得越来越高，温度也寸寸攀升。雷蒙如果有穿上衣的话，此时肯定忍不住想要脱下来，把衣服塞到腰带里，不过倒不是因为热得受不了了，而是因为微风吹拂在皮肤上很舒服。最后，不同往常，这次倒是马奈克喊他停下。它灰白的皮肤全无血色，而且看起来几乎连站都站不稳了。

“我们当在此休息，”它说道，“有必要休养生息。”

“只能休息一小会儿，”雷蒙说，“我们不能让他领先太多。如果他抵达河边……嗯，如果他抵达河边，他还得花些时间去造个筏子出来。在有只手一塌糊涂的情况下，我估摸这会儿他要花上一段时间。但如果他做好了筏子，下水出发，我们就再也追不上他了。我们先前要是直接坐你的飞箱到河下游去就好了。然后我们只要在那等着他的筏子漂过来就好。”

“这一建议毫无效用。我们当时没这么做，那么就不会有什么‘先前要是’。你的说法违背了时间的天性。我们必须就地休息。”

这里倒也确实适合休息。溪水注入此地，汇成一个小湖。午后的阳光在湖面上闪出片片银鳞。低矮的灰绿色植被铺成了一片宽广柔软的床垫，适合休憩。雷蒙仰面朝天躺了上去，被压烂的叶子闻起来一时像是罗勒，一时像是肉豆蔻，一时又像是某种无以名之的香气。马奈克缓缓挪到水边，向远处望了望，然后合眼养神。它那只受伤的眼睑没法完全合拢，闭上以后也依然有一线红光闪烁。

雷蒙躺的位置正合适，只要转下头，他的一只眼睛就跟地被植物的顶端齐平。风和阳光在湖面上形成一幅绘卷，跟细小的银叶舞动的身姿恰成镜影，双双映入他的眼中。看了一两分钟之后，他才发现了那个隐秘的坟墓。

它在这片空地的边缘，不远处有一道小瀑布，湖水从这里再度化为溪水奔流。这里的一小片植被长得比周围的要高一些。长度不超过雷蒙的小臂，宽度不超过他的手掌摊开。他拖着脖子上的萨赫尔走向那片异常的区域。然后他看到，这块地被挖开过，这里的植物先被移走，然后等挖出来的细小土坑填好之后，它们又被放回了顶上。一时间雷蒙感到有些不安。看起来像是某人——另一个雷蒙——的手笔。就好像他把某件想要隐藏的东西埋在了这里……但那会是什么东西？他的野外工作包里没什么值得专门保留的东西。或许是一张短笺？一些揭发那帮外星人存在的文字记录？可藏在这里有谁会发现？

雷蒙瞬间犹豫了一下——会不会他没记准背包里到底有几枚岩芯采样弹？又或许，草地上的那个陷阱只用了两枚炸弹？随即他就用手指伸进柔软的土层中探了探。他碰到了一团软肉，就在地表下将将三十厘米深的地方。他恶心地抽回手指，指尖上已经被血染红了。是一只被剥了皮的毛靴兽。这团生肉埋得太浅了。他打量着这具尸骸，想起了另一个雷蒙头一处营地里的兽皮。无论他这是在做什么，他肯定是有所企图的，并且他早就开始策划这件事了，还在炸弹陷阱仅仅停留在他脑子里的时候就开始了。雷蒙从身边的树上折下一段树枝，把那个小家伙挑了起来。看起来它并没有连着任何机关——没有削尖的木棍，也没有刀子。那人也许在肉里下了毒，但如果说他预期外星人会吃掉这块肉那也太疯狂了。他到底在想什么？

雷蒙捏住这只死去动物的细腿，拎着它走到湖边，把它甩进了湖水中。尸体像石头般沉了下去。马奈克的眼睛仍然闭着，它仍然一动不动，对外界毫无反应，那姿态好似一座雕像。雷蒙盘算了一小会儿。他可以唤醒那家伙，告诉它自己的发现；又或许他可以为另一个雷蒙保守秘密。这件怪异的动物祭品让他有些不安。他起初的念头是去跟马奈克讨论下，但如果说他的双生兄弟有个击败外星人的计划，而这东西就是计划中的一环呢？也许缄口不言会更好些。

马奈克忽然睁开了发光的双眼说："今天我没法再走更多路了，"它听起来真的像是饱含歉意，甚至可能满怀羞愧，"我太虚弱了。我必须进一步休养。"

"这没关系，怪物。"雷蒙几乎有些同情它了，它到底伤得有多重？会不会死？"反正很快就要天黑了。我们正好扎营，准备过夜。"

之后直到太阳下山，马奈克一直保持着休眠状态。雷蒙折了些树枝和草叶，给自己盖了个窝棚，萨赫尔随着他的行动伸缩。夜幕降临后，他把马奈克叫醒了一段时间，出去找了一条小溪，又弄了两把绮丽甲虫。外星人没问他为何改变食谱，雷蒙也没主动提供任何信息。

甲虫被吃得只剩下空空如也的七彩甲壳之后，雷蒙躺在柔软的草垫上，仰望着夜间广袤的星空。他用来烧开水以烹饪和清洗伤口的那一小堆营火已经只余少许炭火和灰烬。要是换了个别的场合，这会是个完美的夜晚。远方有什么动物在发出鸣叫——或许是鸟兽，或许是昆虫，反正多半是人类以前从来没见过的。那高亢婉转的音调响起之后不久，又响起了另外两个与之应和的声音。他的意识被另一段回忆充塞。艾蕾娜在她的公寓里。那是他们刚开始的几次争吵之一，为了雷蒙在厢式货机外头露营的习惯。艾蕾娜坚信会有野兽发现他，然后在黑暗中杀死他。她以前有个朋友就被红夹克怪吃掉了，她说自己经常因此做噩梦。雷蒙那时跟她住了一个月了，从没见过她有做噩梦的迹象。但这么说了之后，艾蕾娜只有越发生气。

在高高的天顶，一颗流星划破广袤的夜空，熊熊燃烧，转瞬即逝。天上那个美国病夫正从群星之间窥视着他们，与此同时石人座则正从地平线下冉冉升起。

他明白，自己对艾蕾娜的爱也并不比对方对他的爱更深。他对这些一清二楚，但同时又觉得这些完全无足轻重。他认为，两个人并不会仅仅因为爱情或者憎恶走到一起。他们走到一起只是因为他们是适合对方的那种人。艾蕾娜是疯子。而他是个酒鬼，杀人犯。他们彼此相配。

只是在这里的他并不是个酒鬼。在野外，他会跟个牧师一样滴酒不沾。在这里的他要优秀得多。他的脑子越来越迷糊、渐渐沉入梦乡的时候，外星人猛然警觉地站直了身子。雷蒙坐起身来。

“怎么了，怪物？”他小声说。

“有什么东西正在监视我们。”马奈克说道。

雷蒙只觉得背上阵阵发凉。在圣保罗星上，隐藏在林中随时准备照你扑过来的真实怪物太多了，所以这里人们想象出来的某些种类的神话传说相对要少得多——达丕[①]，天蛾人[②]，还有其他的神秘未知生物都是这样。但幽灵故事另当别论。这里的幽灵故事品种丰富——有“丑皮特的幽灵”，那是位探矿人，会在夜色中游荡，想找颗脑袋来代替自己在矿难中失去的那颗；有“黑圣母”，她会在即将死亡的人面前现身。小犬镇上有个民间教派，相信圣保罗星就是地球人死后所去的地方。所以这里的夜晚众鬼群集，就

---

① 原文duppy，加勒比地区民间传说中夜间作祟的恶鬼或者精怪。源于非洲斑图文化。亦称“达菲”（duffy）。

② 一种传说中外形半人半蛾的怪物，来历和特性都有多种说法。源于1966年美国西弗吉尼亚的恐怖故事，后来美国人又给这一生物添加了更多故事传说。

像是挤在灯泡旁边的飞蛾。在这片黑暗的荒野之中，想到这些可并不是什么好事——虽然，当然啦，他是根本不信这些玩意儿的。无论在黑暗中的究竟是什么东西，反正它更有可能是个真实的、有血有肉的生物，而不是个幽灵。

伴随着这个念头，艾蕾娜对红夹克怪和卓柏卡布拉的恐惧也在雷蒙的脑中迅速复苏。于是他站起身挪了下位置，离外星人更近了些。他闭上双眼，等了二十次呼吸的时间，让眼睛适应黑暗，然后睁眼扫视草地的边缘。天色太暗了，他直接看过去的时候还是什么也看不到。只有视野边缘的余光[①]能察觉到在树下的阴影中有什么东西在动弹。

“在那边，”他低声耳语，“挨着那棵白色树皮的树右边。灌木丛里头。”

马奈克用手臂做了个他看不懂的动作。一道闪光从它的手中发出，然后灌木丛就炸成了一团火焰。雷蒙往后倒退了几步。

“来吧。”马奈克边说边起步向前。雷蒙跟在它后面，落后半步，心中挣扎——他对树林里有什么东西既好奇又

① 人类视网膜上对光度更为敏感的视杆细胞在边缘更密集，因此在暗中对视野边缘处反而看得相对清楚。

害怕，同时他这位外星主子的武器也让他深感不安。他先前还以为，这家伙在优尼亚坠毁以后已经是赤手空拳了呢。这种错误是足以致命的——如果他今后不更加小心些的话。

突如其来的痛苦让树根旁的那具尸骸身躯扭曲，它的背上被烧成了焦黑一片。这是一只赤狐猪——这种动物长得就像是一头决心变成狐狸，但又半途而废的野猪。它了无生气地大张着嘴巴，两边各伸出一根装饰性的獠牙，这对牙齿更适合用来吸引雌性，而非用于攻击人类或者异星怪物。

“不必在意这种动物，”雷蒙说道，“它对我们毫无威胁。”

“还以为有可能是那个人。”马奈克说话的语调中似乎带有几分遗憾，又或是释然，恐惧，不过又有谁能说得上来呢？

他们回到自己的简易营地中，雷蒙又躺了回去，却发现很难睡着。他的思维不断分析着目前新环境下的种种变量。马奈克仍然武备精良。另外那位雷蒙没有手枪，也没有更多的岩芯采样弹。他试图想出自己该怎么做，才能给另外那个自己提供些有利条件——也创造机会让他自己的自由成为可能。

但下一步该怎么办?

他发现自己正死死盯着马奈克，他那怪异的外星形体在冰冷的星光中投出的轮廓，像是某个异教为无法想象的神明所做的神像。看了没多久，他就感觉自己开始有些恍惚。迷离之间，他意识到外星人在这段时间里一直是学习的一方——然后知晓了人类会如何进食，如何排泄，如何睡眠。雷蒙什么也没学到。他所知的一切策略和狡计，都不足以让他自信在黑暗中被惊醒时可以做出比那个怪物更好的应对。

他应该去学习。如果他是像外星人所说的那样被创造出来的，那么某种程度上，雷蒙自己也有一部分是外星人——他是件外星科技的产品。他是个新生之人。他可以学习新的方法。他会渐渐理解那些外星人，了解他们的信仰，他们的思维方式。不能放着好用的工具不用。

睡意悄然潜来，温柔地将他拽向意识的水面之下，与此同时他一定要知道那些的决心仍然被牢牢锁定在他的思维当中，就像是一只比特㹴利齿间咬着的老鼠。雷蒙·埃斯佩霍感觉有许多梦境在拍打他的大脑，就像是河水在拍打着河堤。最终他放弃了，任它们越过阻拦。那些梦境古怪离奇，雷蒙·埃斯佩霍从来也未曾做过这样的梦。

但说到底，他也并不是雷蒙·埃斯佩霍。

第九节

在梦里，他身处河水之中。他不需要呼吸，在水中移动对他来说就像转动念头一样简单。他的身体仿佛失去了重量，他就像栖息在河流中的一条游鱼，就像是河水本身。他的意识在河水中上下漂流，仿佛河便是他的身体。他能感觉到河床上被水流冲刷得光溜溜的石头，还有前面很远处的河湾，在那里的河堤让水流先是转向一边，然后又转向另一边。在更远处，水流汇入了大海。

大海广袤如夜空，但处处充满生机。那道水流，活生生的、有意识的水流，在其中穿行。雷蒙随着水流向下漂去，直到他接近一片纹理斑驳的海底。海底游走了，那是一头利维坦的脊背，它的身躯比一座城市还大，但在这有生命的深渊之中仍然微不足道。

然后他又成了深渊。

雷蒙梦见了洪流。毫无意义的音节拥有了深长的意味，然后又变回无意义的语声。深邃的洞见如爱，如眠，穿过他的身躯，在他心中留下极度的敬畏。天空亦是汪洋，洪流充斥于群星间的太空。他沿着洪流前进，几百年，几千年，在星辰间游动；他的腹中沉重，里面是许多尚未降生的世代；他在寻找着避难所，寻找着某个安全的地方，可以躲避追捕的地方，让他可以藏身其中，履行自己天命的地方。某个黑暗而不吉的东西在他身后，在无休无止地追捕，在用既恐怖骇人又充满诱惑的声音朝他发出呼喊。雷蒙竭力不去听那个恐怖的声音，竭力不让它拽住自己。洪流的壮美，洪流的伟力，还有深邃而无言的承诺，他努力让自己的思维被这些充塞，而不去思及身后的那个东西，那个正在寻找他的东西，它那阴沉的触须上此刻犹自鲜血淋漓。仅仅是这样的思绪就会给它更多力量；一旦对它产生认知，哪怕是在拒斥它，都会让它获得实体。

然后，仍然是在梦中，有什么东西攫获了他。一股强大得宛若激情的涡流将他抛向一个他无以名状的方向，抛回到那个昏暗的、他挣扎着从中逃出来的地狱般的地方。

忽然之间，他的头顶上就出现了一颗阴沉沉的太阳，灰色的太阳，挂在死灰色的天空上。这是他的家乡，他孵化的场所，他的起源之地，就像是河水源自冰川。他的心脏被惊恐攥得紧紧的：他知道接下来会发生什么，虽然它们还尚未发生。

在他周围是外星人的身影，熟谙如爱人。深坑里的那只苍白巨兽，在这场孤注一掷的追猎开始前，它曾向他提出忠告。小小的、黛青色的凯特卵，它们如今再也没有机会孵化。长着黄色环纹的马哈迪亚，半大的阿塔茹伊，还蜷成一团。（这些词雷蒙压根都从没听过，但他就是认得出来它们）。所有的幼体都已无可挽救，机能崩溃，生气全无。他是马奈克，他队伍的阿裳耐，这些让他心痛的死者，这些污染了生命洪流的亡者，全都是缘于他的失职。他未能履行自己的塔特克鲁德，这些美丽的事物一件件全都化为幻象，只因为他无法负担真理的重担。

哀伤，雷蒙曾感受过的最深切的哀伤——胜过他失去自己的母亲和雅基人父亲那时的哀痛，胜过他初恋时的黯然心碎。他带着这哀伤开始吞吃死者。他每将一具尸骸摄入自己的体内，他就更加不真实，就愈发迷失在奥布雷和罪孽之中，就越发罪无可赦。

但死者无穷无尽。他每吃下一具细小的尸体，它们就又杀死了一千个。在他的逃亡之旅中追逐他的那片黑暗，那高声尖啸的黑暗在这里蔓延开来，像一只被掀开了盖子，再也关不上的盒子，打开之后就不断地展露出永无止境的恐怖：吞食者，无流者，敌人。他们看着那些巨石般的身形，听着那怪异的尖音高扬，赞颂这场屠杀，看着刚出壳的幼体在巨大的机器下失去生命，粉身碎骨。悬于空中的一艘艘飞船犹如起飞猎杀的众多猛禽。

我认得那飞船，雷蒙想着。这个念头只属于雷蒙，而与马奈克无关。我曾经身处那艘飞船之上。

随着一声同时属于他和马奈克两个人的尖叫，雷蒙醒了。

马奈克在他身边蹲下，用两只长长的手臂把他拉了起来，那动作有几分愤怒，又有几分温柔。

“你都干了什么？”外星人低声问道。不知怎么的，它说这话的时候看起来显得有些迷惘，惊慌和孤独，感觉倒不那么格格不入了。

“是的，盖苏，”雷蒙喃喃说道，虽然他几乎不知道自己在说什么，“根本的矛盾！太糟糕了。”

“你不应该有这样使用萨赫尔的能力，”马奈克焦躁地说道，“你不应该有啜饮我生命洪流的能力。你正在偏离那个人。这威胁到了我们的机能。你不能再做这种事情，否则我会惩罚你！”

“喂喂——”雷蒙晃了晃脑袋，被这话震惊得恢复了自我意识——那感觉就像是经过漫长的梦幻之旅，然后被一桶冰水兜头浇醒，“是你把这鬼东西给插我脖子里的！别瞎指责我。”

马奈克眨了眨那双怪异的橙色眼睛，看样子是平静下来了，只是略有挫败感。隔了好一会儿之后它说：“你是对的。你的语言容许欺骗，但你参与到我的生命洪流中并非出于自愿。是我不中用。我精神不振，还受了伤，否则我不会失去对萨赫尔的控制。毫无疑问，是我不中用。”

它说话的声音让雷蒙大吃一惊，同时也迷惑不解。那声音听起来依旧低沉而悲伤，但其中还有些别的——某种遗憾和惊恐的情绪。这不可能完全出于雷蒙自己的想象。他不知道是不是萨赫尔仍然在将这个外星人脑海中的某些信号泄漏到他这边。雷蒙感觉就像是自己偶然撞见了一个正在流泪哭泣的男人。他有些不自在地耸了耸肩——这情绪倒是他自己的。

“别太为这事烦恼了，怪物，”他说道，“你也没有存心想要这样的。”

“你绝不可以再继续偏离了，”马奈克近乎祈求地说，“你的思维是扭曲的，异类的。这就是它应有的形态。你应该停止继续偏离那个人。你不应该跟我进一步融合。我们要等在这里，捕猎他。只要他没有抵达他的巢穴，就不会存在盖苏。你绝不可以再继续偏离了。”

“好的，我不会了。我的思维还是很扭曲、很异类的。”

马奈克没再回应。

他们周围，夜晚的声息缓缓复归，那是被他们升高的声调吓到的兽类和昆虫，它们试探着重新恢复自己的歌唱，求偶，或者捕猎。雷蒙忽然想到一个问题：另一个雷蒙刚才会不会听到了他们的声音？如果他靠得足够近的话，他就会知道自己没能用岩芯采样弹彻底解决追兵。但要这样的话，他得靠得非常近才行，而雷蒙和马奈克今晚大部分时间都睡得很沉，除了那头赤狐猪和那场噩梦之外完全没被惊醒。另一个雷蒙不会错过趁着他们睡着时进行攻击的机会——他自己应该不会——所以，那家伙肯定离他们没这么近。他仍在远处，在森林中的某个地方；他们也仍然要去对他穷追不舍，直到捕猎成功。不过，他现在知道，在捕猎追杀的并不只有他们。

“银色恩耶，”雷蒙试探着说道，“那些长得像是巨石的丑陋家伙。”

“幼体吞食者。”马奈克说。

“你们藏起来就是要躲避它们。”

“最好别让这些事左右你的机能，”马奈克说，“绝不能因此影响你的行动。”

“别偏离。我明白的。但应该是由我来告诉你身为人类应该是什么样，轮不到你来告诉我。而我要说，如果你把事情给我说清楚，那倒会有所助益。”

“你已经参与了太多我的——”马奈克开口欲言，但被雷蒙直接打断了。

“我已经知道这么多了，多到我会把所有时间都浪费在猜测上。人类想要理解宇宙万物。他们编织叙述，然后去检查自己是否正确。我们就是会这么做。就像我当时觉得那座山里有什么有趣的东西，然后我猜了个正着，不是吗？所以如果你把事情都告诉我，我就可以不再猜个没完。如果你不说，那我只能一直猜下去。”

马奈克的翎羽一阵抖动，雷蒙认得这个动作：类似于一个无可奈何的表情。

“他们来到我们面前，来到孕育我们第一批先人的行星。许多个世代里，它们都表现得西雅娜依。他们正常的机能看起来是在和我们相容的渠道中流转。我们没有察觉到其中的分歧，直到——”

“直到它们开始开始杀戮你们。”雷蒙说道。

“他们的塔特克鲁德表现为粉碎我们的幼体。在一百亿我们的克异之中，只有不到十万幸存。幼体吞食者们会用尸体来举行仪式，这似乎能给他们提供愉悦。我们看不到其中的机能。生存对于我们的机能是必要的，因此剩下的同胞循着与幼体吞食者无关的渠道行动。在六百艘飞船中，据我们所知，有三百六十二艘未能将自己和敌人的大流隔绝。有四艘来到了此地，然后就陷入了静止。我们无法和其余的飞船通话。他们的机能陷入了涅杜托伊之中。如果说这是他们塔特克鲁德的一部分，那等我们达成联结的同时就会清楚。如果不是的话，他们存在的幻象就不会获得认可。”

雷蒙坐在马奈克脚边的植被上。他上半身后仰，那些细小的叶片挠得他撑地的手掌发痒。外星人的思维和术语乱得像一锅粥，先前他完全听不懂的时候倒还没那么烦人。但现在，每个概念他都半懂不懂，每个无法转译的词汇都似曾相识，他的头已经不只是疼了，简直要裂了。

“如果他们找到你们，就会杀了你们，”雷蒙说道，“恩耶。他们会杀死你们。”

“那是自然而然的。”马奈克说。

“你们知道他们要来了。他们正要提前来到这里。”

“这是已知的。他们没有静止的必要。他们的生命洪流……咄咄逼人。”

“所以，这就是你们为何必须阻止那个人——另外那个雷蒙。如果他抵达了琴手登台镇，他会告诉所有人你们在哪里，然后恩耶……怪物！那些混球会下来吃了你们！”

“那是自然而然的。”马奈克把同样的话又说了一遍。

雷蒙的脑海里涌出了成千上万的问题。恩耶们赞助的这些人类殖民活动，会不会其实是秘密的追猎行动，目的就是让马奈克同类的那些巢穴暴露出来？银色恩耶会不会在某一天对人类翻脸无情，就像他们当年对这些可怜的外星人一样？如果那个巢穴被发现了，圣保罗星的殖民地是不是就达成了自己的使命——履行了自己的机能——如果确实是这样的话，那之后恩耶们还会容许它继续存在吗？萨赫尔究竟对他做了什么，让他居然能够想到那些事，能够体会到那些感受？它让马奈克最远延伸到了哪里，从哪里开始又该算是他——雷蒙——的所在？在一片混乱之中，他抓住了一个特别的问题，紧紧地抱住不放，仿佛一切的一切都可以通过它的答案获得解释。

“他们为什么这么做？”他问，“他们为什么翻脸攻击你们？”

“他们机能的天性复杂。他们的生命洪流有着我们未曾知晓的属性。他们和我们很像，直到他们不像为止。我们原本期望你会为我们揭示答案。”

“我？”雷蒙呛到了，“我刚刚才知道这些事情。我怎么会有能力告诉你们那些发疯的混球在想什么？”

“那人来自他们，”马奈克说，“他参与了他们的机能。你对于杀戮及其目的性都有所理解。你会杀戮，他们会杀戮，这是一样的。理解是什么驱使你去杀戮也就能解明他们的动机。比如酒精饮料带来的自由。”

“我们是不一样的。我跟他们那该死的大屠杀无关！我是个探矿人。我寻找矿藏。”

“但你会杀戮。”马奈克坚持自己的观点。

“是的，但——”

“你杀戮自己的同类。你杀戮那些跟你在机能上最为相似的生物。”

“这是不同的。”雷蒙说道。

“不同来自何方？”

“跟喝没喝醉倒没关系。虽然醉酒也许确实让事情更加失控。问题还是出在我和他两人之间。但我可不会吃他的小孩。”

“如果我们可以理解幼体吞食者的天性，以及他们塔特克鲁德的表现，我们或许就能将他们的生命洪流导入原本的路径，”马奈克说，雷蒙从它的语调中听出了深深的失望，甚至是绝望，“或许就有可能找到另一种让他们履行自己机能的方法。但我找不出任何合理的推断。”

雷蒙叹了口气。

“别白费劲了，”他说，“你只会让自己陷入疯狂，怪物。没有任何理解它们的办法。它们是外星异类。”

第十节

让雷蒙惊讶的是，自己竟然还能睡得着；更让他惊讶的是，早上他醒来时，发现自己居然就靠在马奈克身上睡着了，而后者则毫无怨言地坐在原地，后半夜一直纹丝不动。

在醒来之前，在太阳还没有升起之际，雷蒙在梦境中又遭受了回忆的侵袭。有一段回忆是一场牌局，他飞离地球的途中在恩耶飞船上玩的。那天帕伦奇感觉不错——最后那段时间里，这种日子越来越少——坚持要他队伍里所有人聚在一起打扑克。雷蒙觉得手中仿佛又握住了那些软得出奇、已经挺不起来的纸牌。他闻到了恩耶庞大的躯体散发出的浓烈酸臭味，还有过热的瓷片[1]那一刻不停的低鸣声，类似于空平底锅搁在火热炉灶上时的那种声音。他用一把同花顺赢过了帕伦奇手上的葫芦。雷蒙想起了摊牌的时候，身患重病的老人脸上那快乐的神情开始动摇、最后消失的模样。他眼中满是失望，犹如干涸的泪水。雷蒙很后悔自己当时没有直接扣牌认输。

这是唯一一段看起来跟他和那些外星生物之间的奇异交往有关的记忆。另外两段都只是平凡琐事——第一段是在墨西哥城里冲澡的记忆。第二段发生于他来到圣保罗星之后的头几个月，当时他在吃一条鱼，鱼上面撒满了黑椒，多到结成了一层壳子。每段记忆都鲜明得仿佛他暂时不再活在当下，而是又一次从过去开始生活，仿佛他身临其境，而不是身在此地，屁股坐在夜晚冰冷的草地上，身边挨着一头外星怪物。每次他短暂醒来时，都会看到马奈克就像尊雕像般坐在他旁边。这让他有种感觉，这家伙知道自己现在的状况。但它并没有提供任何建议，没有告诉雷蒙如何最好地适应这从过去闯入他脑海的滚滚浪潮。雷蒙也没有去问。这只是他的大脑在恢复应有的运行情况，仅此而

① 很可能是指飞船船身外的阻热（烧蚀）陶瓷片。

已。然而他还是不由得好奇：另一个雷蒙上次想起这场牌局是多少年以前了？

马丁鸟[1]唱起它们低沉而悸动人心的歌曲，东方的天空亮度正在升高，遍布繁星的黑幕变作星火隐隐的余烬，而后最终让位于清凉的晨光。雷蒙起身去喝水的时候有什么东西嘎嘎怪叫着逃走。不管那是什么，反正昨晚它偷偷溜了过来，悄无声息地在那头赤狐猪的尸体上啃了好些口。滕芬鸟和旋旋鸟在林间飞舞，对着同类高声大叫，争抢着筑巢的好位置、自己的食物，以及会为自己诞下子女的配偶。在所有地方，所有生物都无差别地上演着争斗。一些大型野兽也来到了溪边，有跳步兽，也有呆头兽。它们漠不关心地朝雷蒙瞥上一两眼，就自顾自地喝起水来。游鱼跃出水面，又落回溪中。他看着眼前的风景，胸中的郁结舒缓了几分，甚至暂且忘却了自己是什么，在被迫执行什么样的使命，以及他的希望有多么渺茫。

然后他回到营地，又吃了顿绮丽甲虫，给外星人再温习了一遍他的日常生理机能，让自己做好出发追猎的准备。

---

① “马丁鸟”为英美对几种燕雀目燕形鸟类的总称。中世纪欧洲人认为它们在圣马丁节前后迁徙过冬。

马奈克的皮肤依然灰蒙蒙的，但已经开始重新出现带着油光的涡纹了。它的站姿还是很低，重心接近地面，动起来也是分外谨慎，像是在忍痛前行。雷蒙真希望自己知道得更多，多到足以判断出这个外星人的伤势有多严重——如果说它走到某个时候就会自己倒地不起，那就没必要精心制定逃亡计划了。话说回来，假如在马奈克死后，他发现自己依旧无法挣脱萨赫尔会怎样？被束缚在外星人逐渐腐烂的尸体旁边，直到他自己也活活饿死，这太可怕了！又或者，一旦马奈克死掉，他也会跟着死去——毕竟，他们可是通过萨赫尔共享着各自身体的脉动。之前他从没想到过这种令人不安的可能。不过，一旦有机会，他还是会赌一下自己的运气……

天色刚亮，雷蒙和马奈克便不约而同地站起身来，动身出发，朝小溪下游走去。尽管琴手登台镇远在南天，另一个雷蒙却在一路向北而行。也许他是希望选择出人意料的路线能够甩掉追兵。又或者他是觉得北面有更适合做筏子的木材。又或者，他有另外的原因，只是雷蒙一时还琢磨不透。

他们沉默不语地前进，只有脚下发出落叶和松针断裂的声音，与橙鸟的啭啭叫唤、煎饼兽的怒吼，还有醋蟋蟀们嘁嘁喳喳的喧闹一同参与到森林音乐比赛当中。十点左右他们面前出现了一条林间小径。地上有些柔软、多纤维的残留物，是几几羊留下的，它们告诉雷蒙，这头状若羚羊的野兽刚离开顶多一天，很可能才过去几个小时。他觉得，这地方肯定会是片很好的猎场。想到这里他骤然有种不安的悸动，但原因不太清楚。

雷蒙估计，他们会在夜幕降临前赶到大河边上。另一个雷蒙必定很近了。他估计，那人要做出个过得去的筏子得花上三天的时间——如果他条件齐全的话。他需要斧子、木头还有绳子。当然，还有他的十指。另一个雷蒙得在这种不利条件下完成工作，不过……

聪明的做法是先凑合着拼出个三流货色——一只勉强能浮起来的筏子——然后用它往河下游逃远些。一旦拉开了距离，那人就可以多花些时间，做个更结实的木筏。这是个走钢丝般的危险把戏：他得用一只手划水加速，把自己的安危完全寄托在脆弱得随时可能在水中整个散架的东西上。雷蒙没有停下脚步，尽力保持安静，心中琢磨着易地而处的话自己会冒多大的风险。他脖子深处的血肉被扯动了一下，让他把注意力转回到马奈克身上。

外星人已经停了下来。它炽热的橙色眼睛看上去呆滞无神。那只肿胀的红眼有些发黑，看着像是开始腐坏的血液。它的皮肤不再发灰了，可也没有它当初那种水滑油亮的纹样，现在的质地像是绘图纸般粗糙没有光泽，颜色则类乎熄灭的火炭。

“我们必须停下来，”马奈克说道，“我们必须恢复体力。”

雷蒙一时之间有些恼火。他们没时间这么拖拖拉拉的。但这显示出马奈克很虚弱。这怪物还没能摆脱另一个雷蒙的陷阱造成的伤势。这起码也可以算是个好兆头。马奈克也许仍然武器精良，但它并非刀枪不入。只要另一个雷蒙能找到办法，破坏这个外星人对他的桎梏，他们俩就可以联手消灭这家伙。

雷蒙抿紧了嘴唇。他的胸口阵阵发紧，他不喜欢这种感觉。这不是源于疾病，而是出于悔恨。那些克异们被强大的恩耶碾死的记忆又回到了他的脑海中。随着这几个钟头的时间过去，昨晚他所做的那些梦境渐渐褪色，悲伤的情绪不再，但悲伤的记忆仍在。那种只要能够转危为安，避免盖苏，他可以不惜任何代价的信念也已褪色，但并未消失。他很清楚，那些想法属于马奈克，而不属于他。然而这并不会让他不再为此深感时间紧迫。

“好吧，怪物，”雷蒙说道，“我们休息。但就几分钟。我们时间不多了。”

外星人打量着雷蒙，翎羽晃动的方式在雷蒙看来显示它心情愉快，但疲惫不堪。然后它艰难地走到树旁。这棵火橡树的树干粗大，树上的叶子有雷蒙两只手并起来那么宽。外星人靠上去的时候，树皮被压坏了，发出一阵塑料泡沫被挤破的声音。雷蒙在小径旁盘腿坐下，凝望着森林深处，伸手揉了揉自己的下巴。这么久没刮胡子，感觉怪怪的。通常而言，他的胡子茬应该已经长得老长，摸起来差不多该发软，不再扎手了。但现在他的脖子和下巴上都只有一层稀疏的绒毛，就好像他又回到了十二岁的时候。他掀开自己的袍子，仔细打量着马丁·卡苏斯用钣金钩子留下的伤疤。那条白线比先前要宽了些，但跟外星人抓住他之前那道皱巴巴的粗大伤疤还是截然不同。他手肘上砍刀留下的伤疤现在顶多只能算是皮下的一个小肿块。不过它还在长大。他正在变成自己记忆中的那个人。而且至少他还能长胡子。那些该死的外星人没把他变成个女人。

但我还是会为这些事干掉你们这群混球。雷蒙暗自想道。可尽管他的意图和目标已然明确，他的怒气却越发恍惚，仿佛是他选择了去发怒，而不是怒火占据了他的灵魂。

感觉就像是他和艾蕾娜的爱情：熟悉，但空洞。

“你们会拿我怎么样？”雷蒙问道，“等这事过后。你杀掉那个人之后，我会怎么样？”

“你的塔特克鲁德将会完满。”马奈克说。

“塔特克鲁德完满的人之后会怎么样？”

“你的语言有缺陷。塔特克鲁德完满无缺即是回归生命洪流。”

“我不明白这是什么意思。”雷蒙说。

“一旦我们的机能达成，我们就会回归生命洪流。”它说道。

骤然间雷蒙的脑海中闪过一道明悟，这感觉如此清晰，以致他怀疑它是不是透过萨赫尔的双向流动分享到他脑子里的。他知道他们会怎么样了：他们会死。不管那个所谓的“生命洪流”到底是什么，总之他们会被它吸收进去。一旦他们完成了自己的塔特克鲁德，他们也就没有了继续存在的理由。就像是在完成一项工作之后，这项工作所必需的工具就会被抛弃。

或许马奈克会心甘情愿地屈从于这样的命运，甚至也许会觉得这是求之不得的好事。但在雷蒙而言，这是让他必须尽快逃之夭夭的又一个强有力的理由。

“随便你啦，怪物。”他有气无力地说道。

雷蒙发现，休息比他以为的要更令人愉快。他之前太疲惫了，毕竟，头天他可是在差点被炸死之后还赶了一天的路，睡得也很糟糕。而且马奈克的痛苦或许也以某种外星方式被传到了他身上——通过那根仍然发乌的萨赫尔。

马奈克的族人和恩耶之间的关系在他心中萦绕不去，但他发现很难用自己的思维将其与任何可以理解的模式相匹配。一场跨越群星的战争，起码持续了好几百年，甚至可能是好几千年。一场针对马奈克族类的世代追杀，看不出有任何缘由，而人类在其中被当作工具利用。

他们一直都是恶魔的猎犬。米克尔·易卜拉欣，马丁·卡苏斯，还有雷蒙本人。每个地球人都是。一直都是。他们是被派进丛林，将马奈克和跟他一样的生物驱赶出来的走狗。和他拥有一个奇妙的双生兄弟一样，这事也让他的世界观出现了翻天覆地的变化，但这回他没有听到外星人警告他“不可偏离”。他可以随意朝着他觉得合适的方向进行思考。然后他发现，要琢磨清楚这档子事，自己这么个无足轻重的独立探矿人并不是合适的人选，何况他还在逃避总督的追捕。再想下去也只会让他头疼。

于是他转而思索艾蕾娜如今会在做什么。这会儿应该快到中午了，至于日期……从他在拂晓前溜出艾蕾娜的公寓以后，已经有多少天了？一个礼拜？不止？他甚至已经搞不清今天到底礼拜几了。他并不笃信宗教。礼拜天对他来说主要意味着酒吧这天不开门。今天多半还是工作日，她会在清晨起床，冲个澡，换上衣服，然后出门工作。

他以一种不偏不倚的态度审视了下自己——差不多就是以审视另外一个人的态度——然后发现，他杀过人，扯过谎，还偷东西。他殴打过艾蕾娜，也被她打过，但他们在一起的时候，就算是跟艾蕾娜起了冲突之后，他也没想着去找别人。

他觉得，这真的不是一个真正的男子汉该做的事情。这种事他雷蒙可做不出来。

雷蒙笑得咳起来了。马奈克的王八脑袋抬了起来，转向他。但显然雷蒙这次的笑声中没有过多的喜悦，不至于引来萨赫尔的震怒惩戒。

“搞半天我还是挺有道德底线的，怪物，”雷蒙说道，“我自己之前完全没想到。”

“然后你就发出了那些声音。那是一种表达惊讶的方式吗？”

“嗯，差不多吧。”雷蒙说。

“对了，把食物展示在树枝上的理由是什么？吃掉它不是更好吗？”

雷蒙困惑地皱起了眉头，马奈克见状指了指他们头顶上，那棵大树的枝丫分岔处。在那里有只被剥了皮的毛靴兽，被裹在树叶里，几乎看不到血迹。雷蒙抬起萨赫尔，把它搭在肩头，爬上树干去检查那具尸体——和他在湖边发现的那具尸体很像。它被藏起来了，但藏得很不严实。靠眼睛很容易看漏，但食腐动物会循着臭味找到它，就像是它们找到马奈克杀死的那头红野猪那样。雷蒙的双生兄弟在筹划着什么。但到底……

他忽然感觉到有某件事和眼下的状况之间很像，其间的联系呼之欲出。然后他全明白了。他想起当年曾是他好友的那个马丁·卡苏斯。那家伙喝得醉醺醺以后向他讲述了好些用陷阱猎杀卓柏卡布拉的故事，比如用鲜肉作为诱饵，把它们引入深坑……

“那个混蛋真是疯了！”雷蒙轻声自言自语，然后跳回下面的地上。

“这些话是什么意思？”马奈克问道，“这个展示食物的行为是奥布雷吗？”

“不，这是有作用的。他在把我们引入一只卓柏卡布拉的活动领域，而这些东西就是想要吸引那家伙，让它冲着我们过来。”

“你说的这个卓柏卡布拉。它危险吗？”

“危险得要命。如果它找上我们，就会杀掉我们俩。”

“这样做对于他的机能有损，”马奈克说，“他的行为缺乏目的性。”

“不，有的。他知道我们从爆炸中活下来了。他看到了我们，知道我们追得太紧，他已经不可能还有时间去建造木筏了。他很累了，又受了伤，他知道我们会赶上他的。于是他在试图让卓柏卡布拉和我们处于同一区域，指望那东西会在杀死他自己之前先杀死我们。他敢冒这么大的风险，真是太疯狂了。但总比放弃要好，”雷蒙说到这里，敬佩地摇了摇头，“我们要对付的这家伙可真是坚韧顽强，怪物！”

一时之间，马奈克迷惑不解地耸起了双肩。但很快它似乎就明白了雷蒙在说什么，明白了他的感受。或许，萨赫尔在让马奈克的思维与雷蒙相连的同时，也让这头怪物对于人类的执拗有所认知。

“我们会在这种事发生之前找到那个人的。”马奈克边说边站直身子。

“最好能这样。”雷蒙说。

第十一节

雷蒙和马奈克又在森林里跋涉了两天。雷蒙带路，马奈克紧紧跟随。雷蒙吃喝拉撒的时候队伍会暂停，但只有晚上他们才会真正停下休息。另一个雷蒙的营地显得敷衍了事——头一晚，他找了棵被闪电劈倒的乳松树，在树干上过夜。第二晚也只是做了个相当糟糕的窝棚。再也没有早先营地中那样的火塘和结实耐用的棚屋了。雷蒙明白其中缘故。他的双生兄弟真的开始全力奔逃了。他们即将进入最后的冲刺阶段。

他们沿途又发现了三只毛靴兽，而且雷蒙敢很肯定地说，另外还有好些只被他们看漏了的。对圣保罗星的本地生物来说，他们走过的这条路肯定满是血腥的味道。雷蒙也越来越频繁地看到卓柏卡布拉留下的痕迹。路上散发着这头野兽留下的恶臭气息，树干上有被利爪刨出的痕迹，还有一次，远方传来一声吼叫，声音里半是孤寂，半是凶残。

马奈克依然显得冷淡疏远，沉默寡言，但雷蒙觉得它比起当初要好懂多了。每休息一晚上，这个外星人看起来就又多恢复了几分体力和精神。那些奇怪的梦境再没有让雷蒙烦恼，那些关于塔特克鲁德、杀戮、恩耶与种族灭绝的话题也和从前一样，不再出现在他们的交谈中。回忆仍然时不时就涌上雷蒙的心头——他童年时代的回忆，他在恩耶飞船上、抵达圣保罗星后的种种琐碎往事。他发现自己如果刻意把注意力集中在赶路上的话，就可以对这些破事更多地视而不见。

在第三天上午十点前后，他们沿着这条小径抵达了河边。宽广的漏斗河，河面宽到对岸只能勉强可见——之前从远处看到的那条细细银线，到此扩张成了一望无际的清澈洪流，河水冷若冰川，水流湍急，水面却看似平滑。森林直逼河岸，一些树根暴露在外，伸到水中，仿佛一些粗大的手指。泥泞的河岸上看不见人类的足迹，但雷蒙毫不怀疑另外那个人也曾来过这里，也曾看着眼前这同一片风景。但那是多久以前？那家伙离开这里后又去了哪里建造逃亡用的木筏？雷蒙端详着水面上闪动的阳光，心中反复考虑着这个问题：如果是他身在此地，未曾遭受奴役，既要逃离外星人的追击，又要避开卓柏卡布拉，他会怎么做呢？

他抓了抓自己细细的胡须，转头向南，开始艰难地在河岸上一步步前行。马奈克一言不发地跟了上去，萨赫尔在他们之间像根长绳一样来回晃荡。河水淙淙，柔声低语。换作另外某天，在执行别的使命的雷蒙应该会停下脚步，让自己的赤足浸入河水之中，沉浸在这里的美景之中。但如今，他的脑子里上百个各式各样的问题嗡嗡作响，打成一团。他的双生兄弟会不会已经造好了小木筏，朝着南方漂去？如果他们找到了另一个雷蒙，马奈克会怎么做？一头卓柏卡布拉的活动范围到底有多大？他没有把任何一个问题宣之于口，只是默默判断着自己的每一步应该在哪里落足最好，以及应该从哪边绕过树木，以免萨赫尔缠到某根树枝，扯痛他的喉咙。

在这里他双生兄弟留下的痕迹比先前更少——没有脚印，断裂的树枝从裂口的高度判断，也基本不像是人类造成的。这倒不是因为另一个雷蒙更加谨慎了，而是因为河水会把森林里的动物引到河岸。这里的几几羊应该比林子里更多。还有更多的盐鼠和黑驼鹿。他们行经的泥泞河岸上看得到各种脚印，有些来自细长的蹄子，有些来自宽大柔软的长长脚趾，还有些是属于塔帕诺或者石鸢的小巧楔形脚印，看起来类似鸟迹。他们身边的这条大河有充足的饮用水，有无数的生命与之为伍。他们周围的这颗星球充满活力。他们是两个与这里格格不入的外星人，在不属于他们的世界中穿行。或许该说是三个外星人——如果把另外那个雷蒙也算上的话。

大河缓缓折向东流，河水与对岸远方的森林在雷蒙面前展现出一幅壮丽的画卷，但也让他眼中的道路在不远处中断。他停下脚步，在一棵倒下的冰根树旁蹲下，吐了口痰。马奈克走到他身边，站住不动。

“那人不在这里。”马奈克说话的声音仿佛是从河对面的远方传来的滑坡的声音。

“他在这里，就在这里的某个地方。”

“他也许是逆流而上了，”马奈克说，“如果我们找错了方向，那就不可能找得到他了。”

“那他就会从这里漂过，怪物。难道不是吗？所以我要一直靠着岸边走。这样子如果他过来我们就能看见。”

外星人沉默了。

“你没有想到这一点。”雷蒙说。

“我并非适于这项使命的工具。”马奈克说道。它头上的翎羽转动了一下，那样子似乎是有些沮丧。

“你做得很好了，”雷蒙说，“但如果我们不在太阳下山前找到那个混球，我们就有麻烦了。他将要有机会——”

有响动！像是有什么东西落地了。树叶沙沙作响，流动的空气发出极为微弱、几不可闻的声息。那头野兽几乎是悄无声息地从林间骤然冲出，直到马奈克转过身面对它时，这头卓柏卡布拉才露出它的利齿，厉声狂啸。

雷蒙以前见过这种生物的照片，甚至还见过一张带着鳞片的毛皮——肯定是来自一只青年的卓柏卡布拉。但他见过的一切都不足以让他做好心理准备面对眼前这头活生生的凶兽。它跟人差不多高，身长大概有四米，四肢就像是四个兼具力量和速度的引擎。它有些像是人手的脚掌前端伸出黑色的利爪，那张血盆大口——此刻它的嘴唇后缩，露出深红色的牙龈——相对于那两层尖牙似乎反而显得太小了些。它的眼睛并不像那台花车会发出红光，而是纯黑色的。这野兽身上有股麝香气息，和肉类腐烂的臭味、污血的腥臭混合在一起，形成捕食者特有的一股恶臭腥风扑面而来，犹如一道恶浪。

马奈克的手臂抬起，一团能量波在卓柏卡布拉胸口炸裂。它那狂啸的音调骤然升高，空气中刹那间就满是毛发和血肉烧焦的恶臭。但这一击并不足以阻止这头野兽，它的攻势丝毫没有动摇。卓柏卡布拉撞上了外星人的身体。雷蒙头一次觉得，马奈克看上去个子很小。他下意识地朝着河水中退去，直到脖子被萨赫尔扯住。他的目光死死盯着两个外星怪物扭打成一团的战场，完全无法移开。他满心恐惧，大脑一片空白，在自己都没有意识到的情况下尖声祷告。

他能透过萨赫尔感知到马奈克的身体状况。它正跟那头卓柏卡布拉扭打在一起，挤出了它所拥有的每一滴力量。如果马奈克是个人类，那这场搏斗只会是绝望的一边倒，现在则不然——卓柏卡布拉更强壮，体重也更重，但差距还没有大到让马奈克全无机会的地步……那家伙的利爪从马奈克腰上扫过，马奈克和雷蒙同时疼得惨叫起来。但随后，马奈克长长的双臂抓住了一个机会。卓柏卡布拉的吼声变了，先是带上了些恐慌，等到马奈克把它箍紧，声音里就出现了痛苦。马奈克那双手臂像一副绞索，正逐渐把空气从这头猛兽的肺部给挤出来。雷蒙能听到卓柏卡布拉的肋骨在噼啪作响，听到它在痛苦地喘息，于是一时之间，他大为惊讶地觉得，他们有希望获胜。

但就在这时，卓柏卡布拉扭身翻转，四肢劈头盖脸地向马奈克抽打过去。它的一只爪子刺穿了马奈克受伤的那只眼睛，无法忍受的剧痛顺着萨赫尔扩散到了雷蒙的身体中。他和外星人同时大叫起来。卓柏卡布拉往后一跳，四脚着地，缩成一团，准备弹起身子再度出击。雷蒙能感觉到马奈克身上的疼痛，和他自己身上的疼痛相互回应。

卓柏卡布拉飞扑过来，马奈克发出又一团能量波。这一发打偏了。卓柏卡布拉的身子猛扑上来，撞得马奈克往后一仰。这回轮到卓柏卡布拉了，这家伙用两条前臂紧紧锁住马奈克，粗壮的后腿上锋利得有如军刀的长爪冲着外星人的腿部和腹部凿去。雷蒙痛苦地大叫起来，用力拉扯萨赫尔，好像这样就可以把他脖子上这根狗绳给扯下来似的。

然后发生了一件令他大为震惊的事。他感到自己喉咙里有东西在动——似乎有些金属的卷须从他的骨骼和神经上抽了回去。他感受到的马奈克的痛苦减轻了，他的双重知觉在消失。伴随着一阵恼人的滑动声，萨赫尔从他的身体里抽了出来，像条蛇似的调转方向，冲着卓柏卡布拉抽打过去。萨赫尔末端那些暴露在外的金属导线上火花闪动，直戳到卓柏卡布拉身上，让这头野兽疼得大叫起来。但马奈克看起来越来越虚弱无力了，到现在他也没能对卓柏卡布拉凶狠的攻势产生显著影响，让它放缓几分。雷蒙站在淹到他大腿的冰冷河水中，弯下腰想找几块河里的石头，砸向那头野兽——然后他回过神来。

现在他自由了。而一旦卓柏卡布拉杀死马奈克，他就是下一个目标。现在不是该战斗的时候，而是该逃跑的时候。

他深深地吸了一口气，潜入水中，用尽全力踩水，顺着水流游动。河水充满了他的耳孔，打斗的声音随之瞬间消失。在波光粼粼的河面下，有亮绿色的鱼儿游动，它们对岸上的暴力冲突毫不关心。一些细细的金丝从河底的淤泥中升起，顺水屈伸，仿佛在指明通往大海的路径。雷蒙在游动中小心地让自己比那些金丝高出许多。它们就像水母一样，可以将人严重蜇伤。他浮上水面吸气时，至少已经游出了几百米，身后卓柏卡布拉的咆哮声几不可闻。他往肺里吸满新鲜空气之后，再度潜入水中。

他起初不假思索地想要游到河对岸去，但几秒之后就放弃了这个想法。冰川孕育出的河水并不比冰川本身暖和到哪去，肾上腺素对于预防低体温症也没什么作用。横渡这条河是找死。雷蒙调整角度，转头要游回近处的河岸。但他挥舞双臂、用力划水的时候就意识到，他有麻烦了。湍急的河水已经带着他绕过了河湾，但也同时让他离河岸的距离比他自己游动的距离要远上许多。他再度浮出水面，用脚踩水，像个软木塞似的在河中载沉载浮。卓柏卡布拉现在已经安静下来了。要么是战斗已经结束，要么是他已经离开太远，他自己打水的声音把那边的声音淹没了。他转过头，使劲眨了眨眼把眼睛里的水挤出去，这才看到了河岸所在。他的心沉了下去。

上吧，雷蒙。他对自己说道。你是个坚强的混球儿。你做得到的。

他转身正对河岸，开始拼尽全力地游动，同时尽量保持垂直于水流的方向。他以下方的河底植物和苔藓带作为指引，游向安全与否尚未可知的陆地。他的手脚先是刺痛，然后渐渐麻木。他的耳垂疼了起来。他的脸和胸口渐渐肿胀麻木，但他依然在继续往前游。他不能死在这里。他必须游到岸边。这是他该死的塔特克鲁德。

他的注意力完全集中在移动自己的身体上——伸腿踢水，用力划动双手和双臂。时间失去了意义。他也许已经游了三分钟，也许一个小时，又或者是整整一生。水冷得要命，他能感觉到寒气在挤进自己的身躯。他忍不住休息片刻，停了一小会儿。他几乎没能再次开始往前游动，这部分是因为他现在已经很清楚：他做不到的。

他已经筋疲力尽。他还在继续努力的唯一原因就是固执。雷蒙·埃斯佩霍无疑是个非常固执的人。就算他已到了除了顺水漂流之外什么都做不了的地步，他还是用力把自己的口鼻伸出水面，再吸进一口空气……他的意识开始消失，于是他又忆起了那个与河水化作一体，成为水流本身的梦境。到头来，也许那也并不算太糟糕。只需要再吸一口气，他就可以好好考虑下这个选择。

一片沙洲救了他。河面变宽的同时，东侧的河床也随着变浅。漂流过来的木头戳在沙子里，就像是一头不可思议的怪兽，长着枝枝丫丫的大角。雷蒙发现有根在河里泡了不知多久的原木斜伸在水面之上。他从侧面爬上这根滑溜溜的黑色木头，紧紧抱住它，就像是抱住自己的情人。他已经冷到不再颤抖了[①]。这可不好。他必须脱离冷水。河水依然在拍打他的双膝，他的脚完全麻木了。雷蒙使劲咬了咬自己的嘴唇，咬到嘴里尝到了血腥味。疼痛让他得以集中精神。

他必须到岸上去，弄干身子，然后指望太阳能温暖他的身躯。沙洲上乱七八糟的东西很多，多得仿佛从上游落入水中的任何物体都会在这里搁浅，多得他完全可以从一个落脚点换到另一个逐渐前行。危险在于他也许会滑倒，摔进水中，然后就彻底没了精神。他必须小心谨慎。

雷蒙做了一次深呼吸，然后推开他那黑木的情人，东倒西歪地走向一堆树枝。它们被藤蔓和树皮缠绕在一起，

---

① 低体温症的症状之一就是身体不再出现寒冷时本应有的反射活动。

形成了一条小小的堤坝。然后他从那里转移到一块低些的石头上，再然后是又一根滑溜溜的木头。再往前，河水已经没不过他的脚踝了。雷蒙拖着沉重的步伐，慢慢走到旱地上。他瘫倒在地上，虚弱无力地笑了，然后呕吐起来，吐出来大概有好几升的河水。他的外星袍子已经湿透了，很沉。他用自己笨拙得跟香肠差不多的手指把衣服从身上扯了下来，光着身子躺回地上，用意识中的最后一点清明让自己朝向阳光。

他失去意识后陷入的并非睡眠，但也不是死亡，因为过了一阵子，他的思维便再度成形，他挣扎着坐起身子。太阳已经移动了三掌宽的距离，正朝着西边的天际沉落。他的牙齿在格格打战，像是根没调好的升力管。他的双手和双脚都发青了，但还没有发乌。他抛在一边的外星长袍已经干了，带着阳光的温暖。他笨手笨脚地套上袍子，坐到地上，双臂抱着自己的膝头，又哭又笑。他脖子上曾经插着萨赫尔的地方热得不正常。那里的皮肤光滑得跟河里的卵石一样，麻木得像是女巫的印记[1]。雷蒙用指尖揉捏着

---

① 欧洲中世纪传说中女巫和魔鬼签订契约后皮肤上会出现类似胎记或痣的印记，这一区域的肌肤没有感觉。

那个位置，让自己慢慢品味现在的状况。他做到了。他自由了。他眺望着水面，心中有几分欢喜，又有几分难以置信。他真的做到了！

他并没觉得沙滩上那一大摊捆在一起的树枝有什么不对，直到他听到身后倒抽一口凉气的声音，然后转过身，看到一个离奇却又亲切的景象。

另一位雷蒙正站在林边。他袒胸露背，腿上的长裤已经被撕成了褴褛不堪的短裤；脑袋上黑色的头发蓬乱不堪。他的右手裹着被污血染黑的绷带，左手紧紧握着那把旧野营刀，被太阳晒脱了皮的肩头上挂着野营包。这其实再正常不过。他做了一只木筏，沙洲上那些树枝并不是自己用树皮把自己绑到一起的。此刻，河水的流动和诸神残酷的戏谑把两个雷蒙都带到了同一片沙洲上，让他们处于同一个位置，同一个时间……

他晃晃悠悠地缓缓站起身来，尽量避免惊吓到自己的双生兄弟。他抬起一只手想打个招呼，但恐惧扼住了他的喉头，让他说不出话来。他的双生兄弟往后退了一步，眼神凶恶地盯着他。

“你是什么人？”那个男人说。

第三幕

第一节

雷蒙的脑子这会儿反应有些慢。他知道必须回答，但话到嘴边又总发现并不适合。我是雷蒙·埃斯佩霍，我就是你，所以我为啥还得告诉你我是谁，傻帽？他感觉着自己的嘴唇翕张，看着他双生兄弟眼中的震惊渐渐变成了别的情绪，危险得多的情绪，他的手则握紧了刀子。

“外星人！”雷蒙尖叫道，“外面有外星人！我被它们抓了起来。你得帮帮我！”

正解。另外那个人的紧张程度略微下降了些。他偏了偏脑袋，还是看着雷蒙，眼神中满是怀疑，但不再随时要暴起伤人。雷蒙俯身向前，动作很慢，很小心地避免做出任何可能会惊吓到对方的行为。

雷蒙头一次这么仔细地看着眼前的人，甚至诡异地看得有些入迷了。毕竟，这可是他真正遇到的头一个人类！这人身上脏兮兮的，很久没有打理自己了，他的下巴上是一蓬乱七八糟的大胡子。他黑色的双眼中闪动着怀疑的眼神。他的右手上裹着血糊糊的布条——然后雷蒙意识到，那些肮脏凌乱的绷带里头少了一根手指，而自己就是由那根手指而生。一时间他只觉得天旋地转。

不过，另外这个雷蒙看起来不知怎么的感觉有些不对劲。他原以为看着对方会像是在揽镜自照，但事实并非如此。那张他在镜子里看惯了的面容和眼前这张大不相同。这感觉更像是在观看他自己的录像。他想，或许自己的五官并不像自己所认为的那么匀称。他的音调也比自己以为的要更高些，有几分尖声尖气的。他听自己录音的时候听到的就是这个声音，很让他讨厌。另一个雷蒙满是胡须的下巴向前突出，像是在挑衅人。

他在自己双生兄弟的眼中看起来又是什么样子？头发更细密些，皮肤上的皱纹更少，没有伤疤，胡子很薄。他看起来应该比实际年龄年轻得多。那么对方只要还没觉得看到的人是自己，那就没有理由猜到那帮外星人都干了些什么好事。雷蒙的优势在于他知道发生了什么，知道自己是谁，对方所知的一切他也都知道。而另外这个人的优势在于他没被淹个半死，而且还有把刀。

“拜托了，”雷蒙边说边寻找着说出来能让他的话显得更加可信的东西，“我必须要回琴手登台镇去。你有飞机吗？”

“我看起来像是有吗？”对面那人边说边举起双臂向两侧伸去，那样子就像是被钉在十字架上的耶稣，“这帮怪物追得我一路逃亡，我都逃了一个星期了。嗯，你是怎么从它们那里逃出来，又在这会儿逃到这里来的？”

问得好。他们并不在外星人的巢穴附近，而且时机也太巧合了。雷蒙舔了舔嘴唇。

“这是它们头一次带我出来，”雷蒙决定让自己的话尽可能地接近事实，“它们一直把我关在一个水槽里——位于从这里往北的一座大山底下。它们说外面有个它们要追捕的人。我想它们是要利用我，观察我能吃什么之类的。我想它们也许了解得不多。你知道的，对于人类的了解。”

那个人琢磨着这些话。雷蒙让自己的视线避开那把刀子。他们俩都别想起那把刀是最好。他听到自己在继续说话，语声尖细，听起来他被吓坏了。

“我试过反抗它们，但它们有个东西，插在我的脖子里。就在这，你可以看得到，它就是从这里插进去的。如果我做了任何让它们不喜欢的事，它们就拿电打我。我已经步行走了好几天了。拜托了，伙计，你不能把我丢在这里。”

“我不会把你丢在这里的，”那个人说道，他说话的声音里有几分厌恶。除了厌恶很可能还有些优越感，“我也是从它们手里一路逃过来的。它们炸掉了我的厢式货机，但我还有些别的手段。我结结实实搞了它们几下！”

“那是你干的？”雷蒙竭力让自己的语气听起来显得由衷敬佩，“炸掉优尼亚的人就是你？”

“优尼亚是啥玩意儿？”

雷蒙告诉自己，千万不能再有这种纰漏了。保持冷静，蠢货。起码等刀子到了你手上再说。

“那个会飞的，箱子样的玩意儿。它们管那东西叫这个名字。”

“唔，”那个人说，“是啊。就是我。我还看到你了。我当时一直在观察那边。”

“那你也见到过它们装在我脖子上的那东西了？”

那个人似乎是勉强认可了雷蒙的故事有几分真实性。这点雷蒙从他的站立姿态就能看得出来——他已经不准备动手杀人了。

“你是怎么逃出来的？”那人问道。

“卓柏卡布拉杀死了那个外星人。它是莫名其妙跳出来的，我趁着它们打斗的工夫逃了。”

那人自顾自地笑了。雷蒙决定，就让对方以为他没看穿他利用那些毛靴兽的盘算好了。另一个雷蒙要是能一直觉得只有自己聪明机智，其他人都愚钝不堪，那是最好不过了。

“说起来，你叫什么名字？”那人问道。

“戴维，”雷蒙凭空编了个名字，“戴维·佩尼亚斯科。我住在南边的阿马多拉。我是联合信托银行的高管。我是独自出来野营的，大概是一个月前吧。它们在我睡觉的时候抓住了我。”

“联合信托在阿马多拉有分行？”那个人问道。

“是啊。”雷蒙说。他不知道事实是否如此，也不知道会不会有某段自己还没恢复的记忆能够戳穿这个故事，所以他干脆就继续睁眼说瞎话，同时祈祷不被看破。“开了大概有六个月了。”

“好了，别老傻坐着了，戴维。如果还想要离开这地方，我们还有很多活要干。我在做木筏，大概完成了三分之一吧。为了能载上我们俩，你最好也来干活。也许回头你可以给我讲讲，你对那帮混球都知道些什么。”

那个人骂了一句，转过身，走回林中。雷蒙跟了上去。

进入林中二十来米之后，就到了那片空地。那个人没费事在这里搭建棚屋或者火塘。这里不是居住的地方，而是个建筑工地。在地上有四大捆类似竹竿的藤竿，用冰根树的树皮扎在一起。这种藤竿的红色表皮在干了以后会闪闪发亮，跟上了层清漆似的。浮筒。雷蒙心想。用野营刀上的锯齿刃锯下些比较细的枝条，以及那些还很小、能整个锯断的树干，然后跟浮筒连成一体，它们就能一起浮在水上。这样的筏子完全谈不上防水——如果他们不在筏面上铺一层东西的话，河水会把他们的腿和屁股溅个透湿。而且这些藤竿太细了，绑得不够紧。在一只手受伤还有个来自地狱的魔鬼在后面穷追不舍的情况下，这个疯狂的混球能全靠自己做出这样的成果已经是值得大大赞叹的了，但这东西没能力把他们这样的大活人带到琴手登台镇去，一个都不行，更别提两个了。

“怎么了？”那人说。

“只能看看而已，”雷蒙答道，“我们还需要更多的藤竿。要我去砍些吗？告诉我你是在哪里找到的就好……”

那人琢磨着这个建议，五官闷闷不乐地缩成了一团。雷蒙知道在那双黑色眼睛后面正在进行什么样的盘算。雷蒙——或者说，戴维，他现在所用的名字——收集起材料来会比这个受伤的男人自己要更快，但这样做就意味着把刀子交到他的手上。

“这个我来，”那人边说边朝着离河边更远的森林深处点点头，“你去看看能不能找来些适合架在它们之间的树枝，可以的话顺便找点吃的。太阳下山前回来。我们尽量明天上午就把这破玩意儿收拾停当，拖进水里去。”

“哦，好的。”雷蒙说。那人吐了口痰，大步向南走去，把他一人丢在原地。雷蒙挠了挠手肘上正在长回来的伤疤，转身走进林下的幽暗之地。他意识到自己一直没问那人叫什么。当然，他用不着去问，他早就知道。他心中涌起一股恐惧，怕另外那个雷蒙会觉得这种疏漏很奇怪。他必须更小心些才行。

那个白天余下的时间，他一直都在把落在地上的树枝和宽大的冰根树叶拖回营地，同时在心里编撰自己要讲给这位双生兄弟的故事。中途他停下了一阵，砸开了几只绮丽甲虫，直接吃了里面的生肉。没烹调过的肉吃起来更咸，口感滑腻，吃着很不舒服。不过，现在没时间去做别的事。他尽量不去好奇在马奈克和那头卓柏卡布拉之间后来发生了什么，是哪个丢掉了性命，哪个又还在林冠的枝叶之下追踪着他。反正这并不会改变他该做什么事，所以把自己的时间浪费在这种问题上实属无益。

到日落时分，他和他的双生兄弟又收集了六捆藤竿，收集到的树枝大约有铺满木筏所需总量的三分之一。雷蒙找来的那堆宽大、柔软的冰根树叶看样子也让那人很满意，虽然他并没有说出赞美之辞。雷蒙煮了两把绮丽甲虫，他的双生兄弟烤了一只“桶匠的小龙”——一种栖息在低处的树枝上，形似小鸟的蜥蜴。这种“龙”在烤制的时候会令人不安地扭动，似乎哪怕两个大脑都已被切除，身体里稀薄苍白的血液也都被放干之后，那副躯体仍然活着。

他们略略交谈了一阵子，雷蒙这次小心地询问了那人的姓名和身份。然后他们拟定了明天的计划——怎么把这些树枝和浮筒搬到水边去，组装起来；还需要再收集多少材料；他们还需不需要再剥下更多树皮来充当绳索。

“你以前做过这种事吧？”那人的话让雷蒙忽然有些不安。也许他无意中让自己表现得知道太多了。

“只要时间许可，我就会花点时间出门探险。大部分时间里我都被困在桌子背后，”雷蒙说话的时候尽量表现出被夸奖得很开心的样子，“银行嘛。你知道的。不过薪水不错。”

“你做过勘探工作吗？”

“没，”雷蒙说，“我只是出去野营，四处看看。你明白的，暂且远离人群。”

正如他所料，对面那男人的表情软化了几分。像这样操弄对方的感情让雷蒙觉得似乎有点内疚。

“你呢？”雷蒙转而发问。他的双生兄弟耸了耸肩。

“我很多时候都在野外，”他说道，“留在城里没啥意思。只要你懂得自己在做的这一行，这种日子还是不错的。运气好的时候，我一个季度能赚到六千，甚至七千。”

这牛皮吹得有些大。运气最好的时候，雷蒙也没赚到过四千以上，平均下来差不多两千五，还有好几个季度他连一千都没赚到。那人的黑色眼睛看起来像是在盘问着他。于是他摇了摇头，假装大为惊讶。

“赚那么多，可真不错。”雷蒙说。

“只要你懂行，做起来就不难。”那个人往后欠了欠身。

“你的手怎么了？”雷蒙问道。

“该死的外星人！”那个人边说边动手解开那块被凝血弄得发硬的破布，“我当时正冲它们开枪，然后我的枪就炸了，搞得我相当惨。”

雷蒙弯腰凑近了些。在火光中很难看清楚他手上那片红色到底有多少来自红肿的血肉本身，有多少又来自红色的光线。那只手掌上的皮肤看起来就像是放了一晚上的墨西哥卷饼里的肉馅。原本长着食指的地方现在只有一个凸起的残根，那里的皮肉被烧过，结成了一块银色的伤疤，闪着蛋白石般的彩光[1]，显得有种怪异的美感。

---

① 不均匀的伤疤、血痂表面的反光可能出现彩光。

“你烧灼了伤口。”他说。他的记忆回到了自己找到雷蒙烟盒的那个营地，马奈克就是在那个地方说出了那件不可思议的事情：他是复制出来的。这就是为什么眼前这人会在那地方耗上那么久了。他是在处理自己的伤口之后，在那里休息了一段时间。

“没错。”那人说话的语气显得漫不经心，有气无力。雷蒙知道，这种说话的方式意味着他对这事其实引以为傲。“我先把刀子加热，把它烧得通红发亮，然后用它吱的一下。没办法啊。我一路一直都在流血。还有些碎骨，我不得不把它们给挖出来。”

雷蒙勉强让自己没有露出笑容。他和他的双生兄弟，他们俩可真是一对坚强的家伙。他没法不为另外一个雷蒙的所作所为感到几分自豪。

“发烧了吗？”他问道。

“断断续续地烧，”那人承认道，“不过我胳膊上没出现斑纹，所以看样子应该没得败血症。要不然的话我也早该死掉了，是不是？行了，给我讲讲你是怎么被那帮魔鬼抓住的吧。”

雷蒙于是开始讲述他的历险故事。一个多月前，他独自一人去了北面的荒野中露营。他的爱人卡密娜离开了他，所以他希望找个地方独处一段时间，让那个女人没法找到他，他的朋友们也没法跑来表示同情。他看到了一个飞在天上的箱子，就跟过去探查，然后那帮外星人就下了手——打昏了他，或者是麻晕了他。当时的事情他记不清楚了。然后他一直住在一个水槽里头，直到它们把他给拖出来，要他出来参加追猎。故事的情节简单，不会记错，而且跟事实偏差不大，这样一来他就不太可能会露出马脚了，而且另一个雷蒙听了多半会有共鸣。他讲到了摧毁优尼亚的爆炸，被逼无奈的长途行军，卓柏卡布拉的袭击，还有他自己的逃脱。当对方向他解释隐藏在那些毛靴兽尸体背后的战术时，他装出一副大吃一惊的样子。另外那个雷蒙为他的机智自鸣得意的样子实在让人恼火。如果雷蒙没能在恰当的时候点头称是或者咋舌称佩，他就会狠狠地瞪过来。

整个故事从头到尾都是套操弄人心的把戏，结果看起来很有效。等雷蒙解释自己有多么需要远离人群，朋友们提供的安慰只会让他感到深深的痛苦和耻辱之际，那人已经在点头称是了。等故事讲完之后，他也没有加以评点。他当然不会那样做。那可不是男子汉该做的事情。

“换班睡觉？”那人问道。

"当然，"雷蒙说道，"这样应该比较好。我先来。我还不累。"

这是谎话。他深感精疲力竭。但他从河里挣扎上来之后，有一段时间失去了意识，那也跟睡了一觉差不多。另外那个雷蒙连这点休息都还不曾有过。而且说到底，一名来自阿马多拉的银行家也应该会做出这种举动，来讨好一下救了自己的人。

那人耸耸肩，把他的野营刀递了过来。雷蒙犹豫了片刻，然后接过了刀子。皮革刀柄略微发黏的触感，平衡得刚刚好的配重[①]，让他感觉那么熟悉，却又跟他记忆中有所不同。他想了一下就明白过来：变了的是他的身体，他以前从没有在手上没有老茧的情况下握住这把刀子。另一个人误解了他的表情。

"这东西确实没什么大用，"那人说道，"可我们也只有它了。拿它打不过卓柏卡布拉或者红夹克怪，但……"

"没问题，"雷蒙说，"谢谢。"

那人咕哝了一声，躺倒下去，转身背对着营火。雷蒙

---

① 好的刀具需要通过调整配重让刀的重心处于一个适合发挥刀具用途的位置。

又测试了一下这把刀的手感，让自己新的双手渐渐熟悉了它。他遇到的这些匪夷所思的旅伴——人，还有外星人——似乎都会相当坦然地把刀递给他。马奈克这么做，是因为它知道自己安全无虞。那个人这么做，是因为他将雷蒙看作同伴了。如果是他自己，也会犯下同样的错误的。显而易见。

雷蒙望着外面的黑暗，小心地不让他们那堆小小的营火晃花了自己的眼睛，让他看不到暗处，同时思考着自己的选择。那个人目前暂时接受了他。但到琴手登台镇的路还很长，如果马奈克的话没错的话，雷蒙在他们抵达那里之前会变得越来越像是上了年纪的他自己。迟早那个人会发现不对劲的。就算他没有，雷蒙也不知道回到殖民地以后自己要怎么办。任何法官都几乎不可能会承认他是真正的、法律意义上的雷蒙·埃斯佩霍。而且恩耶们也许会认定，他应该跟马奈克的族人一起死掉。两个雷蒙一块步出丛林不会有任何好结果。

明智的做法应该是杀了那个人。他手里有刀，他的双生兄弟正呼呼大睡，而且受了伤。只要冲着他的脖子飞快地一抹，麻烦就都没了。他会前往南方，过回自己的生活，另外一个人的骨骸绝不会被人发现。事情就该这样才对。

但他下不了手。

“你在什么情况下会杀戮？”马奈克的问题在他的记忆之中回荡。雷蒙坐到地上，开始无聊而漫长的守夜。然后随着时间过去，他发现自己越来越无法回答这个问题。

他们伴随着第一缕晨光开始继续建造木筏。雷蒙把那些藤竿、浮筒给重新绑了一道——他有两只手可用，他的双生兄弟做不到把绳子拉得像他拉得那么紧。他们估计了下还要多少树枝才能完成整个结构。协商迅速而简单，雷蒙和那个人以同样的眼光看待这个问题，得出了相同的结论。唯一出现的分歧在于他的双生兄弟拒绝让他去完成大部分工作。按理说让没受伤的人承担重担是应该的，但他的双生兄弟坚决要让他这个细皮嫩肉的阿马多拉银行家别胡乱插手。对这种心态雷蒙十分了解，足以让他认识到就此争辩是毫无意义的。

到中午，他们已经攒够了建造木筏所需的原材料。雷蒙切下两根树枝，用它们和一根亮蓝色的巴拿马常春藤做了个粗糙的挽具，利用它把藤竿和树枝给直接拖到了水边。那人让他来做这些事，自己则只把剥下来的树皮和冰根树叶给抱到河边。雷蒙认为，这代表他的双生兄弟感到疲愈了。

沙洲比雷蒙记忆中要小，但堆满了各种杂物这点没变。他没跟走在他身后的那人商量，就把东西拖到了下游的一片沙堤旁。沙洲在河中隔出来一片平静的水域。他们在投入冷酷的激流之前要先检验一下筏子的性能，这片河水回旋的区域很适合。

雷蒙摘下自己身上的挽具，蹲在河堤上。他在平静的水面上能看到自己的倒影，还有站在他身边的双生兄弟的。两个人，颇为相似，但并非完全一样。雷蒙还在生长中的胡须更柔软，颜色也更浅。他的头发比以前更贴合自己的脑袋，让脸型看着略有不同。但他们看起来还是很像兄弟俩。存心对着那些位置寻找，他能看到另一个他脸颊和脖颈上的那些个痣斑，对应着他自己身上那些颜色和周围略有不同的细小斑点。他肚子上的伤疤抽痛起来。

“还不赖。”那个人说完，往水里吐了口痰，涟漪扰乱了柔软的镜面。筏子显得太大了。圣保罗星上的重力较低，有助于树木迅速生长。比起花时间把太高的小树砍成两截，他们不如干脆直接用整根的。这倒也谈不上浪费，不过结果就是筏子上的空间容纳两个人绰绰有余。“不过，我们该在上面盖个住人的地方。”

“比如说盖个小木屋？”雷蒙看着他们收集的这堆树枝。

“窝棚就好。能在里头睡觉，躲开恶劣天气的地方。如果我们能收集足够多的木头，还可以在里面装个火炉，再用冰根树叶垫在炉底，填上两巴掌厚的细沙，这样我们在河里也能暖暖和和。”

雷蒙斜眼看了看那个人，然后朝着河流上游看去，回望马奈克和那头卓柏卡布拉死战的地方。他试图估算一下自己在河里待了多久，以及游了多远。他没法确定。当时感觉是过去了很久，游了很远。但当时他处于濒死边缘，所以他那些印象恐怕都不太准确。

“那些我们到下游远点的地方再弄吧，”他说道，“我想先离开这里。”

“你害怕了？”那个人奚落道。他那种嘲讽的语气让雷蒙感觉受到了羞辱，心中怒气上涌。他能看出另外那人心中的焦躁：怒火永远潜藏在皮下，一触即发，随时等待着被煽燃，还有通过伤害他人来让自己好过些的欲望。他也能感受到自己胸中也有同样的情绪。这种时候他只能小心行事，如履薄冰，不然他们最终肯定会爆发一场双方都无法承受的冲突。

“你是说害怕用野营刀和木棍去面对一头暴怒的卓柏卡布拉？”他说，“不害怕这种事的人要么是傻子，要么是疯了。”

听到他的回敬，那人的神色绷紧了，但随后他漫不经心地耸了耸肩。

“我们有两个人，”他半转过身子，避开雷蒙的目光。“我们能干掉他。”

“也许吧。”这显然是鬼扯，但雷蒙没去戳破。他们要能干掉一头卓柏卡布拉，那也就能够挥舞双臂，啪嗒啪嗒飞回到琴手登台镇去了。不过，如果揪住这事不放的话，他们最后肯定会打起来。“问题在于，要是赢的是那个外星人呢？”

“打赢一头卓柏卡布拉？”那个人难以置信地问道。虚张声势地说他们俩能杀死那头凶兽容易，但要设想马奈克在同样凶险的局势下获得胜利反倒难了。雷蒙坚持让自己表情严肃。

“我逃走的那会儿，局势看起来还颇为旗鼓相当，”他说道，“外星人有把不知道什么枪，它用枪击中了那头卓柏卡布拉，至少两次，也许能削弱那家伙的力量。我可不想逗留此地等着看到结果如何。你明白的吧？另外，如果那个外星人还活着，还拿着它那把枪，那我们最好是千万别被它追到。”

“好吧，”那个人说道，“我们就先往下游漂个一两天——如果这样会让你感觉好过些的话。然后我们可以找个地方靠岸，加盖棚屋和火炉。也许我们可以再检查下那些藤竿，确保它们捆得够紧。”

这是在挖苦他。雷蒙先前坚持自己的两只手能比他这位双生兄弟的一只手更管用，这人到现在还在耿耿于怀。

换了以前，雷蒙会立刻咬钩，拒不受辱，也许还会发展到要跟对方打上一架，但现在则不然。好吧，傻蛋。雷蒙默默地说。随你喜欢，尽情地挖苦我吧。我知道你自己也一样害怕。

他只说了一句：“好主意。”

把树枝捆到一起，然后绑到藤竿浮筒上的工作很花时间，但并不难。雷蒙发现自己的工作有种周而复始的节奏——把木头放到位，拴好一边，然后另一边，最后在中间跟另一根树枝交叉的位置打个结。一，二，三，四，再来一次。他沉浸于劳作中，全身心地投入到了纯粹的体力劳动中。他没有老茧保护的手脚都被擦伤了，起了水泡。他对这些痛楚毫不在乎，要做事这是不可避免的。如果另一个他能砍掉自己残留的指骨，那雷蒙的手掌擦破点皮当然也毫无问题。

他的双生兄弟拼尽全力想要和他并驾齐驱，但那只残手严重拖慢了他的进度。雷蒙能感觉到他心里越来越窝火：他绝对不想被一个废物银行家嘲笑。日头朝着对岸的树梢落去之际，雷蒙心中不无惬意地发现，那个人的绷带上新出现了些鲜红的血迹。

他们最后把冰根树叶铺在树枝上，将那些宽阔柔韧的叶片纵横交错叠在一起，直到它看上去像是一张毯子。这样还是不能彻底防水，但足以保证他们一路向南的途中，屁股不至于被河水打湿。筏子看起来不怎么样：没有方向舵，只在船尾有一根简陋的船桨用于控制方向。面积不过两点五平方米，在上面来场摔跤比赛还算凑合，作为旅行工具的话这尺寸还是有些狭小。不过，它只要能够在河面上浮一段时间，让他们一路漂到琴手登台镇就好。他们把筏子拖进那片浅水区域之后，它浮出水面相当高。他们俩都爬了上去，感觉它还挺结实可靠的。

“真不赖啊，戴维，”他的双生兄弟说道，“你做起男子汉的活计来挺能干的，嗯？”

“我们干得很不错，”他表示赞同，“你打算出发了吗？”

话音未落，他们就听到了另一个声音——远方传来的咯咯怪叫，是一头卓柏卡布拉。听起来它似乎相当痛苦。雷蒙的心绷紧了，那个人也脸色惨白。

“是啊，”他的双生兄弟说道，“我们最好这就出发。”

雷蒙划动船桨，从沙洲后面绕出去，渐渐靠近流速最高的河中央。那个人蹲在筏子边缘，眺望着后方。那头凶兽和马奈克都没从林中现身，那尖利的叫声也没有再度响起。雷蒙仰身划桨控制筏子的方向，心中忍不住有些庆幸：他们这次真是侥幸得脱。再在岸上过一晚，他们的下场恐怕就很不妙了。他的双生兄弟为了跟上他的节奏那么拼命，这真是太好了。要是夜里雷蒙杀死了那个人，就不会有这种好事了。一个人是绝对不可能及时做好筏子的。

但那头猛兽的叫声——即便带着痛苦——同时也让他有种莫名的伤感之情。如果说卓柏卡布拉还活着，那马奈克就肯定是死了。他队伍里的阿裳耐，为了保护自己的族人免受跨越群星而来的暴力伤害，被杀死了。阻碍马奈克的塔特克鲁德的那个生物，只是只妄自尊大的小猴子，来自墨西哥的穷山恶水，在逃避法律的途中偶然撞见了外星人巢穴，甚至对自己的发现将会导致的后果毫无概念。至少马奈克死前努力过了。它死于奋战之中。虽然它辜负了自己的族人，奋战至死也总算有几分光彩。奇怪的是，他又是吃惊又是不安地发现，在马奈克已然死去，而他已经自由的当下，他几乎有些怀念这家伙。而且，尽管它曾将那么多的痛苦施于雷蒙，尽管他时时对这个外星人满怀憎恶，此刻雷蒙想到它的惨死，就忍不住感到一阵悲伤和遗憾。

“不过，你死好过我死，怪物，”雷蒙用几不可闻的声音说，“幸好死的是你！”

第二节

筏子上的第一夜糟糕透顶。在这么靠北的地方，河水相当平静，仅有的威胁来自夜里漂在黑乎乎的水中难以察觉的那些原木和其他杂物，还有诸如嗜血摩门兽、卡拉索之类的水栖猛兽，还有寒冷。他们的筏子没有发动机，所以除非有石头或是杂物竖在河床上，否则筏子撞毁的机会相当小。河里的大部分捕食者活动的范围也都还远在天南。这样一来，剩下的就只有寒冷了。

太阳沉到西面的森林中之后，空气中的热量仿佛就被河水全都吸掉了。雷蒙还穿着那件外星袍子，够暖和，但太小了，盖住他的双腿就露出了双手，反之亦然。可另一个人更惨，他为了制作绷带和陷阱失去了自己的衬衫，还有下半截裤管。他蜷缩在冰根树叶上，把自己抱得紧紧的，冷得直发抖。他们根本用不着轮班睡觉：几近满月的月光太亮了，而且夜里冷得根本就无法睡觉。雷蒙考虑了下上岸过夜，但并没有提出这个建议。由他提出的话，他的双生兄弟只会把这种建议视为藐视。那家伙自己也绝不会提出这样的建议。除此之外，雷蒙明白，他们俩都急于尽可能拉大自己和那头卓柏卡布拉之间的距离。雷蒙不知道一头卓柏卡布拉的活动范围会有多大。他的脑子里跳出了“五十千米”这么个数值，但他完全不知道这个数值是从何而来。早上再靠岸应该会安全些。不过也许他们该转到河西靠岸——只是为了以防万一。

“喂，戴维。”另一个人说道。雷蒙眨眨眼睛，恢复了清醒，这才意识到自己差一点就睡着了。

“啊？”他答应一声，咳嗽起来。他希望自己不是感冒了。他的运气一向不怎么好。

“你去过地亚哥镇吗？”那人问道。

雷蒙挣扎着集中精神，看着那个人。他的双生兄弟这会坐起来了，把双腿抱在自己胸口。他的眉头蹙起了几道深沟。他看起来有些粗鲁，显得非常不安，但明显已经盯着雷蒙观察了好一阵子了。

“去得不多，”他说，“问这个干吗？”

“我觉得我从前在哪见过你。你去地亚哥镇上做什么？”

“主要是去做业务，”雷蒙说道，“你也许是在总督府周边见过我。你去过那一带没有？”他非常清楚，那人没有去过那边。对方一如他所料地耸了耸肩。雷蒙有种回以同样动作的冲动——这是自然而然的反应，是他身体最熟悉的动作。他费了老大力气才没这么做，而是摇头微笑：“有个酒吧我也去过几次，”雷蒙又开口说道——虽然他开口时也不知道为什么自己要这样节外生枝，“国王酒吧。靠近河边。你去过那里吗？”

“没，”那人恶声恶气地说，“我从没听说有这么个酒吧。”

“唔，”雷蒙说，“也许我记错了名字。里面的地板是木头的。开酒吧的那人叫迈克尔，或者是米克尔，或者是类似的名字。我在酒吧后头的小巷里呕吐过。那儿有个LED灯，会变色的那种。我记得那里的样子。”

“我不知道这地方。也许你说的是别的镇上的哪个酒吧。”

那人的语气很清楚地表示，谈话到此为止。但他的双生兄弟怕雷蒙没有听出这个暗示，又挪了挪身子，脊背转过来对着他。雷蒙趁机让自己露出一个笑脸，又耸了耸肩。他并不奇怪那人会说谎。如果是他在野外遇到一个陌生人，肯定也会回避这个话题。用它来结束谈话真是太合适了。

可是同时他也感到一阵悔意。那段缺失的记忆——他的大脑不断回顾那个地方，就像舌头总是会去探查牙齿脱落的位置——就是在打起来之前。杀死那个木卫二人的场景他回忆起来历历在目。但事情到底怎么会走到那一步的？他还记得那里有台柏青哥弹珠机。那个木卫二人身边有个女孩，她的头发做过拉直，让她看起来像是亚洲人。雷蒙知道这女孩在那个位置并不是因为她认得或者喜欢那个家伙，她跟他在一起只是因为某个工作上的原因。但他不知道自己是怎么知道的。他还记得那女孩的笑声——紧张，短促，满是惊恐。

要是马奈克问起来，他该怎么才能解释清楚，发笑也有可能并不是因为有滑稽可笑的事情？那个外星人根本听不懂的。人们在遇到滑稽事的时候是会笑，但笑也可以表达恐惧，或者乞求援助。

雷蒙紧紧抓住这个想法，努力想要顺藤摸瓜，捞到些更靠得住的记忆，但记忆却漂远了，总差那么一点，他怎么都够不着。只有他的双生兄弟知道究竟是怎么回事，但雷蒙不能去问他。

日出之后又过了一小会儿，他们才再度开始交谈。雷蒙和他的双生兄弟一致同意让筏子渡过河面，沿着西侧河岸前行，直到他们找到一片合适的类竹藤为止。火塘他们用啥都能做，只要够厚实，能兜住沙土，不至于让火焰把筏子本身烧着就行。但要做棚屋的话，用藤竿是最方便的。而且从星象可以大致判断出他们的位置。从这里再往南走的话，这种藤子也许会越来越稀少。

上午十点左右他们找到了一个合适的位置，然后雷蒙划着木筏缓缓靠岸。靠岸时的碰撞让他的双生兄弟有些趔趄，不过筏子本身基本完整无损。保险起见，雷蒙检查了所有的藤竿浮筒，但他打的绳结没有一个松动的。

那天上午剩下的时间里，那个人去砍藤竿，雷蒙则去收集食物。要有枪的话这事会简单许多——不过他还是找到了几只绮丽甲虫，又成功地用陷阱抓到了三条肥嘟嘟的玩意儿，一些泥黄色的、看起来像是小龙虾和鳗鱼杂交的动物。他不知道它们是什么，但是依照经验而言，有毒的动物颜色鲜艳，所以这些鳗鱼般的家伙可以食用的机会较大。不过他也许该先让那个人试试看。

他发现自己的双生兄弟正低头蹲在地上。那把野营刀在他手中，被藤汁染成了粉红色，看上去不太像血，更像是樱桃汁之类的。岸边堆着的藤竿比雷蒙估计的要少些。他清了清嗓子，用力盖过水声，然后那人抬起了头。他的双生兄弟用黑色的眼睛斜睨着雷蒙，看了一会之后才扬了扬下巴，就算是打过了招呼。

“嗨，”雷蒙说，“我找到了些东西。吃起来多半不错。你以前见过这种东西吗？”

他的双生兄弟抬眼看了看那些鳗鱼似的家伙。

“没见过，”那人说道，“不过反正它们都死了，那我们就把它们给煮了吧，如何？”

“说得对，”雷蒙说，“你还好吧，伙计？你看样子很累。”

“没睡觉啊，”他的双生兄弟吐了口痰，“前几天我一直都在逃命，还没啥工具，只能有什么用什么。我的手还被炸烂了。”

“也许我们该抽一天出来，”雷蒙边说边丢下那些死掉的动物，伸手去要野营刀，“好好休息一下。你明白的。让我们恢复力气。”

“去你的。”他的双生兄弟说。他的视线转向雷蒙伸出来的那只手。

“我可没法只用我这可怜的指甲给它们开膛去脏。”雷蒙说。他的双生兄弟耸了耸肩，将小刀抛向空中，然后一把捏住刀刃，将刀柄朝着雷蒙递过去。雷蒙的这位双生兄弟无疑状态很糟，但身手还是很灵活。

那些鳗鱼似的家伙内脏结构挺简单的。雷蒙把所有看起来不像肌肉的东西全部掏了出来。这做法是有理论基础的：肌肉组织中不太可能存在任何奇怪的消化酶或者毒囊。他用钎子把它们串起来烤熟，那味道闻起来介于烤牛肉和热泥浆之间。至于绮丽甲虫，他直接用野营套件里的白口铁水杯煮。那个人坐在河边，眺望着潋滟水光，眼神空洞。雷蒙最终决定还是自己来尝尝这些鳗鱼似的玩意。他切下一小片肉，放到舌头上，随即连连作呕，然后把剩下的肉连同钎子一起扔进了河里。

“绮丽甲虫，”他说，“我们还有绮丽甲虫。”

那个人抬起头，手搭凉棚，望着他这边：“他们来了。”

“谁来了？”雷蒙问道。但那个人没回答。雷蒙顺着他的目光看去，然后答案不言而喻。那些巨大的黑色战舰，仿佛乘着上升热气流翱翔高空的群鹰。

银色恩耶们已经回到了圣保罗星。

第三节

吃完以后，那个人蜷成一团，沉沉酣睡。白天还剩下一两个小时，于是雷蒙拿着刀子前去收集藤竿。这种藤类的茎干原本像青草般翠绿，可一旦被割下来之后，一两分钟之内就会变成红色。这活计并不难做，所以等到落日盘踞在西方的天空中，让远方的云朵发出金色、橙色和艳丽的粉红色光彩之际，他已经砍下了比他的双生兄弟先前砍的要多一倍的藤竿。他在河里洗干净双手和刀子，然后把野外工作包翻了个底朝天，最后终于找到了那块粗糙的灰色磨刀石。他的双生兄弟最近没好好维护刀子，让它保持锋利。但话说回来，那个倒霉蛋只有一只手好使。这是个很充分的理由。

他坐在水边，听着钢铁在石头上擦出的尖利而凶险的嘶嘶声，抬头仰望。即便森林与河流都已坠入深灰色的暮光之中，恩耶们停在高空轨道上的飞船依然在太阳的光芒中熠熠生辉，比群星更加明亮。他一直看着，看到它们落入圣保罗星的阴影之中，那些光辉好像有人按下了电灯开关般迅速黯淡，到最后只有借由上面紫色和橙色的夜航灯才能隐约看到它们——不再显眼，但本身的存在丝毫未变。感觉仿佛上帝降临，将一颗头颅高挂天穹，俯瞰下方，提醒雷蒙不要忘了他在马奈克的思维中看到的那场屠杀，也不要忘了一旦他和他的双生兄弟回到城镇之后，很可能就会发生新一轮屠杀。

被外星人俘虏的那阵子，他几乎从没花时间考虑离开荒野后自己该怎么办。当时他觉得，那种事情太虚无缥缈，更为迫切的问题占据了他的全部注意力。但现在他自由了，正和他的双生兄弟一起踏上归途，这个问题也就不容继续忽视了。他伸手轻轻拂过自己的胳膊，那里现在有条纤细的白线，参差不齐，还没完全成型。砍刀留下的伤疤正缓缓浮现。马奈克之前是怎么说的来着？说他会“继续趋近原型”。他用指尖碰了碰由皮肉上的小隆起形成的细线。他的胡须也越来越浓密，双手正越来越粗糙。他正在变得越来越像另一个自己。他闭上双眼，心中矛盾纠结，既为看到自己的身体渐渐恢复原样感到轻松，又对未来的前景焦虑不安——没人会看不出他们是一个人的。甚至不会有人认为他们是双胞胎——他们实在太过相近了。等回到其他人类那边的时候，他们会有着同样的伤疤，同样的老茧，同样的面孔、体型和头发。

他不能就这么跟另外那个人一起走过去，然后宣布自己是雷蒙·埃斯佩霍。就算别人没法分辨他们俩——谁又知道马奈克的技术会留下什么样的痕迹？总督也不太可能对此视而不见。雷蒙太了解自己了。他完全清楚自己的双生兄弟会怎么看待他。

最好还是快点赶路，在他们看起来还很相似但还不完全一样的时候就抵达琴手登台镇。雷蒙可以捏造个借口溜之大吉，然后去南方，甚至可能就去阿马多拉。他需要找个能给他伪造证件的人。倒不是说他钱多得要去购买伪造文书服务，而还是那个老问题，不能同时有两个雷蒙·埃斯佩霍……

他停下了磨刀的动作，磨刀石在他手里沉甸甸的。

不。要重新开始他得有钱。他知道自己所有的银行密码，能通过银行要求的任何认证流程。他要做的就是趁着他的双生兄弟还在调养元气之际回到地亚哥镇，把账户席卷一空，或许还可以再借些贷款，然后动身南下。这会让那个人背上一堆债务，但他至少认识许多人。他可以从头再来。他们两个都可以。而且较真的话，这甚至算不上盗窃。他也是雷蒙·埃斯佩霍，他拿走的是他自己的钱……

如果警方还在搜寻杀死那个木卫二人的凶手，嗯，那到头来他的双生兄弟多半也不会那么在乎失踪的钱款了。

雷蒙吃吃笑了起来。他们总不会因为同一桩罪行吊死他两次吧。他想象着自己在阿马多拉要如何安家置业，也许就在大陆南岸找一栋海滨住宅？弄到证件以后，他可以租一架新的厢式货机。至少租到他找到足够的活计，买得起自己的货机为止。他想象着自己在海滨的碎浪声和清晨的阳光中醒来，想象着自己在一张容不下两个人的小吊床上独自醒来。毕竟，艾蕾娜会有另外那个人的陪伴。那个人也有她。雷蒙可以重新开始。他将会把自己过去的灰色生活一股脑抛弃，就像蛇蜕掉自己的旧皮。也许他从此不会再喝那么多酒，不再去酒吧撩人打架，不再杀人，也不再惹得别人想要杀他。他可以成为一个全新的人。有多少人都曾有这样的梦想？真正能有机会的又有几人？

这一切的基础都是要迅速前往南方，抢在复现过程让他的伤疤更加厚实、毛发越发粗劣之前；在他脸上的皱纹跟那个男人一一相配之前，在跟那人长在相同位置的色素痣颜色深到人匆匆一瞥就会察觉之前。雷蒙不知道那会是多久以后，但他没法想象那会是很久以后。几天以前，他还只是一截断指，而如今他都快要变回一个普通人应有的样子了。

在遥远的高空中，一艘恩耶飞船闪动着瞬间消失，然后又重新出现。跃迁引擎在冷却。雷蒙的内脏一阵抽搐——他回忆起了飞船这样一闪一闪的时候在船上的感觉是什么样子。第一次这样的时候他和老帕伦奇还有他的工作队伍在一起。飞船刚刚离开轨道，像一架厢式货机般笔直向上，只是它不会转为水平飞行。雷蒙还记得火箭点火时加速度带来的重压，感觉就像是洗完热水澡之后放掉浴缸里的水那种浑身乏力的感觉一样：每块肌肉都沉甸甸地压在他的骨头上。他当时笑了，朝着胖子恩里克看去——他已经许多年没有想起那家伙了——然后龇牙咧嘴地怪笑。那小伙子也报以怪笑。他们正远离身后的一切，等他们这段旅程结束之际，跟他们认识的人，和他们交谈过的人，欺负过他们的人，他们欺骗过的人，被他们欺骗过的人——所有这些人都应该已经老迈而死。有些故事里说，西班牙征服者们[①]一抵达新大陆，就烧掉了他们的船只。雷蒙，帕伦奇和胖子恩里克，以及队伍里的其他人也在做同样的事。对他们来说，地球已死。重要的只有未来。

雷蒙晃了晃头，但他的大脑拒绝离开自己的运行轨道。

---

① 15—17世纪陆续抵达美洲，征服当地印第安人的西班牙探险者们的统称。下文提到的情节来自埃尔南·科尔特斯的故事，发生于他率领部下从古巴抵达墨西哥之际。

又是一轮记忆恢复。只不过这次他同时还能思考——还能看到河水，恩耶飞船，群星，以及东方刚刚升起的满月。这不太像是把过去的事重新经历一遍，更像是一场自动运行、栩栩如生的白日梦。

踏上恩耶飞船的时候，他第一个想法是这地方怎么闻着这么奇怪——又酸又咸，还有种和广藿香极为相似，却还是有所不同的香气。帕伦奇抱怨说这味道闻起来让他脑壳痛，不过他头疼的真正原因多半是癌症。他们卸下装备，存放妥当之后，按照画在墙上的线路指引找到了通往他们宿舍的路径，在火箭加速超重中吃了顿便饭。然后他们坐到沙发上，直到喇叭响起，跃迁引擎开始启动预热。

在雷蒙的想象中，中风时的感觉就是现在这种感觉。世界缩成了一个小点，周边视野渐渐模糊，声音越来越遥远。他始终说不出跃迁前后有什么变化。所有的东西大概都还在原地，纹丝未动，包括一把他刚刚掉下的扳手也还在继续朝着地板落下。但他知道——他就是知道——已经过去了一段时间，很长很长的一段时间。在他不知不觉之间变化已经发生。他憎恶这种感觉。

那之后又过了一周，他才生平第一次见到恩耶。雷蒙还记得帕伦奇把工作团队集合起来，向他们讲授他们的雇主要求的各项礼仪时脸上的微笑——那种对会发生什么心知肚明，得意扬扬、自得其乐的微笑。然后，那个怪物笨重的身躯穿过舱口……

雷蒙大声惨叫。那些记忆随即消失，他眼前只剩下大河与森林。他的心脏在疾速狂跳，他紧紧抓住野营刀，力气大得他的指关节都在疼。他扫视着林边和水面，随时准备要么攻击，要么逃跑，就好像魔鬼已经从地狱来到人间，一只手里拿着条长鞭，另一只手里拿着剥皮刀。恩耶有着巨石般的高大身躯，湿漉漉的眼睛状若牡蛎，难以捉摸；环状睫毛忽闪不停，还有长在身体中央，细小又精致的手臂；它们的喙藏在肌肤之中，只能隐约看到一道皱褶。这个幻影缓缓从他脑海中淡去，那突如其来的巨大恐惧感也渐渐减轻。雷蒙勉强让自己笑了几声，但发出的声音单薄而微弱。他听上去就像是个懦夫。他不再发笑，呸了几声，胸中满是愤怒。

马奈克和巢穴里那个苍白的外星人让他成了个弱鸡。仅仅是回忆起那些幼体吞食者就足以让他惨叫！

“混蛋，”他说道，他的声音有几分像是低沉的咆哮，这让他高兴了点，“我才不怕那些个活见鬼的怪物！”

他回到营地的时候情绪仍然很糟糕。他知道，这就意味着自己要更加小心，免得跟那个比他自己更加暴躁易怒的双生兄弟爆发冲突。营火已经只剩余烬了，那个人还在旁边的地上呼呼大睡。雷蒙猛然间愤怒地意识到，他又得再先行值夜了。他朝木炭上丢了一把树叶和一小块引火物，重新点起一小堆营火。发青的火焰嘶嘶燃烧，噼啪作响[①]，但确实照亮了周围。雷蒙知道，这堆火既能驱走危险，也同样会带来危险。他知道火光越亮，就越难看到它后面的状况，但他不在乎。他就是想要有点亮光。

圣保罗的月亮升上了天空，缓缓从静止不动的恩耶飞船边上经过——那是“大女孩”。再过一会儿，在黎明之前，更小、轨道也更低的“小女孩”也会升起。雷蒙闷闷不乐地盘算着已经砍下的藤竿有多少，还有多少个小时的工作等待着他。他一直等到那个巨大的苍白色圆盘走到他的正上方，才试着叫醒那个人。喊名字没起作用，而且叫他的双生兄弟“雷蒙”带来的不适感太强了，让他实在不想再来一次。于是他走过去，晃了晃那个人的肩膀。他的双生兄弟哼哼了一声，甩开他的手。

“喂，”雷蒙说，“我守完上半夜了。该你值班了。”

---

① 野营燃料中水分过多时的现象。

那人翻过身来，眉头紧皱，像个法官似的。“你在说啥？”他质问道。他有些口齿不清，一副没睡醒的架势。

“守夜啊，”雷蒙说，“我先守过一班了。现在该你起来了，我要睡觉了。”

那个人抬起自己受伤的右手，似乎想要揉揉眼睛，又怒骂一声，改用左手揉了揉。雷蒙后退一步等着，可那人一直没起来，这让他越来越不耐烦。他的双生兄弟再度开口时，说话的声音清晰了，但语气里满是轻蔑。

“你是在跟我说你一直都没睡？你是傻瓜吗？你以为那头卓柏卡布拉会游到河对岸来抓我们？好吧，这确实像是个蠢银行职员会说的话。胆小鬼！你想守夜，那就去继续守着吧。我要睡了。”

然后那个人又翻回身子，用手垫在脑袋下面充当枕头，背对着营火。雷蒙气得脑袋里仿佛有群黄蜂在嗡嗡直响。他有种冲动，想要把这个人翻过来，然后用刀子顶在这货的脖子上，直到这家伙明白事理。他甚至想要冲着那家伙的肾脏来回猛踢，直到让这货一路尿血，尿回琴手登台镇去。一时间这两股冲动在他的脑子里相持不下。

但不论他按照哪种冲动去做，之后他就不得不交出刀子，然后去睡觉——他离一个怒气冲天的混球只有咫尺之遥，全无防备之下很容易受到伤害。雷蒙在嗓子眼里低声发了句牢骚，然后把身上的袍子裹紧了些，找了个合适的位置，确保任何路过的猛兽都多半会先去吃另外那人，然后躺下睡了。

黎明到来。雷蒙咕哝着翻身向上，把手臂搭到眼睛上，好再把阳光遮挡片刻。他腰酸背痛，脑子迷迷糊糊，运转迟缓。炊火上传来的味道让他清醒过来。那个人搜罗到了一把白色果肉的坚果，又抓了条鱼，一起裹在修道士藤的叶子当中，放到火炭中间。这是种古老的烹饪技巧，用于没有炊具的场合。他自己应该是已经忘了这办法，又或者其实是还没想起来。

"闻起来很香啊。"他说道。那个人耸了耸肩，把那包藤叶翻了个面。雷蒙看得出来，他的双生兄弟本来想要说什么的，但又停住了。他忽然意识到，这顿美餐并不是给两个人准备的，但那个人现在实在拉不下脸拒绝跟他分享。雷蒙揉着双手蹲到火堆旁，咧嘴笑笑。

"有很多事要做，"那个人说道，"不过看样子我们已经有了足够的藤竿。"

"我昨晚又砍了些，"雷蒙说，"还需要些冰根树叶，用来铺床和盖顶。接下来是找点合适的树枝，好搭火塘。火塘需要的沙子我觉得我们可以从河里弄到。只要找到一片沙洲就行，这样比从岸边弄泥巴要好。我们还得收集些柴火。”

“是啊。”那个人说。他用左手飞快地把藤叶包从炭火中抓了出来，为避免烫伤手指，把它给上上下下颠了一会，直到它凉了点。又过了几分钟之后，他用野营刀把叶包从中切开——雷蒙这才注意到这个人趁着他睡觉的时候拿走了刀子——然后把这包食物掰成了两半。他把带鱼头的那段递给了雷蒙。

坚果油脂丰富，口感柔软。鱼皮酥脆，其薄如纸，带着些咸味。褐色的鱼肉咬下去就成了一片一片的。雷蒙长舒了一口气。能吃到东西还不用自己动手准备，真是太好了。那个人过于在意面子，不好意思拒绝分享，这让他心情愉快。

“你想怎么分工？”那个人用雷蒙的刀子指着那堆变红了的藤竿问道，“如果你想去搭窝棚的话，我就去找些叶子来，或许再顺便找些合适的树枝？”

“很好。”雷蒙说。他不知道这话当中是不是隐藏着什么他没看出来的诡计。收集树枝和树叶比搭建棚屋要容易，但他有两只可以用来干活的好手。而且他的双生兄弟还早早起来准备了食物。他们不约而同地走到河边，各自洗手。那个人的伤手看起来比雷蒙印象里的情况要更糟糕，但他的双生兄弟并没有发半句牢骚。

“有件事我希望你搞清楚。”那个人一边重新把自己的手掌和剩下的手指包扎起来，一边对雷蒙说。

“啊？”

“我知道，你和我，我们现在是一条船上的蚂蚱。还有，你做了不少事——抓绮丽甲虫，建造筏子，还有一些其他乱七八糟的事情。我们两个人加起来比一个人要强。但如果你再不问我就去翻我的包，我就会在你睡着的时候宰了你。好吗，搭档？”

他的双生兄弟死死盯着他——那对眼睛虹膜的颜色很深，雷蒙都分不出瞳孔在哪；眼白布满血丝，黄得跟老肥皂似的。他丝毫也不觉得这个男人在开玩笑。现在回头想想，他也明白自己对某个做事半吊子的银行家伸爪子乱翻自己的东西是什么样的感觉。他有些怀疑，等回去以后会不会也出现类似的状况。也许他会嫉恨自己这个拥有一切的双生兄弟，嫉恨他拥有野营刀，拥有背包。也许还会嫉恨他拥有艾蕾娜。

“好的，”雷蒙说，“我只是不想让刀老那么钝，你懂的。不会有下一次了。”

那个人点了点头。

“不过，我确实需要它，”雷蒙又说，“我得去拿它裁树皮来捆藤竿。而且，如果我还得砍更多的……”他耸了耸肩。

那个人无声地咒骂着什么。雷蒙紧张起来，开始准备应对暴力。但那个人只是往水里吐了口痰，然后把刀子递给了他，刀柄朝前。

“谢谢你。”雷蒙边说边尽力做出个讨好的笑容。那个人没搭理他。雷蒙回到他们的小营地里，那个人步履沉重地走进林中，大概是去收集树叶和木柴了。雷蒙一直等到他可以肯定对方已经听不见自己说话之后才小声加了一句：“还有，去你的，讨厌鬼。”

雷蒙开始工作的时候已经过了十点了。他先按照自己觉得最佳的窝棚设计方案准备了足够的藤条和树皮，然后把藤竿给拖到河面的筏子上。他很快就发现，按他最初的想法将棚屋和筏子主体连接到一起的话，效果并没有那么好。他不得不花了一个小时重新设计方案。全心全意投入工作，在这项艰难的任务中浑然忘我，这感觉真是如饮醇酒。他再度意识到自己胸中块垒郁结之际，发现它已经缓解一些了。跟他的双生兄弟在一起的感觉和独自一人的感觉完全不同。就算是跟马奈克在一起，脖子里插着那根混蛋的萨赫尔，也没让他心里头有这么难受。问题就在于他的身边有另一个人类——任何一个人类都会给他带来不适，尤其是这个刺头！

与此同时，雷蒙也能理解自己的双生兄弟，他也同样被自己弄得极度焦虑不安。他决定还是去多操心下哪种绳结能把藤竿在筏子的枝干上绑得最好。老想着那个人有多混蛋只会让他误入歧途。他对于自己的为人有多糟糕已经相当清楚了，没必要再为此烦恼。

到下午，雷蒙终于得出了让他满意的新方案，然后又花了好几个小时把一些藤竿捆扎到筏子上，打好基本框架，然后又把剩下的几根绑到一起，作为支撑结构。他留下了四根长竿，等着在上面铺上叶子再系起来，好切实起到防雨作用。当然，得等到那个懒鬼先回来。雷蒙已经忙了一整天了。扯几片叶子，找几根小树枝能花多少时间？他们可是身在丛林，木柴不可能那么难找的。

最后，离夜幕降临大概还有个把小时的当口，他的双生兄弟终于从林子里冒了出来。他背上用藤蔓绑着一堆冰根树叶，身后拖着个用树枝临时拼凑出来的担架，上面放满了尺寸适合生火的柴火。雷蒙不得不承认，对于一个赤手空拳、有一只手还残了的人来说，这些物资的数量相当多了。那个人在河边丢开身上的重负，蹲下来用手一把一把地捧水喝。在上方远处，恩耶船队静静地悬在天际。

“看起来很棒。”雷蒙说道。

“嗯，”那个人的声音里满是疲惫，“应该够了。不过也许还得找个办法，别让那些柴火滚到河里去。”

“我们能办到的。”

那个人看了看筏子，用手掌揉了揉脸。雷蒙走过去，站到他身边。

“相当不错，”那个人说，“设计得挺好。不过有点小，嗯？”

“没打算让我们俩同时待在里面，”雷蒙说，“我们得有个人控制方向。轮班睡觉。”

“要是下雨了呢？”

“那操筏的人就淋雨呗。要不我们也可以都在外头趴着淋雨，互相背靠着背。”

“那我们可就都要湿啦。好吧。刀子还在你那吧？”他伸出手。

雷蒙让皮革刀柄落入他的手掌中。

“谢啦。”他的双生兄弟说完，就把刀尖顶上了雷蒙的喉头。他眯起了眼睛，眼神凶狠，嘴角咧出一个大大的怪笑，笑容里没有丝毫的愉悦。雷蒙敢肯定地说，那个木卫二人当时见到的就是这幅表情。

那个人咬牙切齿地说："嘿，你是不是该给我讲讲，你到底是谁？"

第四节

"我不……我不知道你在说什么，伙计。"雷蒙说道。

那个人把刀尖往雷蒙的脖子里摁了摁。雷蒙有种向后退去、躲开利刃的冲动，但被他强自按捺下来。现在这种状况，表现出软弱就等于发出邀请。他强迫自己保持冷静，或者说，是尽可能冷静下来。

"你根本不是个软蛋银行家，"那个人一字一顿地说道，"你造出了那样的棚屋。你知道该怎么磨我的刀。"

"我告诉过你了，"雷蒙说，"我花了很多时间——"

"去鸟不拉屎的偏僻地方野营？是啊，因为这听起来相当合理。而你只是正好来到了这边。一个月以前？然后没人在乎你不见了？没人派出搜救队伍？你觉得这可能吗？还有你的胡子。你跟我说说看，你下巴上这点毛长了一个月？还是说那些外星人给了你把剃刀，让你在那里打理个人卫生？还有你的手。你的手指上有老茧。难道你要说这是输入数据的结果？"

雷蒙看了看自己的双手。那些黄色的硬皮开始长回一点了。他攥紧拳头。那个人握住刀子的手更用力了些，刀尖的压力让雷蒙的皮肤有点疼了。

“你这完全是疑心生暗鬼。”雷蒙说。他的语气坚定有力。他试图估计出自己抢下刀子的机会。如果他突然后退，退到那个人够不到的地方，他可以争取到几秒钟的时间，然后那个人会仓促应战。但那个人由于前几天的经历，现在恐惧、慌张而又疯狂，就跟一只卫生间里的耗子似的。雷蒙估计，自己的赢面大概略低于一半。

他略微考虑了一下告诉那个人真相之后对方会怎么做。杀死他？逃走？还是把他当作兄弟接纳，然后继续前进？前两种就罢了，最后那种假设看起来太可笑。

“然后你还跟我提什么国王酒吧！”那个人大声叫道，“你怎么会知道国王酒吧的？你到底什么人？”

“我是个警察。”雷蒙说完这句话，他自己都大吃一惊。但随后他就豁然开朗了。这就是那个他先前许多天里对自己讲述的故事。现在他要做的只是把情节反转一下。

“我的名字真的就是戴维。木卫二大使被杀了。有人指认说你当时在场，那个凶手的长相也跟你吻合。”

那个人点点头，示意雷蒙继续说下去，仿佛这些话正好印证了自己的怀疑。他多半确实是这么想的，可能他也正在以同样的方式在拼凑事情的全貌。雷蒙咽下些口水，让自己的喉头松快些，然后尽快地继续往下讲述。

“然后你就悄悄离开了镇上。警方觉得这有些蹊跷，于是他们派我来跟踪你。我很多时候会待在北边，所以他们才选择了我。然后我就发现你的厢式货机被炸毁了，就好像你在里头放了颗炸弹之类的东西。我开始在附近四处搜索，看能不能找到你的胳膊或者别的什么。接下来我就发现了那个会飞的怪箱子，它就那么悬停在空中。我凑过去想看个清楚，然后，梆的一声，那帮头上长着翎毛、块头贼大的家伙们拿走了我的衣服，还拿走了我的徽章和手枪，给我套上了这身蠢到家了的衣服，然后就开始逼着我跑来跑去，要我一定得找到你。”

“所以你就照办了，”那人边说边往前逼近了一点，刀尖陷进了雷蒙的肌肤，带来像萨赫尔一样的刺痛感，“你跟一只狗似的服从它们的命令！”

“我起初试过走慢些，”雷蒙说，“我想着也许我可以给你争取些时间。你懂的。你回到城里，就会告诉人们发生了什么，他们就会来救援。但随后我们就找到了那个营地。我们离你太近了。我所能做的只有等着，希望你比那帮见鬼的外星人更机智。你确实够机智。所以我们就在这里了。”他忍不住又加了一句，“说真的，你我要是易地而处，你也会做同样的事情的，伙计。”

“我没杀那个木卫二混球，”那个人咬紧牙关说道，“是另外的什么人干的。我没干。”

“雷蒙，”这样说出自己的名字让雷蒙一时间有点晕头转向，但他随即摆脱了这种感觉，“雷蒙，你从那些混蛋怪物手中救了我的性命。据我所知，大使让人戳得满身窟窿的那天夜里，你在我家。整晚都在。”

他们俩陷入了沉默，在寂静中，雷蒙听到远方传来一群煎饼兽的鸣叫，听上去就像是教堂的钟声。刀身晃动起来，但雷蒙一动不动。一条细小的血流爬到了他的锁骨上。刀子刺破了他的皮肤。那个人黑色的双眸中浮出了困惑和疑虑的眼神。

“你在说什么？”

“我欠你的情。”雷蒙让自己说话的声音尽可能显得真诚，同时听起来又没在示弱。

“有人被杀了。”他的双生兄弟提出异议。

雷蒙耸了耸肩。既然要扯谎，那他不如干脆扯个大的。

“你知道约翰尼·乔吧？你知道他是什么人吗？”

“约翰尼·乔·卡德纳斯？”

“对。你知道为什么他老能逍遥法外吗？”

“为什么？”

“因为这是我们故意的。你以为我们不知道他已经杀了多少人？事实上，他是给我们干活的。”

那个人震惊得往后退了半步。刀子也离开了雷蒙的脖子。现在雷蒙的胜率可能有六成了。他继续说下去。这就是重点，他们俩一直在说话。

让这场冲突变成言语之争。

“约翰尼·乔是个告密者？”那个人问道。听起来他真是被惊到了。

“已经有六年了。”雷蒙说道。然后他开始有些疑惑：约翰尼·乔在地亚哥镇已经待了多久了？那个人看起来并没觉得这个数字难以置信。“他一直在把暗地里发生的事情报告给我们。没人怀疑他，因为，谁会相信这种事？他是个暴徒。人人都知道总督府想把他吊死。没人会想到那全是鬼话，他每个礼拜天都会跟我们联系。”

“我可不是会告密的人。”

“没人说你是，”雷蒙说道，“我要说的是：圣保罗这里没有法律。只有警察。我是一名警察，而你救了我。无论在国王酒吧发生了什么，总之都是别的什么人干的。这样我们就扯平了。”

“你怎么知道我不是无辜的？如果我确实没做呢？”

“如果你没做，那我就是对你胡扯了一通。”雷蒙说完，咧嘴笑了笑。他的双生兄弟踌躇了一会，然后嘴角同样露出了笑容。刀尖垂向下方，那个人退了开去。

“这是我的刀。我要留着它。它是我的。”

“你不想放开它，没问题。”雷蒙努力让自己说话的腔调令人安心，就像是那些警察们要说服别人时那样。这种调调他听过一两次，装起来并不太难。“我理解，你希望自己保管武器。这完全没问题。毕竟，我们现在是哥们，要从一大帮可恶的外星人手中逃脱出去，对不对？我们两个人当中谁拿着刀子无关紧要，因为我们是同一边的。”

“如果你骗我的话……”那个人狠狠地想说出点威胁雷蒙的话。

雷蒙心想，说真的，一个警察决定打破对你的承诺的话，你到底能做什么呢？把他带到法官面前，看看法官会相信谁？

“一旦我开始欺骗别人，约翰尼·乔和其他那些类似的蠢货们就不会再相信我了。”雷蒙说道，他的神情肃穆，威严，就像个警察那样，“那是不值得的。我告诉你，你是清白的，伙计，那你就是清白的。不过，我们把那些外星王八蛋们的事报告上去以后，得到的赏金我们得平分。你和我一人一半。”

“滚你的。”那个人说道，“我救了你的命。你根本就是个会走路的钓饵。我要拿四分之三。”

雷蒙的心放到了肚子里。他安全了。危机已经过去，接下来只要装腔作势地讨价还价一下就好。“六四开。”他说道，“你什么人也没杀过。从来没有。”

“我被勒索啦！”那个人说道。

“人人都一样，”雷蒙笑着说，“忘了吗？我们可是警察啊。你要不要动手把这些叶子装上去？然后我们就可以离开这里，回到有自来水的地方去。”

“该死的警察！”那个人说道。不过这次他只是在说笑，解脱感让他欣喜若狂了。警察刚刚赦免了他的罪行。

他们一直忙碌到天光暗淡。小棚屋已经盖好了一半。他们用叶子垫了个床铺，屋顶上铺着叶子，交错叠了几层，这样雨水就不会漏到下面，而是会顺着屋顶流进河中。叫停的是雷蒙，要不然他的双生兄弟可能会干上一整夜，好证明自己。之后他们一道走回他们小小的营地。在这段路上雷蒙也能看得出，他们之间的关系发生了变化。迷失在荒野中的无能银行家是一回事，警察，给予赦免之人，那可完全是另一档子事了。雷蒙搭起一小堆营火，然后那个人拿出来两把绮丽甲虫，几个“作死坚果”，还有些鲜绿色的浆果——雷蒙在这颗星球的生物名类表当中从没见过这玩意儿，吃起来像是廉价白葡萄酒和梨子的味道。算不上丰盛，但味道还不错。吃完之后雷蒙一个劲喝水，喝得满肚子都是。他半夜恐怕得起来嘘嘘，不过眼下这可以骗过他的肚子，让他感觉已经吃饱了。

他的双生兄弟仰卧在火堆旁。雷蒙看到他的手指在捻动，就知道这家伙在希望手里能有根香烟。一想到香烟，他马上也想来一根了。他不知道还要多久，尼古丁渍就会长回来，把他的手指和牙齿染黄；还要多久，他这套把那个人耍得团团转的假身份和假说法就会失效，真相自然大白。也许正确的做法应该是现在就离开，逃进荒野之中，彻底避开他的双生兄弟、总督、警察，还有恩耶。

以前他曾经多次考虑过在野外生活。然而遁入森林只有在幻梦之中才有可行性，除非他有一架性能良好、坚实可靠的厢式货机，晚上能在里头锁门睡觉。再不然，至少他也得先拿回他那把可怜的小刀。

自从第一批殖民者登陆以后，这里一直在传说有些人变成了野人。他们跑到了这颗行星的森林、草原、沙漠，还有潮间带当中，再也没有回到文明社会。说不定其中有的故事会是真的。被殖民地吸引来的人通常不会太喜欢他们以前在地球上的生活。那么他们当中应该有一定比例的人也会讨厌在这里的生活。这些男男女女跨过几个世纪的时间，在群星之间穿梭，可还是没办法摆脱自己可悲的人格缺陷。雷蒙有些怀疑自己是不是其中一员。而只要他的手指还会为许多天前丢的香烟盒弹动，他就绝对不可能完全远离城市。

“你为什么会当警察？”那个人问话时的声音已经因为疲倦和沉沉睡意含混不清了。

“我不知道，”雷蒙说道，“只是当时感觉就应该那么做。你又为什么要做探矿人？”

“这样比跟人合作要好，”那个人说道，“我相当擅长做这行。而且有时候我需要离开城镇，失踪那么一段时间。”

“嗯？”雷蒙说。他很累，近来的每一天都格外漫长。他感觉自己的身体很沉，很安逸。

“还有那家伙，”那个人说，“马丁·卡苏斯。我们做过一阵子的朋友。我刚来的时候他老在新人指导中心附近晃来晃去，拼命想要跟新来的人交朋友，因为这里每个熟悉他的人都不喜欢他。他说自己是个猎人，放陷阱的那种。

我猜他确实时不时会去捕杀动物。后来他误以为我背叛了他，就用一把钣金钩子袭击了我，差点把我给杀了。

“所以我就觉得，等身体痊愈以后，也许我该到外头去避避。我付了一笔首付，买了一架厢式货机，再从一个我认识的、现在死掉了的人那儿弄到了些旧勘测软件，然后出发。从此一路这么干到现在。”

“明白了。”

第五节

第二天中午，他们划起筏子，再度出发。筏子上拥挤了不少。火塘位于后部，这样一个人就能同时看火和用桨操控方向。棚屋在筏子的一侧，这让筏子略有失衡，但如果雷蒙把它布置在正当中的话，就没法看到前方，也就没法掌握方向了。当然，不管棚屋建在哪里，都会遮挡住他的一部分视野。为了平衡重量，他在另一边放了一堆烧火用的木柴，但离筏子边缘有段距离，以防柴火被水打湿。

雷蒙操纵筏子离岸，划到水流最急的位置，然后整个下午都让筏子稳稳停留在这股急流当中。那个人坐在旁边，手里抓着一根钓鱼线。他们出色的逃亡计划如今看来正走向完美的结局。他们俩轮番到后面掌控方向，让筏子保持在河面正中央。雷蒙挠了挠自己的肚皮。伤疤还在成长，手臂上的那条也一样。他的毛发也变得粗硬了些，他能感觉得到。毫无疑问，他脸上的皱纹也正在渐渐失而复得。

他真希望自己手上拿着那个烟盒，或者任何别的能当镜子的东西都行。在那个人意识到正在发生的变化之前还有多久？每次他的双生兄弟朝他瞥过来时，雷蒙都会感觉自己的心一阵抽紧。

随着他们向南漂行，森林里的景象也发生了变化。针叶的冰根树让位于树冠盛大的海绵橡。雷蒙两次看到“黄金虫”们建造的巨大金字塔，塔的几个侧面上都满是这种黑色蜘蛛般的东西在爬来爬去。声音也不一样了。上千种半蜥半鸟的动物在唧唧咯咯地叫着，互相威胁，争夺食物和配偶。比较低沉的呼唤声来自准备褪去夏皮的几几羊，听起来像是些在用某种美妙的非洲方言歌唱的女人的声音。还有一次，从灌木丛间传出了一头红夹克怪轻轻的唿哨声。不过雷蒙没看到那家伙在哪儿。既然它没有发起攻击，显然它也没看到雷蒙他们俩。

在他们头顶，一群群天空百合正被高空气流吹向东南方向。它们的身体从远处看去，就像是些蓝色天穹下的墨绿色的小点，四下散落，仿佛日光中的晦暗群星。有一群早开的天空百合已然盛放，释放出黄色和红色的彩带。那些条带大概有好几里长，不过雷蒙从这么远的地方看过去时，只要用一根拇指就能把它们全遮住。等其他天空百合也随之绽放的时候，那景象看起来会如同一座飘向上方太空的花园。

但他的注意力一直被那支悬浮其上的黑色恩耶舰队牢牢吸引。有六艘飞船挂在空中。他生平头一次惊讶地意识到，这些飞船的外形和蜱虫颇为相像。一旦他脑海中形成了这个印象，他就再也无法摆脱这个联想了。他当初就是在这么一只巨型蜱虫的肚子里，告别自己的家乡，自己的星球，自己的过去，然后被虫子吐出来，落到这个美丽的星球上。他们全都不属于这里——恩耶不属于这里，马奈克和马奈克的族人也不属于，地球人也同样不属于。但圣保罗星却默默包容了他们。

或许他可以再度乘船离开，搬到别的某个殖民地去。或者听天由命，随波逐流，坐到哪算哪。圣保罗星并没有那么大，他没法保证自己不会在哪天跟他的双生兄弟再度重逢。而宇宙则截然相反，它是那么大，大得无以名状。一时之间，雷蒙又一次感受到梦境中那个大张着巨口的深渊，那感觉就跟记忆恢复时同样强烈。他战栗起来，于是赶忙把视线转回河边。

要搭船离开的话就先要弄个假身份，不过别的选择也同样需要。真正的麻烦在登船之后。他会闻到恩耶的皮囊味，听到它们的声音，知道它们做过什么，正在做什么，以及这些殖民地存在的真正意义。以前的雷蒙或许能受得了。但现在的雷蒙感受过洪流，成为过深渊，还听到过垂死克异的哭喊，所以他办不到。他已经不可能再受得了了。

最简单的办法还是杀死那个人。如果他的双生兄弟死掉，这些麻烦就都没了。他可以回到自己原本的生活轨道，去申领厢式货机的保险金，然后从头再来。他可以说它遇到滑坡被埋了。保险金少得可怜，没人会多费事的，顶多就粗粗调查一下。然后他们会发现，没有任何零件被拆卸下来卖到二手市场。他可以夺回自己的人生，而不是把它拱手让给眼前这个蠢货。

这件事做起来不会有什么难度。他有时要负责做吃的，在那人睡觉的时候守夜。即便刀子不在他手里，也还有其他的办法。该死的，他可以直接把那个杂种从筏子边上推下去。雷蒙自己之前差一丁点就死在了河里，那会他离河岸还比现在近得多。被困在水势最迅猛的河心的话，那个人几乎肯定会被淹死。就算发生奇迹让他到了陆地上，外头还有红夹克怪等着他。到琴手登台镇还有好几百里地呢，这是最稳妥的做法，也是最理性的做法。

雷蒙想象了一下那副情景：站起来，抓起船桨，三两步走上前去。然后挥下船桨，动作又快又狠。他几乎能听到那个人的叫喊声，水花飞溅声，在水里咕噜咕噜的惨叫声。一切问题将迎刃而解。这都不能算是谋杀，毕竟，进入荒野的是雷蒙，之后从荒野中走出的还是雷蒙。哪里有什么谋杀？

你在什么情况下会杀戮？

雷蒙用力呼出一口气，转过头去。闭嘴，马奈克！你已经死了！

那个人猛然扭过头来看着雷蒙，黑色的双眼中带着怀疑。

“没事，”雷蒙抬起一只手说，“我只是突然发现自己差点睡过去。”

“啊，好吧。别再这样了，”那个人说道，“我们可没有第二根船桨，而且我可不想把这鬼东西给一路推到岸边，好让我们能再弄出一根来。”

“是的。”雷蒙说道，然后他又说：“嘿。哥们。不介意我问个问题吧？”

“你准备录下来？告诉法官？”

“我不会的，”雷蒙说道，“只是我个人对某件事有些好奇。”

那个人懒得回头，只耸了耸肩。

“想问就问。如果我不喜欢你的问题，我就会告诉你。”

“那个你并没有杀的人，那个木卫二人……”

“那个我从没见过，也一点都不晓得的家伙？”

“就是他。如果是你杀了他——你没有，但我们假设一下。为什么？他没抢你的工作。他也没找你的麻烦。”

“他没有吗？你怎么知道？”

“他没有。”雷蒙说道，“我看了报告。不是自卫杀人。所以，为什么呢？”

那个人沉默不语。他拉了拉手中的钓鱼线，把它甩了出去，然后又拉回来。雷蒙觉得，他是压根不打算回答了。但他居然回答了，语气轻蔑。

“我们都喝醉了。他挑衅我。事态失控了。”那个人卸下了伪装，“事情就这么发生了。”

木卫二人曾经试图退回到只是互相叫骂的阶段。雷蒙心想。他的双生兄弟才是那个确定了这场争斗走向的人。

那个直发姑娘的笑声；木卫二人倒下之后，人群纷纷退后……原因和这些有关，就在这当中的什么地方。为什么他能下手杀了那个死掉也不会给他带来任何好处的人，却无法动手杀死这个只要一死就能让他夺得一切的人？

那个人抓到了四条鱼：两条银色的鲽鱼，吻部扁平，嘴巴像是惊愕般大张着；一条黑鳞淡水鳊鱼；还有条雷蒙以前从没见过的，看上去眼睛跟牙齿一般大小的玩意儿。这条他们给丢回了河里。剩下的三条都能吃，那个人拿去烤了，而雷蒙继续用船桨让筏子保持在河心左右。鸟儿们，或者说是和鸟类非常相似的动物们在树梢上鸣叫，从他们头顶上飞过，还有的下来饮水，从河面上一掠而过。

“你知道吧，”那个人说道，“我一直都觉得，出去一阵子很不错。我喜欢住在野外。我出发的时候，总觉得我会在外面待上三四个月。现在我只想回到地亚哥镇，睡到一张真正的床上。”

“祝你如愿。”雷蒙说。

那个人从鲽鱼身上切下一大块灰白色的鱼肉，在手里上下抛动了一会，等它凉下来就整个丢进了嘴里。雷蒙看着那个人嘴角露出的微笑，这才意识到他有多饿。

“好吃吗？”

“不太糟糕。”那个人说道，然后他顿了一下，微微偏头。这下子雷蒙也听到了——远方传来阵阵低沉的隆隆声，连绵不绝，像是转到了空频道上的无线电台。他们在同一瞬间意识到了自己听到的是什么声音。那是水，多得难以想象的水，正在向下坠落。

“往东！”那个人说道，“东岸比较近。”

“东岸有卓柏卡布拉。”

“那该死的畜生要赶上我们得好几天。动手吧。往东划！”

雷蒙抓起木浆，竭尽全力让筏子尽快转向东岸。那个人把他们的晚餐从火炭上移开，然后跑到前方，盯着河面。水声越来越大，起初只是隐约可闻，很难注意到，渐渐变成了阵阵轰鸣咆哮，几乎淹没了那个人说话的声音。

“赶紧啊，”他说道，“我都能看到了。”

雷蒙这会儿也能看到了。前方的激流将水抛向空中，形成了一片薄雾。那儿也许是一片险滩，或者是一道瀑布。他们的筏子只要略被冲击就会完蛋的。他必须靠岸。

“再快点！”那个人吼了一嗓子，然后跪到筏子上，开始划动他那只好手。他一把一把地舀着水，好像这样就能让筏子漂到安全地带似的。雷蒙的肩膀酸痛起来。他用双手紧紧抓住船桨，关节都疼起来了。泥泞的河岸在一点点靠近，咆哮声越来越响亮，水雾也显得越来越高。

他们离岸很近了，但他们来不及靠过去了。河水流得太急了，筏子在水中又缺乏着力点。他们身边开始有巨石一掠而过。河水拍打在石头上，碎出白色的水花。咆哮声几乎震耳欲聋了。河岸还有四米远。不，三米半。

雷蒙的注意力被一道水流的流向变化吸引了过去。那儿有一个漩涡。他的潜意识里似乎知道它意味着什么。雷蒙不假思索地一翻手，推动筏子远离河岸，朝着河面上的一个地方冲去，那里的水流正合适。河岸越来越远。

“你在干吗？”那个人尖叫道，“你在——”

就在这个瞬间，一阵刺耳的摩擦声淹没了瀑布的咆哮声。前方的浮筒碎片飞散，筏子猛然前倾，把雷蒙甩到了前面的火塘边。那个人差点栽进水里。筏子两侧的水面拱起，一股冰冷的水浪从后面冲了上来，然后从树枝的间隙中漏了下去。雷蒙缓缓滑向前方，小心翼翼地不让他们偏离前方挡住急流的物体。一块将将隐没在水下的石头，尖利得有如皮划艇的船头，刚刚几乎把前方浮筒从中来了个对剖。石头穿透了排架，折断了藤竿，卡在当中。再靠近河岸半米的话，他们就不会撞上它。雷蒙看到再往前十米的地方，水中出现了条纹。水流在那里加快速度，随即坠向下方。他的双生兄弟夹杂着赞赏和嫉妒的欢呼声几乎没法传进他的耳中，不过那个人的双手重重地拍到了他肩膀上，清楚无误地传达出了他的庆贺之情。

他救了他们俩的命。他们眼下的处境虽然危险，但暂时还不会死。他们离陆地还有四米，但筏子已经停住不动了。

“绳子！”他的双生兄弟冲着他的耳朵大喊道，“我们得弄些绳子来，把这破玩意儿给拖上岸！你在这等着！”

“你打算要……喂！别——”

但那个人已经大步冲前，向外跳了出去，跃入水中。筏子左右晃动了几下，被撞坏的藤竿浮筒随之扭动。一时之间，雷蒙只觉头晕目眩。雷蒙坐下等待着，恐惧让他的后背和肚子都绷得紧紧的。那个人能成功登岸吗？又或者他会被卷到瀑布下去？该死的，如果那样的话，雷蒙会有什么样的下场？还有筏子，全靠河水不断地冲刷才把它抵在了这块巨石上。它就好像一枚立起来的硬币，勉强保持着平衡。如果浮筒坏掉，或者河水上涨，那他就死定了。还有绳子！他的双生兄弟到底要去哪里找绳子？他们可是身在荒郊野外啊。雷蒙还没来得及把这些都想一个遍，就看到了自己双生兄弟的身影敏捷地从水中钻出。

在雷蒙的注视下，那个人爬上河岸，垂下脑袋歇了口气，然后消失在树林中。雷蒙蹲在筏子前方，把自己的体重加上去，希望能让浮筒维持在原位，同时压低重心，做好在它松动时跃向河岸的准备。可随着时间流逝，阳光照射在他的背上和肩头，晒暖了他的肌肤和袍子的布料，他的心情在紧张和恐惧之余又掺杂进了某种奇怪的安详感。

帕伦奇喝醉以后喜欢讲些不知所谓的禅宗故事，现在这个状况就很像其中一个故事里说的。他被困在瀑布边缘，蹲在个随时都可能从石头上被冲走的筏子上，等待着一个某种意义上也就是他自己的人，等待他从荒野中返回，带着搜罗来的工具拯救自己——而这个人如果了解全部的状况，多半会想要杀死他。而且即便他能脱离险境，前方还有回到城市的漫漫长路。他在城市中的前途还完全未知，更何况，执法机关也许依旧在追捕他。与此同时，大搞种族灭绝的外星人正飘浮在他头顶。这种时候他心里在想着什么呢？

阳光让人感觉真好。

几个小时过去了。雷蒙的双腿开始蹲疼了之后，他冒险坐了下来。筏子仍然有时候会侧倾，但幅度一直没有大到让他感觉危险。他的心绪飘荡开去。他回想起了在墨西哥的骄阳下空虚而慵懒的午后，人们无事可做，只能祈祷在蓄水池干涸之前能够下雨。不过这次的感觉并没有那么直观。那时他还是一个小孩，那是他住在另一个星球上时曾经历过的事情。一群鱼飞快地从他边上游过，鳞片在湍急的水面下闪烁着绿芒和金光。雷蒙不知道它们是在集体奋力游向前方瀑布处等待着自己的死亡，还是说它们有某种特殊的诀窍，可以让自己存活下来。栖息在这条水深流急的大河中的生灵们肯定会有某种办法摆脱这样的地形造成的险境。又或许，它们的办法只不过是往虚空中抛掷足够多的尸体，然后就总会有少数个体能够存活，就像是被播撒到岩层之上的种子，总会有几颗能找到里头被土壤填充的缝隙。只要有一百个能够存活，死掉成千上万也无关紧要。马奈克和他的族人投身茫茫太空的时候，肯定也有这样的感受。

就像鱼群，将信仰付与河流。

他的双生兄弟再度出现在河边时，又是大喊大叫，又是挥舞手臂，这才将打瞌睡的雷蒙惊醒。他的肩上挂着一卷藤蔓，足有他大腿那么粗。雷蒙不知道是那个人本来就认识这种植物，只不过相关记忆尚未回到他自己的大脑中，还是这次仅仅是那人碰巧发现的。不过他其实也不是太在乎到底是哪种情况。来回比画了好一阵子之后，雷蒙总算明白了那个人的意图：他要把藤蔓系在一根小树枝上，扔到雷蒙这边。然后雷蒙要把藤蔓拉过去，绑到筏子上，接下来再把绑着树枝的那头丢回去。等他们把这双股绳两边在筏子和岸旁的树上系紧之后，雷蒙就动手让筏子离开原地，利用水流的冲力和藤蔓的张力之间的对抗把破损的筏子荡到岸边。只要那些藤蔓够结实，这堪称是个理想方案。雷蒙觉得，那个人对于风险的判断标准恐怕比他自己要宽松不少，但他现在也没有更好的方案。

那个人试了三次之后藤蔓才被成功丢到雷蒙手上，雷蒙又试了五次才把它给丢回到河岸上的那人手中。那个人怪笑着把这根临时缆绳系在了一棵树上。雷蒙有点信心不足。但哪怕这办法只能让他离河岸近一点点，他也可以少游一段路。那个人打出暗号示意，雷蒙就开始左右摇晃筏子，用一侧兜住水流，然后换另一侧，寻找着能让浮筒挣脱开来的适当组合。漫长的几分钟过去了，筏子卡得似乎比他以为的更紧。然后筏子猛然一震，脱开了。藤蔓绷紧了，筏子倾斜抖动，让雷蒙站立不稳。那堆柴火散了架，粗粗细细的树枝跌落到了河里，跳动着消失在水雾之中。

筏子缓缓荡出一道弧线，被勒紧的木头在前所未有的压力下发出吱吱嘎嘎的呻吟，而雷蒙则跪在上面等待着。筏子碰上泥泞的地面时，那个人欢呼起来。雷蒙跳下筏子，然后他们联手把它给拖上岸来。

“干得太棒了，伙计！”那个人边说边用他没受伤的手使劲拍打着雷蒙的肩膀，嘴咧得跟个白痴似的。瀑布的咆哮声太响了，他不得不大声叫喊雷蒙才能听得见。雷蒙发现，自己虽然有些并不情愿，却还是也冲着对方咧嘴而笑。

“我还以为这条河上根本没有瀑布呢。”雷蒙大声喊道。

“我也以为没有，”那个人表示同意，“但在这么偏远的北方，有谁会来核实地图软件画得对不对？地图上漏掉了这个瀑布。”

“希望它们没再漏掉别的，”雷蒙说道，“你有没有去前面侦查一下？状况看起来有多糟？”

那个人去过了。咆哮声和水雾是两级瀑布的产物，第一级有三米多一点，第二级的高度不到前者的一半。筏子如果掉下去，铁定会被撕成小木片的。不过在瀑布之后的河面看起来又是平滑的，水势也相对平稳了。只要他们把筏子搬到底下的河里，从那里再度出发应该就能解决问题。

他们解开藤蔓，然后把筏子跟它搁浅位置附近的一棵树绑在一起，以保证河水意外上涨时它也能安全无虞。然后雷蒙跟他的双生兄弟一同出发，进入林中。这里有不少动物们前往清水边时踩出来的小径，但都比较窄。雷蒙开始后悔之前把筏子造得这么大了。夜幕降临之后，他们才找到一条合适的路径，然后就地搭建了一个临时营地。

“回头要把那玩意儿搬到下面肯定会很费劲。”那个人说。

“是啊，”雷蒙附和了一声，“不过总比再做条新的好。这里太靠南了，没那么多藤竿。”

“你觉得我们能搬动那个该死的玩意儿吗？”

远方有什么动物在嗥叫。声音婉转悦耳，半似郊狼，半似风铃。雷蒙叹了口气。

“我们俩的话，办得到的。我们都是硬汉子。”

“不过要是只有一个人，多半就办不到了。”

“我想也是。”

“幸好我当初没在那杀了你，对不对？”那个人用开玩笑的语气说道。但雷蒙知道这笑话意有所指。那个人的意思是：记住了，你曾经落到我的刀下。你还活着，是因为我放了你一马。换作他自己多半也会说些类似的话，来提醒这位警察谁欠了谁的情。只有到了现在，从局外人的角度来看，他才明白这种举动有多么令人厌恶，多么愚蠢不堪。

“是啊，幸好没那样。”他笑着说道。

第六节

早上起来后，雷蒙只觉得浑身酸痛，疲惫不堪。他透过上面的树枝看到了灰色的天空。林间的微风中有股大雨将至的味道。那个人比他起得早，正在煮几根蜂蜜草。雷蒙打了个大大的哈欠，揉了揉眼睛。他感觉手肘很痒，就挠了挠，然后察觉到被砍刀砍伤的地方出现了些瘢痕疙瘩，很结实，大小和硬度都几乎跟他记忆里一样。他把袍子的袖管拉低了些，好盖住手肘。

“暴风雨要来了，”那个人说道，“今晚我们恐怕要被淋个透。”

“那我们最好赶快行动。”雷蒙说道。

“我在想，我们也许可以躲下雨，找个干燥的地方等雨停。”

“好主意。琴手登台镇如何？那里肯定够干燥。”

“想见到那里的人，我们起码还得赶上好几天的路。”

“要是我们还跟两个可怜的小女生似的生怕弄湿了自己的头发，那这个时间还会进一步延长。”雷蒙说道。那个人死死地盯着他。

“好吧，既然你希望那样，我们就那么办吧。”

蜂蜜草吃起来味道浓郁，就像是被煮到颗颗绽裂的小麦谷粒。他们吃完早饭之后，开始规划最合适的线路。他们毫不意外地基本持有相同的观点。尽管那个人对雷蒙的几个提议提出了反对意见，但主要是为了反对而反对。

“我们得砍掉一部分灌木，或许还得砍掉一两棵小树。”雷蒙说，“如果你愿意借我刀子的话。”

“我自己能行。”那个人说道。

“随你的便吧。”

他们再次回到筏子边上。雷蒙用先前拖筏子的藤蔓做了一副简单的轭具。从侧面拖拽时，浮筒可以起到类似滚轮的作用，所以拖起来比抬起来搬要轻松得多。那个人走在前面，尽力清理道路上的障碍，有时候会回到筏子边上，把它抬起来，越过石头，或者是穿过灌木纠缠的路段。太阳正以微不可察的斜率朝着它轨迹的最高点行进。恩耶飞船正透过云层中偶尔分开的罅隙向下窥视。这工作十分艰苦，但雷蒙忍痛前行。他的脊椎在哀号，他的脚底感觉随时都要流血，肩头挽轭的地方被藤蔓擦得隐隐作痛。但这些痛苦和烧灼自己断指残肢的痛苦压根不能比。如果他能做到这种事——按照那个人的经历，他应该能——那么拖着筏子穿过森林的痛苦应该不值一提。

随着时间流逝，他发现自己逐渐习惯了这种负担。没完没了的肌肉酸痛变得不再像是自己的感受，更像是环境背景。那个人在来回跑动，时而去前面清理道路，时而去后面抬起筏子，推着它穿过道路狭窄的位置。雷蒙没怎么说话，只是全心投入工作。他有种感觉，那个人正渐渐对他有了几分敬意。他知道这会让那家伙心里多么不快，于是乎身上仿佛又多了几分力气。他想起了背着十字架的基督，他老人家要面对罗马人的鞭打，还有群众的嘲笑。拖筏子可比那轻松多了，而且他抵达河边时，等待着他的也不是自己的死亡，反而是他的解脱。他没有抱怨的资格。

第三次绊倒时，他的小腿在一块石头上磕破了皮。伤口不太痛，但血液润湿了他的皮肤。他不温不火地骂了一声，想要站起来。一只手按到了他肩上，截住了他的动作。

“休息一下吧，伙计，”那个人说，“你今天一直都在拼命。该吃午饭了。”

“我还可以继续的，”雷蒙说，“没问题。”

“噢，行啊。我知道啦。自己站起来吧，我去给咱们找点吃的。”

雷蒙吃吃地笑了，然后把轭具甩到一旁，翻过身来，仰躺在地上。天空现在昏暗了许多，似乎比大教堂的天花板还要低。他听到隆隆的响声——或许是远方的雷声，又或者只是现在他对耳朵里血液的流动声过度敏感了。那个人摇摇头，转身离开。雷蒙笑了。

这种感觉真是奇怪：他不知道自己到底喜不喜欢这个其实就是他自己的人。他以前并不知道外人眼里的自己是什么样子。聪明机智，坚韧得好像块老牛皮，但却紧抱着自己内心的恐惧不放，随时准备谴责除了自己的任何人；不安和愤怒随时在他体内嘶嘶作响，最轻微的刺激都会让它们整个爆发；昂首阔步的样子像只好斗的小公鸡，对附近的每个人都怒目以对——他一直以来就是这副样子。只不过在变成外星怪物之前他自己看不到。

但尽管有种种缺陷，这个男人却仍有做人的尊严，还有惊人的意志力。他杀死了马奈克。他烧灼了自己断指的残根，而多数人都下不了这个手。现在他并没有死于发烧的事实就是他睿智的证明。他甚至还保有某种奇特的怜悯，比如刚才阻止雷蒙继续拼命。他会在莲娜的事情上满口鬼话，就为了不让别人觉得他软弱。他究竟是个什么样的人？他人格的各个侧面仿佛都在彼此抵牾，同时又似乎无比契合。

只有一件事在他看来完全难以理解，那就是留在艾蕾娜身边。他看不出那个人为什么要这样。他明白自己可能做出这样的选择，但另一个他无疑本应能做出更好的选择，即便他们原本是同一个人。

他不记得自己怎么就睡着了，直到那个人摇晃他胳膊时才惊醒。雷蒙几乎在睁开眼之前就伸手捂住了手肘上的伤疤。那个人正蹲在他身旁，手里拎着两头肥胖的小红野猪。雷蒙试图站起来，但感觉自己的身体在发出强烈抗议。

"这是从哪搞来的？"他问道。

"撞上了好运，"那个人说，"振作些，我已经生了火。我料理这些瘦弱畜生的工夫，你可以跟我聊聊。"

雷蒙撑起身子，先是坐起来，然后站起来。

"明天由我来做吃的，"他说，"今天你做了早餐和午餐。"

"只管做，"那个人说，"你想去做吃的，我可不会拦着你。"

雷蒙贴近火堆坐下，看着那个人给那两头小动物剥皮去脏。木头嘶嘶作响，噼啪爆裂[1]。一阵强风吹来，火焰闪动，发出拍打翅膀的声音。他们还得再花两个小时才能抵达下面的河岸边。他不知道到时候会不会下雨，他们俩当中又会是谁在棚屋里过夜。把自己逼到极限能让他赢得那个人的尊重，但在这种事上恐怕犯不着。

“你来自墨西哥吗？”那个人问道。

“什么？”

“墨西哥。地球上的那个。你是从那地方来的吗？”

“是啊，”雷蒙说，“瓦哈卡州。为啥问这个？”

“偶然想到的。你看起来像个墨西哥人。你的脸长得像。”

雷蒙盯着营火，希望这人接下来随便谈点什么，只要别再说他的长相就好。他想，要么是这人注意到了什么，要么其实这人并不太关心这个问题，刚刚的问话只是随口说的开场白。

“做个警察是什么样的感觉？”那个人换了个问题，“你喜欢吗？”

“是啊，”雷蒙说，“我挺喜欢的。这是个好工作。

① 使用的木柴含水较多时出现的现象。

“在我看来糟糕透顶，”那个人说，“我无意冒犯。但是你们整天都得干那些破事，随便抓几个路过的家伙，打得他们鬼哭狼嚎。可这是为什么？因为总督要你们这么干？可那又怎么样？我是说，这个总督算什么？抛开他的权力和财富，你觉得他有什么不同吗？”

“也是。好吧，”雷蒙边说边努力琢磨着一个警察会怎么回答，“总督确实是个目中无人的葡萄牙人。但干这行也不是都像你说的那样。是啊，我的一部分工作是为了殖民地的破规矩：检查特许状、执照，或者其他的鬼东西。但并不都是。”

“不都是？”

“不都是，”雷蒙说道，“殖民地还有些真正的坏蛋和恶棍。我也会对付那些王八蛋。”

“还有那种捅死大使的家伙。你是这个意思吧？”那个人冷漠地说道。

“完全不是。我说的是坏人，那种该杀的家伙。你懂我的意思的。”

那个人抬起头来。他的手上有血迹，红色的，正在渐渐发黑。雷蒙看到那个人脸上有种令人出乎意料的表情：痛苦，尴尬，悔恨，自豪。他回忆起了那个直发女孩的笑声。那个木卫二人是不是就是个该死的家伙？至少是当时看起来确实如此?

“这世上什么样疯狂的人都有,”雷蒙继续以警察的口吻往下说,“大多数时候,我们并不会在意那些只是过自己日子的人们。但这里还有坏人,还有些家伙就是想要杀人,不需要任何理由。最坏的就是那些伤害克异的家伙们。”

“克异?”

“孩子们,”雷蒙说,“他们太小了,毫无自卫能力。有些甚至都不知道发生了什么事。没有比伤害孩子更卑劣的事情了。”

雷蒙戛然而止。他已经不知道自己到底在说什么了,话语和思绪在他的脑中乱成一团。恩耶正在碾碎弱小的外星生物,那个木卫二人;米克尔·易卜拉欣拿过他的刀子,变成马奈克,看着他的族人死去。马奈克说得对,他们不该笑,根本没什么可笑的。要是那女孩当时没笑就好了。

“你没事吧?”那个人问道。

“嗯,”雷蒙说,“我没事。我只是……我没事。”

那个人点了点头,注意力转回到那两头动物的躯体。他把它们举到营火上方,等着把它们烤熟。大雨的气息越来越浓郁,但他们谁都没在意。

“我本来也可以做个警察的,”那个人最后说,“我会是个好警察的。”

“一定会的。”雷蒙赞同道。他把膝盖收到胸前，用胳膊抱着。“你会是个了不起的警察的。”

他们沉默了很久，周围只有油脂滴进火堆时发出的嘶嘶声，伴着树叶无休无止地窸窣作响。那个人转了下肉，把另一边的表面烤到变色。

“当时你那个决定太正确了。我完全没看见那块见鬼的石头。可你，哥们，你直接冲它撞了过去。要不是那样，我们肯定就掉下瀑布了。”

那个人在给雷蒙台阶下，让他得以转换话题。就算不知道究竟是什么在让雷蒙大为头痛，那个人也知道避开先前的话题才是体贴之举。雷蒙赶紧抓住机会。

“完全是因为水流，我知道在流动受到干扰时看上去会是什么样子。我就是感觉那里有些不一样。”

“不管是怎么回事，反正你这事干得太爷们了，”那个人说道，“我就做不到。”

雷蒙摆摆手，拒绝这种恭维。如果这话题持续太久，就会过线，变成互相炫示恩情，他可不想那样。此时此刻，他是喜欢这个人的。他非常希望自己能喜欢自己的双生兄弟，可这混蛋通常都不讨人喜欢。

“如果是你在操筏，你肯定也能做得一样好的。”雷蒙说。

“不行啦，哥们。我真的办不到。”

雷蒙这时才突然想到，恐怕真是如此。进入马奈克的思维或许教给了他某些东西，比如作为一条河是什么感觉。确实，他和那个人出发的起点相同，但现在他们已经再没理由完全一样了。他们有着不同的经历，从自己的人生阅历中学到了不同的东西。他没有失去一根手指，他的双生兄弟也没有被萨赫尔钻进过喉咙。

“你不可以偏离那个人。”马奈克在他的脑海深处低语。可如今他又有什么办法？这世界有多种不同的面貌，如何呈现只赖于你观察时所处的位置。

他们用手指撕开烤肉，吃了起来。肉的温度很高，他的手指被烫到了，但吃起来似乎是他生平最美味的一顿。那个人看起来也有同感。他们又谈了些安全的话题。重新出发的时候，那个人捡起了轭具。

“你去前面清理道路，”那个人边说边抖了抖肩头的藤蔓，让它们落到正确的位置，“下面的路我来拖这个破玩意儿。”

“你不用这样。”雷蒙说道。那个人摆摆手，驳回他的异议。雷蒙暗地里松了口气。他被过度压榨的身体已经让他感觉像是被人给打到半死不活了。但他还有个问题："我没法清路啊，伙计。刀子还在你手里。"

那个人板着脸从野外工作包里拿出了刀子，刀柄朝前递给了他。雷蒙接过刀子，点了点头。他们没再多说什么。

实践证明，清理障碍几乎跟拖筏子同样艰苦。他们几乎每走一步就需要砍掉些灌木或者小树。刀子越用越钝了。下了两场暴雨，倾盆大雨砸落在树叶和雷蒙的肩头上，但持续的时间都很短。等大规模的暴风雨真的来临——如果会来的话——雨势恐怕会十分猛烈。不过降水也有好处，多半会让河水流速更快。

他们到河边的时候，天已经快要黑了。雷蒙想小声欢呼一下，但发出的声音听起来像是在嘲讽。那个人只是疲惫地咧了咧嘴。他们检查了一下搬运过程造成的损坏。有一只浮筒上的几个结散开了，需要重新绑紧。组成筏子主体部分的树枝结构也受了些损伤，但不严重，所以雷蒙不觉得有动手修理的必要。

"刀子给我，"那个人说道，"我去剥点树皮，把藤竿重新绑好。你去搞点柴火，然后我们就能让这玩意儿再度下水启航。今晚就出发，没准还能躲开坏天气。"

“好主意，”雷蒙说，“不过你确定自己不想去捡柴火吗？这可比剥树皮轻松。”

“我一步都不想走了，”那个人说，“你去捡。”

雷蒙把刀子递还给他作为回答。那个人笑了笑，仿佛他们之间通过归还武器刚刚达成了某种心照不宣的协定。

那个人开始在磨刀石上把钢刀磨得铮铮作响，雷蒙在响声中抽身退入了林间。这是片速生林，木质柔软的树木长得很快，倒下得也很快。这里没有活了几个世纪的红铜树，只有黑色树皮的愚人杆和树干呈螺旋形的神臂橡。在这里要找些掉落的枯枝，再找两把苔藓类植物引火挺容易的。

如果上游下雨的话——现在上游显然就在下——径流随时都可能导致这条河的水位升高。可能河水现在就正在上涨。如果他们运气够好的话，这些额外的径流也许会让河水裁弯取直，让他们南去的路线少些弯弯绕。

雷蒙沉浸在自己的思绪中，一时甚至没意识到自己看到了什么，直到恐惧感令他的心脏狂跳起来。在柔软的地面上，有些新鲜的脚印，宽度跟他两手摊开加在一起差不多。这足迹有四根脚趾，还有深深的爪印。是卓柏卡布拉！这里有头见鬼的卓柏卡布拉！

他扔下抱着的树枝，转身想跑回河边。但他还没跑到一半，刚绕过几棵挤成一片的神臂橡，就发现了那头野兽。那家伙死死地盯着他，目光中仿佛满是饥饿与憎恶。它的嘴巴大张着，从里面伸出粗大分叉的舌头。它的牙齿发黄，尖锐得好似一把把尖刀。雷蒙浑身僵硬，然后那双充满暴怒的黑色眼睛对上了他的眼睛。他做好了迎接死亡的准备，但那头畜生并没有攻击过来。事情显然有些不对劲。但在察觉到这点之后，又过了快速喘息五次的时间他才注意到，那头卓柏卡布拉脖子上的颈毛之间有块凹下去的地方。那里有根绳子般的东西埋在它脖子里——一根萨赫尔。

雷蒙让自己的目光越过那头卓柏卡布拉，看向矗立在野兽身后的那个身影。尽管精神委顿，遍体鳞伤，胸口和腿上有很长的伤口，但马奈克那高大的身子依旧站得笔直。它受伤的眼睛已经发黑了，渗出一些恶心的脓液，但完好无损的那只仍然像雷蒙记忆中一样，发出炽热的橙光。外星人挥动着它的双臂，动作轻柔得好像海底的昆布。片刻之后它开了口，那低沉而带着几分悲伤的嗓音听起来无比熟悉。

“你做得很不错。”它说道。

第七节

“这他妈怎么回事？”雷蒙从嗓子眼里勉强挤出话来，“你死了啊！你死掉了的！”

外星人偏了偏头。它的翎羽略微竖起，随即倒伏回去。

“你说的话是奥布雷。正如你所见，我并没有死。”马奈克说，“你的任务是以与那人相同的方式参与洪流。你已经合乎自己的塔特克鲁德地完成了任务。我自己的机能一段时间内受到了损害，但如今已经回归正途。”

“你是怎么找到我的？”

“河水流向南方，而你受限于河水。”马奈克说，“你这问题真怪。”

“但我们行进得比你快啊。我们也完全可能在另一边的河岸。你不可能知道我们在这边。”

“我不可能在下游我来不及赶到的地方遇到你。我也不可能在这条河的对岸遇到你。因此我只是来到了我所能抵达的、你也能抵达的地方。你所表述的与事实不符，这是奥布雷。你必须停止表现出奥布雷。”

那头卓柏卡布拉低声咆哮，不安地扭动着身体。但它被绳子牵住了。它的身侧有烧灼的痕迹，那些地方应该是被马奈克的武器击中过，毛都被烧没了，留下大条大条发红起泡的皮肉。看样子，马奈克的反击一点也不比它受到的攻击轻。萨赫尔抽动了两下，这团淤青的血肉现在就像是条在吸血的蠕虫。雷蒙不由得隐隐有些同情这头卓柏卡布拉。他自己被那根鬼玩意儿插在脖子里的时候，他至少还明白是怎么回事。他有些好奇，马奈克究竟惩罚了那头卓柏卡布拉多少次，它才明白自己已然是身不由己了？还有，这个外星人教会了它多少把戏?

“那么，”他装出一副坦然无惧的样子说道，“你现在是怎么个打算，怪物？你不能就这么杀掉那个可怜的混球。”

“你说得不准确，”它说道，“那个人不可以知晓我们的存在。他知晓此事的假象必将被纠正。你已经证明了自己是件适用的工具。此事当被传达。那个人现在在水边吗？我们必须迅速接近他。”

“那些幼体吞食者在这里，”雷蒙说，“我们头顶上就是它们的飞船。如果它们正在监视我们会怎么样？如果它们看到了你会怎么样？”

马奈克似乎犹豫了，它飞快地点了点头。

“你也知道它们办得到的，”雷蒙继续说道，“它们有传感器，眼睛。上次总督请它们帮忙寻找一个在骨头山脉里走丢了的小孩。它们办到了。它们只花了一两个小时，就告诉了我们那个小笨蛋的精确位置。你怎么知道它们此时此刻没在监视我，没在因为我杀了那个人而追踪我？要是你在它们能看到你的地方杀了那个人，然后它们会察觉能量爆发，你觉得它们会把这错当成一棵大树倒下之类的事件吗？它们会分得清的。”

这纯粹是扯淡，而且是雷蒙生平编过的谎话中纯度最高的。马奈克用不着发射能量弹炸死另外那个人，现在它手里的狗绳上拴着头极其凶猛的卓柏卡布拉，叫这头野兽干啥它就会干啥。更何况马奈克身强力壮，无需任何外力帮助也能徒手扭断那人的脖子，就跟扭断鸡脖子一样轻松。雷蒙的脖子上如今没了那根狗绳，所以马奈克不知道他的意图何在，也不好判断他是不是在说谎。就算外星人不相信他，最坏的情况顶多也就是杀了他而已。他等待着，胸口起伏不定，仿佛快要按捺不住找人打架时的样子。马奈克的身子在晃动。卓柏卡布拉低声嗥叫。

“你能提出什么更好的方案吗？”马奈克问道。

“你让我回他那边去，”雷蒙说，“你就等在这里。明白了吗？我会想个理由，让他跟我一起回这里来。你躲在这些树下面，那帮家伙看不到你，明白了吗？然后你想纠正什么假象都可以放手去做。”

雷蒙心里想的是：趁你还站在这里痴痴等待之际，我们会重新坐上筏子，离开此地，怪物。

马奈克像一块岩石般平静而沉默，它缓缓地呼吸了三次。

“你为什么要这样做？”外星人最后问道。

“这是我的塔特克鲁德，怪物。我就该帮助你追捕他，不是吗？所以我要帮你的忙。”

“不，你的机能在于做出那个人会做的事。你正在试图欺骗。”

“那你觉得那个人会怎么做？”雷蒙质问道，他的心头满是绝望，让他的语气不由得愤怒起来，“我是在努力保全自己。你觉得他为了自己逃脱不会去牺牲别人？”

“是的，”外星人说，“他不会的。你已经行使了你的机能，我现在必须——”

他们突然听到一声尖叫，收尾时格外尖利刺耳，就像是个小姑娘在恐惧或者狂喜时发出的尖叫。

三双眼睛——雷蒙的，马奈克的，还有那头卓柏卡布拉的——全都转了过去。那个人正站在雷蒙身后的小路上。他的脸上毫无血色，白得像块大理石。

“这很合理。”马奈克说，“洪流带着他从特定的道路前来。你们有时候真是了不起的生物。我怀疑你只是因为无知无学才……他怎么了？他要去哪？你应该将他束缚住！你应该马上去做！”

“待着别动！别动！别动！”雷蒙转过身，边朝身后的外星人大声叫喊，边发足狂奔，朝那个人追去。那个外星人多半不会等在原地，但哪怕它只是停留片刻，也意味着雷蒙他们多出了片刻时间。他觉得马奈克已经听不到他的声音之后，就把自己所有的体力和心力都集中在奔跑上。如果他们能赶到筏子边，及时下水，他们就还有机会甩开那个杂种，他们还有机会逃走。要是雷蒙没造那个棚屋就好了，要是这条破河上没冒出来那些瀑布就好了。只要这段路上种种耽搁他们的事情当中少上随便哪一件就好了，那样雷蒙现在就用不着在这片森林里横冲直撞，时不时把腿抬得高高的，好避开灌木、树根和石头。外星人和它的新宠物卓柏卡布拉就跟在他后面不远处。雷蒙意外地发现，自己正在朝着自己的双生兄弟大声喊叫，哪怕他早就跑到了前面老远的、看不到的地方。

“跑！”他喊道。“快跑！跑啊，你这混蛋！”

雷蒙赶到了河边。水势凶猛，瀑布的咆哮声比他记忆中更加响亮。雷蒙举目望去，没见到另外那人的身影。在筏子原本所在的泥地上，出现了几道深沟，斜向下方通往河边。一时之间他简直难以置信。在极度的恐惧、绝望和恐慌的推动下，那个人居然成功地单靠自己一个人把筏子推下了水。要不是亲眼见到，他肯定不会相信有这种事。他往河中奔去，双脚陷入泥中，冰冷的河水打湿了他的膝盖和大腿。筏子就在前方，在急流中上下跳动，离河岸有五米，离他停下的地方有十米。他的双生兄弟蹲在舵位上。雷蒙能看到他大大的双眼在恐惧中瞪得溜圆。

“停下！”他喊道，“回这里来！停一下！”

那个人在筏子上挥了挥手，动作狂乱无序，幅度很大，看不出有任何意义。雷蒙吐出一连串谩骂，继续往前蹚水。他扭头望去，刚好看到马奈克和那头卓柏卡布拉出现在他的视野中。那条绳子的拖累和马奈克的伤都只让它们的速度减慢了一丁点。雷蒙朝外星人抬起一只手，掌心向外，试图用手势表明“没问题，我能搞定”。然后他没有等待马奈克的答复就赶紧深深吸了口气，一头扎进水中。他的袍子瞬间就湿透了，雷蒙并没有停下来甩掉它。水面下混浊不清——瀑布带来的细小水泡和浮在水中的泥沙混在一起，遮住了一米之外的任何景物。雷蒙挥动四肢，奋力游向筏子所在的方位。

雷蒙告诉自己，那个人也只能和他一样，听凭河水的摆布。河水将他们以同样的速度推向下游。他所要做的就是缩短他们之间的距离。不过水里的湍流乱得厉害，他挣扎着要浮出水面呼吸空气时，只觉得河水在从四面八方推搡着他。

“畜生！”脑袋冲出水面时他大喊了一声，然后还没来得及说再说什么，嘴里就灌满了水。筏子离他近了些，但没有雷蒙希望的那么近。一团能量炸开，照亮了空气。马奈克在岸边开火了。那个人惊叫一声，开始划动木桨。雷蒙则又吸了口气，再度下潜。或许马奈克可以击中那个混球，替雷蒙解决麻烦。

这里的河水很冷，让人很不舒服，但不是更靠上游的那种可怕的致命冰寒。也许他们现在比雷蒙以为的要更靠近南方。又或者，正如他先前所料，降雨让河水流量大涨——也同时让水温相对上升。他头顶的水面上又闪过两道光芒。马奈克还在开火，所以筏子应该还没有漂远。昏暗的河水中出现了一个旋涡，让他心生警兆。转眼间他就迎面撞上了一道强烈的乱流。河水狠狠撞在他的肚子上，力道犹如一记重拳。雷蒙张嘴吐出些空气，气泡艰难地升向上方，他使劲划水，循着它们的方向上浮。

河水的流速肯定是加快了。马奈克已经变成了远处河岸上的一个细小的影子。让人莫名其妙的是，卓柏卡布拉正沿着河岸纵跃，脖子上的萨赫尔没有了。它在惊惶逃窜，那样子就像是被地狱里的恶魔在追赶似的。雷蒙喷出一口水，立起上半身，试图找到他的双生兄弟和筏子。那个人把筏子划到了更靠河心的地方，正在叫喊着什么，他的脸涨得发紫，嘴巴张成了方形。雷蒙不清楚那个混球到底在对谁叫喊，也许是对他，也许是对马奈克，又或许是对上帝。马奈克似乎放弃了射击，所以雷蒙也没再潜水了。他迅速转为自由泳，踩着水波借势前行。筏子上下颠簸，缓缓靠近，然后河水将他们分开，随即又让他们靠拢。那个人这会跪了下来，把桨伸到了水里。他还在喊叫。雷蒙仍然听不清他在喊什么，但此时那个人的表情看起来似乎更近于鼓励。

太迟了，蠢货！他这么想着，但还是把手朝着木桨伸去。他的手指从桨面上擦过。在河水里苦苦挣扎了这么久之后，木头那粗糙的纹理感觉就像是另一个世界的东西。他再次发力，往前一挣，用双手抓住木桨，使劲往自己怀里拉。那个人把雷蒙拉向筏子的时候，他感觉到了河水的冲击。他紧紧抓住桨，把自己挂在上头。他的胳膊和腿都已经累得隐隐作痛了，就让这个懦弱的混球多费点力气吧。

没到一分钟，那个人的手就碰到了雷蒙的肩头。筏子近在眼前了。雷蒙抬起胳膊，落到纵横交错的树枝上。他用力把自己朝上拽，那人也帮着把他拖上了筏子。他躺倒在铺着树叶的甲板上，泡了水的袍子沉得像灌了铅，肺里呼哧呼哧的像是在拉风箱。

“老天！”那个人说，“我还以为你没法游过来了呢，哥们。”

谢了。雷蒙心想。但他没耗费精力把这话说出口。

“这怪物在跟踪我们。”那个人边说边把桨又放回河里开始划动，“我记得你说过，他被卓柏卡布拉杀掉了。”

“我是这么以为的。”雷蒙站起身说，他打了个河泥味的嗝，“马奈克把萨赫尔用在了那头倒霉的蠢货身上。我从没想到过自己居然有天会同情一头该死的卓柏卡布拉。对了，之前我们有没有弄到些柴火——”

他抬眼朝那个人看去，却在那张熟悉的脸上看到了惊恐的表情。雷蒙眨了眨眼，转头向后看去。无论看到什么他都已经做好了心理准备：马奈克像个外星基督那样在水上行走；又一道瀑布形成的雾墙；木卫二人携着魔鬼从地狱归来……然而什么也没有。他只看到了灰色的河水，暴风笼罩的天空，带着点白边的水浪。他转回头看向那个人。

那家伙忘了手中的船桨，恐惧的表情凝固在脸上。

“怎么了？”雷蒙说，然后他低头看去：他的袍子前面开了，他的肚子暴露在光天化日之下，那道长绳般的伤疤在他棕色的皮肤上分外鲜明。“噢……这个……”

“耶稣基督啊！”那个人低声说，“你就是我！”他目瞪口呆地看着他。

“冷静——”雷蒙说，“我可以解释——”

“你是什么？”那个人大喊起来，“你到底是什么东西？”

那个人拔出了刀子。一道闪电照亮世界，刀刃上反射着光芒。一串雷声轰然响起。雷蒙站起身，筏子左摇右晃，他立足不稳。

“你是什么？”那个人的声音已经有些歇斯底里了。他丢下的船桨顺水漂远，化作这条河流的战利品。

“听我说！你能不能别再叽叽歪歪，让我说话行吗？”雷蒙说道，然后他看了看那个人的眼睛——那双他这辈子在镜子里看了又看的眼睛——叹了口气，“算了。当我没说吧。”

说什么都没有意义了。这已经不再是打打嘴仗的事了。

第八节

战斗场地的大小是两米半乘两米半，上面的火塘和棚屋让地形有点复杂。这场战斗不会持续太久。雷蒙一边扯下透湿的袍子缠到一条手臂上，一边快步转到棚屋对面。他并不喜欢光着身子去和拿刀的人打斗，但把整件袍子裹在前臂上以后，他起码可以拿它来挡一下刀子。他的双生兄弟只能用左手握刀，那么雷蒙可以用右手来挡。但他们的胜算仍然并不相同，甚至还差得很远。雷蒙多半会输。

那个人半蹲下来，把手里的刀子调整到方便刺出的角度。雷蒙什么都没有。如果还有柴火的话，他也许还能抓根树枝来当木棍使。

"是你把它们领过来的！"那个人喊道。

"我没有！"

"说谎的小人！"那个人大叫道，"你是它们中的一员。你是个怪物！"

"是啊。是的，我是个怪物。但就算这样我做人还是比你要强些。"

"怪物！"

雷蒙没再费心去应答了。那个人已经下定了决心。易地而处，雷蒙也会同样下定决心。事情现在很清楚，他对此给出的任何理由、任何解释，或者任何看法都无法让将要发生的结局有任何改变。现在只有一件事要做：要打赢。

“你知道吗？你就是个懦夫。”雷蒙希望能激怒他的双生兄弟，让对方出现失误，“没人会喜欢艾蕾娜，你心里也很清楚。”

“少给我提她！”

“你爱的是那个厨子莲娜，你从马丁·卡苏斯手里抢走的那个。而你甚至不敢承认！你缠着艾蕾娜不放，是因为你害怕失去她。因为你知道，没有了她，你就无所归依，跟任何人任何东西都没多少关系。你只是个开着架三流货机、背着点勘探工具的蠢蛋。”

那个人气得脸都涨红了。雷蒙弯曲膝盖，放低重心，随时准备看情况朝任何方位闪避。唯独不能后退，他的身后只有河水。

“你知道个屁！”

“我什么都知道。来吧！”雷蒙说道，“想大干一场？好啊！来啊！我会狠狠地把你揍个屁滚尿流！”

那个人猛地纵身一跃，筏子因他的重量转移而晃动起来。雷蒙闪到一旁，一脚踹去，踢了个空。那个人转了个身，再次放低姿态。他们交换了位置。那个人现在把刀子斜举在身前，摆出防御和格挡的架势。

那个人身上的怒气已经无影无踪，他眯着眼睛，眼神冰冷。这可不好。如果他被恐惧和盲目的愤怒所控制，雷蒙就还有机会。如果这混球保持着冷静和理智，那雷蒙只会落得跟那个木卫二人一样的下场。

那个人做了两次佯攻，先是向左，然后向右，目光则始终盯着雷蒙的双眼。雷蒙飞身后退，脚踩到了筏子粗糙的边缘。那个人伸臂一挥，雷蒙猛地俯身前冲，从刀锋下方闪过。筏子吱嘎作响，骤然晃动，让两人都踉踉跄跄，但那个人抢先再度站稳身子。

又一道闪电亮起。闪光还没有完全消失，雷声就已到来。雷蒙咧嘴笑了。他的双生兄弟也一样。不论何时，无论状况有多糟糕，总会有点乐子在的。

你在什么情况下会杀戮?

在那个人该死的时候。

雷蒙小心地挥动了一下那只没有保护的手，然后在刀子飞速迎来的时候迅速躲开。那个人往下刺去，在雷蒙的腿上划出道浅浅的伤口。这点小伤雷蒙没放在心上。他们紧张地面面相觑，绕着圈子。雷蒙踮起脚尖，小幅跳动。开始下小雨了，他们脚下的冰根树叶滑溜溜的。那个人立定脚跟准备冲锋时，肩部的轻微耸起暴露了他的意图。于是雷蒙用力一蹦，让筏子剧烈晃动起来。那个人脚下一滑，单膝跪倒，但又迅速站了起来。

“你杀死他，是因为你以为这可以让那些人喜欢你！”雷蒙大喊道。

“什么？”

“你杀了那个木卫二蠢蛋，是因为你以为这样一来国王酒吧里所有那些人都会当你是个英雄！你真可悲！”

“见鬼去吧，怪物！”那个人吼着，挥出刀子。

完全不出所料。雷蒙没再给自己留出思考的时间。他向前一跳，让刀子从他的胸肋掠过，同时把那个人拿刀的手臂夹在自己腋下。刀子伤及雷蒙的骨头，传来阵阵剧痛，但那个人没法收回手再戳他了。雷蒙用空着的手抓住那个人的伤手，使劲一攥。他的双生兄弟痛哼一声，使劲想把手抽回去。他们扭打在一起，踉踉跄跄地转着圈子。这么近的距离让他能清楚地闻到那人身上的味道：有污浊的麝香古龙水味，也有很久没洗漱的臭味。他惊奇地发现，原来自己身上的味道难闻得可怕。那家伙的呼吸喷到雷蒙的脸上，带着一股腐肉的臭味，简直像是臭气弹袭击。

雷蒙把对方持刀的手死死夹在自己腋下。突然，那个人一个没站稳，他们一起滑倒在甲板上。雨水和河水溅洒到他们身上。

有什么东西撞到了筏子，让它疯狂旋转起来。筏子上现在已经没有桨，也没有操桨的人，再也没法稳定下来。

“你就不该活着，你这个可憎的玩意儿！”那个人嘶声说道，“你就不该活着！”

“你不理解洪流。”雷蒙说话的语调很奇怪，仿佛他们此刻正在某个酒吧中，共饮啤酒，随心畅聊，“你不理解身为更宏大的事物的一部分是什么感觉。而且，雷蒙，你这可怜的家伙，你永远不会有去了解的机会。”说完他突然用脑袋狠狠地撞上了他双生兄弟的鼻梁。他能感觉到那块骨头折断了。那个人痛呼一声，往后退去。雷蒙紧贴住他，俩人滚作一团。雷蒙的后背撞到了小棚屋，小棚屋啪的一下就垮掉了。他们又滚了一圈，然后同时试图起身。那个人不肯放开刀子，雷蒙也不可能松开自己这位双生兄弟。他们一同跌进了水中。

河水冷得能把人冻僵，仿佛还流淌着它冰川母亲的那份血脉。雷蒙没控制住自己，吸了口气，结果吞进了满口的河水。那个人挣扎扭动着身子，于是他们分开了，各自在清澈的、流动的河水中漂流。雷蒙注意到水中突然多了一抹红色，来自他的身侧，那是他的血液混进了河水，成为其中的一部分。他正在化为这条大河。

就这样任其自然下去会很轻松。充满生机的大海在召唤他，他很想加入其中，彻底地化作河流。但他没有办法忘记盖苏那令人痛苦的威胁，还有一部分的他则拒绝就此认输，这两部分的自我在合力让他不得不继续挣扎下去。他扭过身子，全力踢向水流，热量和血液一起从他体内滚滚而出。

在这汹涌的河流之中，只有找到筏子的人才能活下去。他踢着水，在水流中四下转动身子。他周围的河水像是张粉色的面纱。那家伙究竟把我伤得多重？这念头在他脑海中一闪即过。现在没时间想这些。

他看到了筏子——虽然它看起来只是河面上的一片阴影——于是就拼命朝那边游去。他眼角的余光看到了那个人，对方也在使劲打水。一根粗壮的藤蔓从筏子上松脱了，在水面上蜿蜒浮动。雷蒙咬紧牙关，奋力前游，他现在还有力气游过去。

他弹出水面，胳膊重重地落在了筏子上。那个人在他的左边，也在往上爬。

雷蒙突然看见一根树枝上勾着点什么东西。雷蒙起初以为那是他的袍子，直到他想起来那件衣服全卷在自己的手臂上呢。木头勾住的是从他身上扯下来的一大块血肉模糊的皮肉。那个人已经快爬上去了。雷蒙抬起一条腿，把脚跟架在筏子上，疯狂地把自己往上拖。那根松脱的藤蔓滑过他的背脊，撞击在他身上的感觉像是一条水蛇。纷乱的雨滴落在他身上，感觉像是千百只微小的拳头不断袭来。他爬上去了。他回到了筏子上。雷蒙翻身朝上，然后被那个人一脚重重地踩在胸口，动弹不得。

他的双生兄弟正在大口喘息，就像是刚狂奔了好几里路；他的头发粘在头皮上，就像是附在石头上的地衣。他咧开嘴笑了，他的嘴唇完全没有血色，嘴边满是鼻子里流出的鲜血。雷蒙试图吸几口气，但来自那个人脚底的压力让他无法如愿。

“临死前你有什么话想说吗，怪物？”他的双生兄弟询问道。

“当然有。”雷蒙说，然后他挣扎着吸了口气，“你知道吗，雷蒙？”

“知道什么？”

“你其实并不怎么喜欢你自己。”雷蒙在喘息中笑了。

在满是恐怖与痛苦之际，时间的流逝总是显得出奇地迟缓，飘忽不定，犹如幻梦。雷蒙愉悦地观察着一系列心理反应依次在那个人的脸上表现出来：惊讶之后是迷惑，迷惑之后是尴尬，尴尬之后则是一阵狂怒。那怒色随即笼罩在雷蒙头上，仿佛夏日的雷云笼罩群山。那个人手中的刀子向后缩去，准备一刀割开雷蒙的喉咙。

雷蒙本能地抬起手臂对着刀子，他现在也做不了别的什么了，只希望自己身上的伤痕证明他曾经拼尽全力奋战到死。雷蒙放声尖叫，愤怒驱除了他心中的恐惧，也让他忘了自己的努力不会有任何作用。而就在这时，那条松脱的藤蔓自水中升起，仿佛一条苍白的水蛇。在藤蔓的末端，缆线在闪耀火花，嘶嘶作响。那是萨赫尔！

那个人往后跳去。萨赫尔朝他猛扑过去，他手忙脚乱地格挡。雷蒙在地上打滚，差点就滚到了另一边，然后他抬起头来。

萨赫尔此刻已经在他的双生兄弟的腿上缠了两圈，在肚子上绕了一圈，此时正噬向那人的咽喉。他的双生兄弟则正用双手抓住萨赫尔，要把它拖开。他手臂上的肌肉隆起，微微颤动。雷蒙以为很快就会听到那个人的骨头在重压下折断的声音了。不过他随即意识到，既然那个人在用双手应付这陌生的袭击者，那他肯定已经扔下了刀子。

没错，刀子就在那儿。在棚屋的残骸之中，一道闪电的光芒倒映在刀刃上。在雷鸣声轰然响起之前，雷蒙就爬到了那边，伸出了手。有些磨损的皮革刀柄在他掌中暖暖的。

那个人在尖叫着什么，一遍遍重复着同样的几个音节。雷蒙过了一小会儿才明白过来，他是在反反复复地说“杀了它”。他没停下来细想，径自采取了行动，他的身体知道自己要做什么。他猛扑过去，刀子狠狠地戳进了那个人的肚子里，然后为了保险他又补了两刀。雷蒙没抽身退开之前，他们像情人般紧紧贴在一起，那个人满脸的胡须擦在他的脸上，呼出的口气扑面而来，带着很重的腐殖质土的臭味。有那么一秒钟，他觉得那个男人的心脏仿佛在顶着他的胸腔怦怦跳动，然后他退开了几步。那个人的面孔一片惨白，双目圆睁，跟硬币一样圆。他脸上的惊恐表情和当时他在那个木卫二人脸上见到的表情毫无二致：这不是真的，这不可能发生在我身上，不可能会是我。萨赫尔脱离了雷蒙双生兄弟的身子，落到地上，在他们旁边将身子盘绕起来——就好像它对鲜血感到厌恶一般。

那个人骂了一句，跪倒下去。筏子抖动了几下。大雨倾盆而下，混合着血水，从那个人的脸庞、腹部和双腿往下流淌。雷蒙走回他身旁，蹲下身子。萨赫尔蠕动了几下，仿佛在轮番打量着他们俩，但并没有做出攻击的姿态。“你不是我！”那个人气喘吁吁地说，“你永远也变不成我！你是个怪物。”

雷蒙耸了耸肩，他没有争辩的意思：“你还有什么要说的吗？快说吧。”

他的双生兄弟眨了眨眼，好像在哭，但在这么大的雨中有谁能看到他的眼泪呢？

“我不想死！”那个人轻声说，“耶稣啊，求求你了，我不想死！”

“没人想死。”雷蒙柔声回答。

他的双生兄弟侧过面庞，神色坚定起来。他强打精神，略微挺起身子，朝雷蒙脸上狠狠啐了一口。

“去死吧！”他的声音嘶哑，“告诉他们，我死得像条汉子！”

“你死好过我死，混蛋。”雷蒙说。他没去理会沿着他脸颊流下的口水。

第九节

雷蒙的双生兄弟瘫倒下去，双眼似乎仍盯着某个东西……也许是天使，或者是其他濒死者才能看到的东西。他的嘴无力地张开，血从嘴里涌出，流过他的脸颊。

这个人死去之际，他和雷蒙之间的某种纽带也随之断开。那一瞬间，雷蒙似乎隐约感觉到了某种微弱的悸动。那是真实的，又或者仅仅是出于自己的想象？没人能说清。

雷蒙将那具尸体滚到筏子边上，推进水里。尸体在水面上下起伏了一两次，然后沉入了水下。他拿手背擦了擦自己的脸。

暴风雨四下推搡着这个小小的筏子，雷蒙也说不清自己反胃恶心的感觉有几分来自筏子无法预测的旋转和晃动，有几分来自另一个自己的死，又有几分是因为失血过多。萨赫尔在筏子上扭动着，那苍白的血肉让雷蒙感觉更像是条蠕虫而不是蛇。它的缆线上又火花闪耀，但并没有转头冲着他。

“我们之间还有什么麻烦未了吗？”他问道。但这个外星玩意儿并没有回答。他之前可不知道马奈克能把萨赫尔派出来，让它自主工作。又或者，马奈克是用某种手段在对它进行遥控。无论是哪种情况，它的功能都比他原本以为的要更丰富。马奈克肯定是从卓柏卡布拉身上抽回了这东西，然后就派它跟了过来。

雷蒙长吁了一口气，然后开始打量自己的伤情。横过肋侧的伤口很严重，但还没有深到需要担心会出现气胸。这就好。他发现自己的腿也被戳伤了，也许是刀戳的，又或许是某根树枝造成的，到底是哪种已经无从知晓。伤口还在流血，还好比较浅。只要没有木刺断在里面，应该就没什么大碍。

他能感觉到体内的肾上腺素渐渐耗尽。他的双手在发抖，那种恶心反胃的感觉越来越强烈。他惊讶地发现自己在哭泣，而这泪水并非源自恶战之后的疲惫、恐惧，或是如释重负。他满心都是悲痛，真挚的悲痛。他在哀悼他的双生兄弟，哀悼那个曾经的自己。他那个跟他比兄弟更加亲密的兄弟已经死去了，死在他自己的手上。

也许事情本来就注定要走到这一步。这个殖民地只能容纳一个雷蒙。所以要么是他，要么是他的双生兄弟，总要有一个人去死。他那些悄悄溜走、成为另一个人的梦想终究只是梦想，成不了现实。他是雷蒙·埃斯佩霍。他一直都是雷蒙·埃斯佩霍。

他缓缓将透湿的袍子从胳膊上解下来。痛楚的感觉越来越明显，伤口最深的肋侧是亟待处理的。他可以把袍子压在伤口上，也许能止住血。他不知道先把袍子拧干会不会更好些？他试着猜测自己距离琴手登台镇究竟还有多远？人们在他身上会看到些什么？马奈克和它的族人有没有给医生们留下些惊喜？

即便沉浸在忧伤、迷惑和疼痛中，雷蒙心底还是隐约对遭遇攻击有几分预感。他的视野边缘突然有火花一闪，萨赫尔径直向他冲来，动作迅疾如长矛戳刺。他什么都没来得及想。在那一瞬间，他手中的刀子正好就去到了它需要在的位置。人类的钢铁制品刺穿了外星造物的血肉，正中那东西头部之后几寸的位置。雷蒙的心跳没有加速，他也丝毫没有畏缩。他太累了，没有那个精神。

萨赫尔发出尖利的哀号，声音拖得很长。它身上爆出个火花，烧黑了刺穿它细长身体的刀尖。它像蛇一样剧烈扭动着，垂死挣扎，来回拉扯着雷蒙。雷蒙在心中用三句不同的脏话骂了它，但打不起精神骂出口。他只是将刀尖推进一根树枝里，把萨赫尔钉在了木头上。刀下那根毫无血色的肉条剧烈扭动着，曾经埋在雷蒙脖子里的电线和黏膜生气全无地垂下。

“如果你回去了——”雷蒙开口说了一句，又忘了自己要说什么。他的身子沉重得像是吸饱了水的原木。他喘了几口气之后想起来了：“我替马奈克完成了他的任务，但我是雷蒙·埃斯佩霍，我不是任何人的走狗。你回去的话，就把这些话告诉它们。你，还有你其他的族人们，自个玩去吧。”

萨赫尔或许听懂了他的话，但也没有任何反应。雷蒙点点头，小声嘟哝了一串脏话，使劲拔出了刀子，然后把它推下筏子。它沉到了水中，只剩下头部在雨中载沉载浮，漂向远方。它起先变得有些蒙昽，而后显得模糊，最终完全看不到了。一时间雷蒙只是坐在原地，任凭雨滴拍打着自己的肩背。一阵雷声将他惊醒过来。

“抱歉了，怪物。”他冲着河水说道，“只是……事情有时候就是这样。”

还有太多事情要做，他必须振作精神。他好冷。他受伤了，在持续失血。他失去了木桨，也就失去了之前仅有的那点让筏子转向的能力。他们先前根本没来得及搬些柴火到筏子上，他手上也没了任何能用来取火的工具。等暴风雨过去，他就需要烘干自己，暖暖身子。他的思绪飞旋，回到了那道瀑布，回到了他被困在那块岩石上时，笼罩着他的那份奇异的安详感。这不知怎么又让他联想起了自己的梦——成为马奈克的梦境，乘坐恩耶飞船离开地球时的梦境。他有种感觉，某种宏大而深邃的东西正渐渐浮现，越来越清晰，就好像他正在重新认识一张曾经熟悉，却久已遗忘的面孔。他忽然意识到自己居然睡着了，然后他勉强睁开眼睛。此刻雨已经停了，金绿色的落日余晖漫天，从下往上照亮了云层。他听到高空传来一群煎饼兽的鸣叫声，但不知它们在哪。

他必须再弄根桨，以防前方再有瀑布或者急流。他还需要好好睡一觉。他的双生兄弟还欠他一次守夜呢。就让那个混球一直不睡，保障他们的安全吧。之前他在森林里抛下雷蒙自个先逃，那现在他就理应如此。他还没注意到这个计划中的漏洞，就已经把自个裹进那堆残余的冰根树叶当中。等他发现不对的时候，已经惬意得懒得在乎生死了。

他发起了高烧，烧了一天又一天。现实与梦境相互交织，过去与未来纠缠在一起。雷蒙发现自己脑子里塞满了一堆根本不可能发生的事——他像一只麻雀似的飞翔在墨西哥城的屋顶之上，牙齿咬着优尼亚的一根板条；艾蕾娜为他的死哭得像个孩子；他在丛林中跋涉，拖着他们的筏子。马奈克和坑里那个浑身苍白的外星人为他鼓掌欢呼，举办庆祝派对——万岁，雷蒙·埃斯佩霍，怪物们的英雄！它们俩都戴着傻兮兮的圆锥形聚会帽，使劲吹着制造噪声的口哨。他的意识颤抖，分裂，重组，就像是穿过湍流升起的气泡。偶尔清醒过来的时候，他会喝些清澈澄净的河水，尽力处理一下自己的伤口。他肋部的伤口已经结疤了，但腿上一直红肿热痛，看起来是感染了。他本来应该重新划开伤口，以防里面有什么妨碍痊愈的外来异物——木头，布料，或者老天爷才晓得的什么东西。可在烧得迷迷糊糊一个劲儿做梦的当间，他不知什么时候把刀弄丢了。也许是滑到河里去了，于是他就没了能用来给自己开刀的工具。有一次他在下午三四点左右醒来时，感觉自己身上的力气恢复了，他觉得自己也许能抓条鱼来吃。但仅仅是到筏子边上喝水就让他精疲力竭了。

有天晚上，“小女孩”从他头上经过，可这月亮居然长着艾蕾娜的面孔，不以为然地俯瞰着他。这月亮还对他说：“我早就跟你说过了，你会被卓柏卡布拉抓走的！”

另一个夜里——或者是同一天夜里更晚些的时候——他看到了拉罗罗娜。她走在河岸上，在黑夜里发出白光，绞着双手，为所有逝去无踪的孩子们恸哭。她的悲伤没有止境，无可慰藉。

还有一次，他在一片沙洲上搁浅了，接着用了大半天的时间琢磨自己要怎么在身体虚弱的状况下把筏子弄出来，然后他才发现自己居然穿着衬衫和野战夹克，所以他肯定没醒，还在做梦。他醒来了，发现筏子还好好地漂流在河心。河面现在更宽了，河水也平静多了。

但最令他不安的，还是水中传来的语声。有马奈克的，他的双生兄弟的，那个木卫二人的，还有莲娜的。就算他完全醒着的时候，也能在潺潺汩汩的水声中听到他们的声音，就好像那些人正在隔壁房间交谈，他甚至几乎能分辨出一些谈话的内容。有一次他觉得听到了他的双生兄弟在尖叫："圣母啊，救救我！救救我！耶稣啊，求您了，我不想死！"

最糟糕的是，有时候他还能听到马奈克在哈哈大笑。

他的思维中有一小块还维持着平静，似乎对这一切状况都了如指掌。幻觉、严重脱水，还有红肿的腿，足以导致任何坚强的汉子迷失在他自己混乱思维的残垣断壁之间。雷蒙现在麻烦大了，可他已经无力自救。他的脑子乱到连最简单的祷告都无法完成。

他有两次都感觉自己在陷入长眠，但最后都没有成真。两次他都成功地靠自己的意志力恢复了神智。死神大概过河过了一半，又退了回去。毕竟，雷蒙·埃斯佩霍是个顽固的混球。然而，要是第三次再这样——这是迟早的事——他可不觉得自己还能够再次把自己拖回来。

现在陪伴他的只有那些恩耶飞船。它们不再像是群鹰，倒像是些小嘴乌鸦和秃鹫。它们在天空中徘徊，注视着他，等待着他的死亡。

他听到些陌生的尖利声音在胡言乱语，那兴奋的劲头活像群猴子。他起初还以为是自己的状况又恶化到了新的阶段。如今他臆想出的不只是自己认识的人了，整个圣保罗殖民地的人都在伴着他奔赴地狱，一路用各自的方言在喋喋不休。一条渔船破浪而来，为了避免冲翻他的筏子放慢了速度，这是个新的美梦了。船身上的白色防锈漆有些发灰了，但上面有一副粗陋的装饰画，是圣母像。这很有品位。他可真没想到自己的思维能幻想出这么可爱的细节。他正试图让那幅圣母像冲他挤挤眼的时候，身下的筏子突然倾斜了。有个男人在他身边单膝跪下，皮肤黝黑得像是沥青，大大的眼睛里满是关切之情。

“他还活着！”那个男人大声喊道，西班牙语不会是他的母语，教他这种语言的人必定带有很重的牙买加口音，“给埃斯特万打电话！快！还有，给我拿根绳子！”

雷蒙眨了眨眼睛，试图坐起来，但失败了。他肩上多了一只手，温柔地把他的身子按了下去。

“没事了，小伙子，”那个黑人说道，“没事了。我们来照顾你。埃斯特万是这条河上最好的医生。我们会好好照顾你的。你别动就好。”

筏子又扑通晃动了一下，在河水的怀抱中转了个向。发生了某些事情，时间在跳跃前行。他的袍子被盖在了他身上，他整个人则躺在一张担架上。担架从正船舷旁向上升高。圣母像就在他的右手边，他经过时她还冲他挤了挤眼。

甲板上满是鱼内脏和炽热金属的难闻气味。雷蒙伸长脖子，竭力想要看个清楚。他想确定眼前这一切是真实的，而不是一颗垂死的大脑制造出的又一场幻境。他艰难地用舌头润了润嘴唇。他身旁的甲板上坐着个女人——五十来岁，花白头发，一脸波澜不惊的表情。女人牵起他的手腕，雷蒙试图反过来抓住她的手。她把他僵硬的手指扒拉到一边，紧紧地按住他，给他把了把脉。在他们头顶上，恩耶飞船时而消失，时而出现。那女人不太高兴地啧了一声，然后俯身向前。

这时他才意识到自己已经到了琴手登台镇。他的第一反应是强烈的释然，强烈到让他几乎生出虔诚的敬畏之心。第二反应却是恍恍惚惚的猜疑和愤怒，他觉得别人也许会偷走他的筏子。

“喂！”那女人又在说话了，“你知道自己在哪儿吗？”

他皱着眉头张了张嘴。他知道的，刚刚还知道，但现在就是想不起来了。

“你知道自己是谁吗？”

他忍不住要笑起来。雷蒙的反应看起来让这女人很高兴。

“我是雷蒙·埃斯佩霍，”他说，“我向上帝发誓。”

第四幕

第一节

雷蒙·埃斯佩霍醒来时，漂浮在一片黑暗的汪洋之中。

周围有些明灭不定的微弱灯光，有绿色的、橙色的、红色的和金色的，光线什么都没照亮。雷蒙试图坐起来，但他的身体不听使唤。他缓缓察觉到自己周围满是机器，身上到处都在疼。迷迷瞪瞪半梦半醒之间，他认定自己又回到了大山底下那些奇怪的洞穴中，回到了他诞生的那个水缸里。他肯定是大喊出声了，因为他听到了人类轻快的脚步声，然后一盏廉价白色LED灯的灯光闪亮。他试图抬起手臂遮挡突如其来的光亮，却发现自己身上缠着一堆细细的管子，它们插进了他的身体里，就像是六条萨赫尔一齐上阵。随即有双手——人类的手——握住了他的手腕，引着他躺回床上。

“没事的，埃斯佩霍先生。一切正常。”

这个男人应该快五十了，花白的短发打着小卷。他穿着套护士的工作服。雷蒙眯起眼睛，想尽量把对方看得清楚些，把这个房间看得更清楚些。

“你知道自己在哪儿吗，先生？”

“琴手登台。”雷蒙一开口，被自己沙哑的嗓音吓了一跳。

“合情合理的猜测，不过不对，”这位男护士说道，“他们是一周之前把你从那边送过来的。要不要再猜猜看？你知道这建筑是什么吗？”

“医院。”雷蒙答道。

护士转了转头，更仔细地看着他，就好像他的回答很有趣似的。

“你知道自己为什么在这儿吗？”

“我遇上了事故，”雷蒙说道，“我先前在筏子上。我到北方探矿去了。运气不好。”

“这可太好了。之前你一直在说，你是在水下潜泳，躲避婴儿杀手。按照你刚刚说的话，我就可以告诉医生们你的神智恢复了。”

“地亚哥镇！我是在地亚哥镇吗？”

“来了好几天了。”护士说道。雷蒙摇了摇头，吃惊地发现自己鼻子下头插着根氧气管。它正在发出轻柔的嗞嗞声。他抬起手来把管子往外扯。

“埃斯佩霍先生，别……先生，你不可以把氧气管扯掉。”

“我要离开，”雷蒙说道，“老在这待着我可受不了。”

护工抓住他的手腕，紧紧捏住两边，力度让人觉得安心可靠，但又有几分疼痛。护工和雷蒙四目相对。雷蒙觉得他看起来很英俊，原因仅仅在于他是个真正的人类，而不是个外星怪物。

“这没意义，埃斯佩霍先生。警察已经来过两次了。如果你还想跑，我就得叫保安了。你肯定跑不过他们的。”

“这你可说不准，”雷蒙说，“我可顽强着呢。”

护工又笑了，笑容里似乎有点悲哀。

“我们在你的身上插着一根引流管呢，埃斯佩霍先生。你现在排泄小便就是靠它。我见过有些人试图把它给拔出来。最后你得换上一根差不多跟你小指一样粗的导尿管的。直到你的伤口长好。”

雷蒙低头看向自己的下身。

“雷蒙，你得在这儿待上一段时间了。尽量放松点，快点好起来吧。我去给你拿些果冻来。你得试着吃点东西。好吗？”

雷蒙伸手在自己脸上揉了揉。他的胡须又密又硬，完全就是以前的老样子。

“嗯，”他说，“好吧。”

护士拍了拍他的胳膊，那样子似乎带着几分同情。他看护过的人当中，多半有不少人在住院时被警察前来拜访过。他或许比雷蒙更清楚之后会发生什么。

雷蒙躺回到医院薄得可怜的枕头里，准备度过一个漫长而又焦虑的夜晚，然后就在不知不觉间又睡着了。照到窗户上的清冷晨光将他唤醒。他试着听下新闻频道，但主播那些兴高采烈的胡扯反而让他烦躁不安，于是他改而拿机器轻柔的嗡嗡声和远方的报时信号凑合着听。他点算着身体各处的疼痛，琢磨着自己接下来该怎么办。

最开始，他的计划很简单——离开镇子，一直等到那些恩耶们走掉，木卫二人引起的整个风波也已平息。接下来他的计划变成了摆脱奴役，回到镇上，好好地给马奈克和北边它那个巢穴点颜色看看。再然后他打算回来重新开始，把所有的麻烦都丢给自己的双生兄弟，让那个人去琢磨怎么对付警察。而现在，他回到了地亚哥镇，被导尿管限制在床上，等待着警察的到来。相形之下，脖子上插着萨赫尔倒还更有尊严些。

天亮后，繁忙的交通让整个城市都热闹起来。天空中到处都是厢式货机和运输飞车，它们映照着冉冉升起的太阳，将光芒反射到雷蒙的眼中，仿佛水面上的波光。一艘太空梭的引擎那低沉的悸动声告诉雷蒙，它即将冲破稀薄的空气，前往盘旋在上方的船队。从雷蒙这边的窗户看不到太空站，但他知道这种声音意味着什么，就好像古时候的人们知道火车呼啸声意味着什么。

有人在门框上敲了几下，动作轻柔而礼貌，像是在说：我用不着吓唬你。我压根就不在乎你怕不怕我，反正我已经捏住了你的小命。雷蒙转头看去，那人穿着总督府保安队的黑色制服。雷蒙抬起一只手朝他打了个招呼，拖动了那只手上的静脉输液管，让它像海草般晃动起来。

进来的这人年轻力壮，双肩宽阔，下巴结实，胡子刚刮过不久，只有些青色的胡茬。雷蒙之前想象出来的那个追赶着他来到北方的警察简直跟这人一模一样。一个临时虚构出来的角色此刻拥有了真实的肉身。

“你看起来好多了，埃斯佩霍先生，”这个警察说道，“你还记得我们之前的交谈吗？”

雷蒙扯了扯自己身上的塑料病号服。他之前说过什么都不要紧，他那可怜的大脑当时不正常。如果他的故事前后不一致，他可以说自己当时在梦呓之类的。

“抱歉，伙计。我之前状况有些糟糕，你知道的吧？”

“是的，”警察说，“所以我才想来找你谈谈。你不介意吧？”

雷蒙耸耸肩，然后朝病床旁边的小塑料椅比了比。警察点头以示感谢，但没坐过去，而是坐到了床尾。他的体重让床垫朝那边倾斜过去，就好像他产生了些额外的引力。

“我想知道到底发生了什么？”

“你指的是？”雷蒙朝遍体鳞伤的自己比了比。警察点了点头。

“我倒了血霉了，”雷蒙说道，“我北上探矿，我就是干这行的。”

“我知道。”

“噢。嗯。总之，我到了那儿，然后把我的货机停在河边，就挨着个悬崖底下。我是觉得，它可以给我挡风避雨。这也没错吧？然后半夜里，那见鬼的玩意儿垮掉了。足有三四吨重的岩石啊！它把我的厢式货机一家伙就砸到了河里。”

雷蒙双掌一拍，手臂里的针头扯动着他的血肉，那熟悉的感觉让他很不舒服。

“能活着已经算是走运了。”他说道。那警察冷漠地笑了笑。

“你跟人打了一架？”

雷蒙觉得心头一紧。他左边的心脏监护仪泄露了他的秘密，蓝色的LED数字一下子跳到了将近一百。那个警察的笑意几乎都要绷不住了。

“我不知道你在说什么，”雷蒙说，“我还以为你过来要谈的是那场事故。”

“那场‘事故’在你的肋侧留下了一道刀伤，”警察说，“你为什么不跟我谈谈这个问题呢？”

“噢，见鬼。这个？”雷蒙笑着说道，“没有啦，伙计。这是我自己犯了个愚蠢的错误。我从野外工作包里拿出刀子做木筏。总之，我正使劲砍藤子的时候不小心摔倒了。我直接摔到了刀子上。我还以为我死定了。”

“原来如此。没有打架？”

“在那个鬼地方我能跟谁打架？”雷蒙说道。蓝色的数字正在回落。警察看起来不为所动。

“你获救时身边的物品里没有野营包。”

“也许从筏子上掉下去了吧。最后那几天的事情我记不清楚了，我烧糊涂了。”

“你能否告诉我你的货机毁于滑坡时的位置所在？”

“办不到。数据都记在电脑里头，而且那边不是大河主流，是某条支流。”雷蒙随口说道，而要证明他这话纯属胡扯，那要费的工夫可要大到不知哪去了。警察的样子有些恼火了。

你可以把真相告诉他。有个细细的声音在雷蒙脑海深处喃喃说道。告诉他马奈克和优尼亚，告诉他萨赫尔，告诉他另一个雷蒙的事情。你甚至可以给他证据，直接带他们去看那座该死的山，还有山底下的一切。那些家伙把你囚禁在那里，折磨你，几乎要了你的命。你压根就不欠它们什么。你没什么说谎的理由。

可是……对面这人是个警察，而雷蒙是个杀人犯。

还有……去他的吧。

警察咳嗽一声，揉揉自己的下巴。看来他又要换个话题了。雷蒙吸了口气，努力控制自己不做出任何会让监测仪上的读数出现变化的动作。难怪他们想在这里讯问他，而不肯等到他出院。

“你认识一位名叫加斯蒂娜·蒙托亚的女性吗？”警察问道。

雷蒙皱起眉头，寻找着这问题中隐藏的陷阱。他摇了摇头。

“我想是不认识。”雷蒙说。

“她自称‘庆子’，也许你认识用这个名字的她。她是总督的秘书，当时正带着大使四处参观。”

雷蒙想起了国王酒吧里的那个女孩。

“我觉得不认识，伙计。”雷蒙说。

“那约翰尼·乔·卡德纳斯呢？”

“每个人都认识约翰尼·乔啊。”

“他是你的朋友吗？”

“他不是任何人的朋友。我会关注他，就跟你会关注红夹克怪们一样，你明白吗？”

“他名声不是太好，是吧？那，我觉得挺奇怪的，因为我听说他为了保护加斯蒂娜·蒙托亚跟人打了一架。他并不是那种会做出这类好事的人。”

警察话语中危险的气息让雷蒙起了鸡皮疙瘩。

“保护她？谁要把她怎么样吗？”雷蒙问。

“也许是个男人在那种情况下就会保护她，哪怕是约翰尼·乔这样的人。在场的很多人都说跟她一起的那个男的对她做得很过分。他很有权力，或者说，他自以为如此，自以为是个大人物。他在那儿夸夸其谈。庆子大概是想要离开，然后被他扭住了胳膊。这时候约翰尼·乔介入了。”

沉默降临在他们之间，无声地向雷蒙施加着压力。他脖子上原本被萨赫尔插在里面的地方抽搐起来。监测仪在唧唧嗡嗡地响着。雷蒙心想：这家伙什么知道。他们逮捕约翰尼·乔只是为了让恩耶们看到事态尽在他们掌握之中。他在等着我说漏嘴，这样他们就能反手把我抓起来。

“是啊，他这么做还挺古怪的。”

“你觉得他为什么会做出这种事来？为什么他为了保护一个根本不认识的女孩，做出有损自己利益的事？”

来吧，告诉我他是一个什么样的英雄，告诉我他当时是如何保护弱小的。雷蒙揣测着警察想说的话。雷蒙咧嘴笑了。以前的他或许真会掉进这个陷阱。

“伙计，你是搞不懂约翰尼·乔那种人的！你最好就别去费那个劲，明白吗？他就好像完全属于另一个物种。”

警察挪了挪重心，眼中闪过一丝恼怒。

“抱歉，我帮不了你这个忙，”雷蒙说，“我真心希望自己能对约翰尼·乔有更多了解，这样我就能帮到你了。但我们确实没怎么打过交道。也许那家伙惹火了他呢？要惹火他可从来都不难。也许约翰尼·乔这辈子就想做件好事。就算是他那样的坏种，也可能会不乐意看到一个小姑娘挨打。”他和对面的警察对视着，那人的脸色相当阴郁，“还有什么事没？我有些累了。”

警察说：“回头再说吧。你能回到琴手登台镇可真是走运。你在野外居然遇到了那么多事——你的厢式货机被摧毁了，自己把自己用刀子伤成那样。真是难以置信啊。”

他不相信我的话。好啊，去设法证明吧，然后再来找我。雷蒙暗自想道。

“上帝保佑着我。”雷蒙点了点头，那样子就像个虔诚的信徒。

“是的，还没结束。你自己多加小心吧，埃斯佩霍先生。如果我还有什么问题的话，我会再联系你的。”

“我会尽力协助你的。”雷蒙看着警察从床上站起身来，几乎感觉有些惋惜。他喜欢取得胜利的感觉。他们又虚情假意地客套了几句，然后警察就走掉了。雷蒙躺回自己的枕头上，开始琢磨自己的出路。

他们都知道，尽管约翰尼·乔绝非良善之徒，但他并没有杀死那个木卫二人。他就是个替罪羊。不过，就算他没做这事情，哈，天杀的，他还是该被绞死的，毕竟他之前杀了人又逍遥法外都好多次了。整个殖民地的人多半都知道这件事。但警察不会告诉恩耶他们之前在说谎，更不会承认他们把事情搞砸了，他们抓不到真正的凶犯。案件调查已经结束了，只要雷蒙别再搞出什么事情来就行。

那些幼体吞食者也不会在意被处死的人是谁。因为恩耶们并不在乎人类，除非是他们能够派上用场的时候。在他们面前强调殖民地的法律、公正与正义，就像一群狗儿对着抓狗人哀嚎。但总督并不知道这些，他们不了解身边的这些外星人，雷蒙的小命因此得以保全。如果下一回再发生这种事，也许会轮到他成为替罪羊。但这一次，殖民政府将会放他一马。不然他们还能怎么办？

他放下了心头的大石，释然地笑了。他最初的计划成功了。他在荒野待得足够久，所以麻烦已经自行消解了。他现在安全了。他能感觉到。

几天之后，雷蒙才发现自己忽略了一件事情。

第二节

八天后，雷蒙出了院，肌肉萎缩的双腿让他走起来摇摇晃晃的。他身上穿着件白衬衫和一条帆布长裤，是某天下午他睡着的时候艾蕾娜给拿到医院来的。衬衫太大了，肩膀和胸口都松松垮垮的——他在野外和河上这段时间里消瘦得有多厉害，从这点就可见一斑。有时候他转身用力的姿势不对，新添的伤疤还会阵阵作痛。恩耶飞船仍然在高处徘徊。但此刻，他走在街头小贩和吉卜赛小艇之间，走过眼神浑浊、吉他有点走音的街头艺人身边，一时间觉得那些外星飞船似乎也没那么可怖了。

他打算先到曼努埃尔·格里亚戈的店里去。雷蒙需要新的厢式货机。他没有钱直接买下一架，殖民地里也找不出一家银行或者别的什么机构肯给他垫这么大一笔款子。雷蒙只能去曼努埃尔那里去碰碰运气。不过他的店离城区中心很远，挨着隔壁的新热内卢——大部分葡萄牙人都住在那边，而且雷蒙发现自己很容易就累了。他没钱了，兜里只有医院开的一张急救身份识别卡。往后的几天里，他有一堆的破事要处理。现在，他坐在公园边上的长凳上，能闻到流动烧烤摊上香肠、洋葱和胡椒的味道，但什么都买不起。

在某种意义上，这是他头一次看到作为自己第二故乡的这个城镇。他的眼睛以前从没好好看过这里狭窄的褐色街道，以及公园里发黄褪色的草坪。他的耳朵以前从没留心听过家养毛靴兽们讨食的低鸣声，或是从树枝间与河渠边传来的那些两栖松鼠似的塔帕精们的吵吵嚷嚷。雷蒙试图集中精神去体会这种感觉，审视自己的灵魂，找找有没有比往常更强烈的不安或者错位感。但他真正感觉到的只有疲惫、焦躁和恼怒，他虚弱得都走不到自己想去的地方，还穷得连搭个电动三轮或者巴士的钱都没有。

显然，他该去的地方是艾蕾娜那里。他没有别的地方可以去，艾蕾娜给他送了衣服，说明她多半已经不再把雷蒙离开前的那场争吵放在心上了，而且她会提供食物。

他又有点想先去国王酒吧，感谢米克尔·易卜拉欣没把刀子交给警察。但意动之后他再度想起自己此时身无分文，而蹭杯免费啤酒来表达感激，这种方式实在是糟糕至极。雷蒙深深地吸了一口气，鼻子里充满了城市空气中那令人精神振奋的臭味，然后吃力地从长凳上站起身来。他只能去艾蕾娜那里了。

这段路原本并不长，这次感觉却很长。雷蒙走到她公寓底下的那家肉铺时，恍然间觉得自己又跟马奈克一块在丛林里跋涉了一整天。他沿着昏暗肮脏、散发着潮气的楼梯往上爬去，心里有些好奇马奈克对这片宽广、低平、露天的人类巢穴会有何感想。他觉得，外星人会认为这就像几几羊跑到有卓柏卡布拉在晒太阳的草场上吃草一样幼稚。恩耶飞船在高空时隐时现，消失一瞬间便会再次现身。

雷蒙爬到楼梯尽头，用力拍击键盘，输入密码。他希望艾蕾娜没有在他悄悄溜走之后一气之下修改了密码。输入最后一个数字后，指示灯变成了绿色，插销咔嗒一响，房门伴着铰链的摩擦声洞开，于是雷蒙知道，自己已经获得了宽免。

艾蕾娜不在家，不过碗橱里储存着不少吃的。雷蒙打开一罐自热黑豆汤，边吃边喝啤酒。沙发上满是廉价熏香和陈年烟草的气味。午后的阳光把窗上的污垢全都照得一清二楚；飞奔虫在天花板上匆匆往来；肉铺里动物尸骸的臭味污染了房间里的空气。雷蒙躺在沙发上，手脚重得都抬不起来。他暂且让自己闭上双目，然后没一会儿就惊恐地睁开了眼睛。有什么抓住了他，压在他身上，正把他拖将起来。雷蒙举起一只拳头，准备干掉袭击者。不过他迷迷糊糊的大脑马上识别出那刺耳的尖叫声是什么：那是艾蕾娜在欢叫。

“你都没告诉我你出院了！”她的语气半是责怪，半是惊喜。

“他们直到今天才给我准信，”雷蒙说了个谎，“而且告诉了你又能怎么样？你不上班了吗？”

“我会的。要不我也可以找个人去接你，带你飞回家。”

“我能走。”雷蒙耸耸肩说，“路又不远。”

艾蕾娜用手捏住他的下巴，轻轻摇晃他的脑袋，就像雷蒙是个婴儿似的。她的双眼中满是欢悦。

“像你这样了不起的男子汉用不着任何人帮忙，嗯？我了解你，雷蒙·埃斯佩霍。我比你自己更了解你！你其实没那么坚强。”

我可是把自己断指的残桩都给砍了下来。雷蒙并没有把这话说出口，因为做出那事的严格来说并不是他本人。

接下来的几天好得出乎雷蒙预料。艾蕾娜白天大部分时间都在外面工作，留下他在家睡觉，收听新闻。晚上他们就听听音乐，有时会看看新热内卢出品的那些乱七八糟的肥皂剧。他每天都让自己尽可能多走几步，但从不会离开公寓太远，以防突然没了力气。

他的力气恢复得比他预料得更快。他的体重仍然过低，他看上去就像是根细篾条。但他确实在恢复，而且状况越来越好。他向艾蕾娜反反复复讲述自己编的故事。没过多久，他自己都有些相信这个故事了。他记得岩石崩落时的巨响，记得厢式货机剧烈抖动的情形。他记得自己在北方的寒夜中狂奔而出，眼睁睁看着自己的座驾被卷进了河水中。这些事或许并没有真的发生，但那又如何呢？所谓过去不就是你自己所编织的印象吗？

这期间只有一件事让人烦恼。他脑子里有个细小的声音，总在提醒他实际上发生了什么，他听到了什么。凌晨时分，雷蒙总是惊醒过来，然后再也无法入睡。他的大脑一次又一次地反复意识到，他的双生兄弟在这里会更好。他本想回来之后就跟艾蕾娜一刀两断，结果却还待在她这里。

他只能告诉自己，过一天是一天吧。

还有莲娜，像幽灵般萦绕不去的莲娜。他还记得他的双生兄弟讲述那个故事的方式——从头到尾都在虚张声势自吹自擂，只字不提真实的痛苦和失落。他开始渐渐明白，为什么他的双生兄弟要用那样的方式来讲述。雷蒙看清了这一切之后，要迈出那一步就更加艰难了。他一直想着去见格里亚戈，可一直也没能成行。

雷蒙离开医院已经快一个星期了。这一天，他又在拂晓前醒来，被记不起来的梦境所困扰。他溜下床，扯了件罩袍穿上，然后从橱柜后面摸出了艾蕾娜藏在那里的上好威士忌。他喝了三杯酒，又过了快一个小时，终于鼓起勇气，打开电脑搜索她的名字。她确实在那里。莲娜·德尔嘉多，还是厨子，不过现在换了工作地点，就在河边。雷蒙从酒吧踉跄而归的途中恐怕都经过那里上百次了。他有些好奇，莲娜有没有看到过他？如果看到了，她心里会做何感想？艾蕾娜在睡梦中嘟囔着什么，翻了个身。雷蒙关闭了链接。那个荒野中在他心底扎了根的念头如今又在城市里开始生长了。

他之前曾希望变成一个全新的人，也准备要变成一个全新的人。那么现在又有什么不行的？只要抛弃自己过去的名字、面孔和自我，他所做过的一切事情，遭受过的一切痛苦，自然也就离他而去。只要他去做那些必须做的事：离开艾蕾娜，给自己找个新的住处，弄架新的厢式货机，换个方式找到自我——和从前差不多，只不过要更好些的自我。然后，等他发了财，有了家底，在银行里有了存款，他可以给莲娜打个电话，或者，如果他够有种的话，可以直接到她家外面，对着自己爱人的窗棂歌唱。毕竟，他可是雷蒙·埃斯佩霍啊，他是个坚强的混蛋。最糟糕的可能也无非是莲娜会拒绝他，可能会让他黯然心碎，那又有什么大不了的？他完全有实力再去找份新的、更好的恋情。

隔壁房间，艾蕾娜打了个哈欠，在伸懒腰。雷蒙又从威士忌瓶子里偷偷倒了最后一杯，然后悄然无声地把它放回原处。他洗干净杯子，溜进盥洗室刷牙，把嘴里的酒味去掉。如果艾蕾娜发现他没有征求自己同意就偷喝了这瓶好酒，那他就惨了。

“嗨。”雷蒙朝步履蹒跚走进厨房的艾蕾娜说道，她的头发乱糟糟的，下巴有点往前突出，“你应该待在家里，休息一天。”

“今天是礼拜天。”

“坐，”雷蒙说着，指了指桌边由塑料和几丁质制成的廉价椅子，“我给你弄点吃的吧？”

她挤出个微笑，房间里的阴云消散了几分。雷蒙小心翼翼地浏览了下食品储存室里的库存，查看着罐头和包装盒侧面的保鲜期。他感觉有些吃力，他喝的威士忌可能稍稍多了点，不过，只要再坚持一会儿，让那点酒劲过去就好。

他拿出一罐黑豆，两份玉米薄饼，又从冰箱后边拿了些鸡蛋和一大块奶酪。再来点墨西哥青辣椒，就可以做份墨西哥煎蛋饼了。这个只要用一只平底锅就能做好。雷蒙在厢式货机里面做过许多次了，所以哪怕有点醉了，他应该也能做好。

“那么，这回你会在镇上找个工作了吧？”艾蕾娜问道。

“不。”雷蒙说。他从罐子里倒出豆子，落在烧热的煎锅一侧，汤汁随即开始沸腾，吱吱声和啵啵声响成一片。他伸手去拿鸡蛋。“我打算先去找格里亚戈，问他租一架厢式货机。我打算给他一部分分成，然后收入好的话，跑上三四趟，就能把厢式货机买下来了。”

“收入好的话，跑上三四趟……你上次连着三四趟都收益良好是啥时候？有过吗？”

“我有些新点子。”雷蒙忽然意识到他确实有些新想法了，所以这话是真话。他的脑海深处有个计划正挣扎着渐渐成形。也许自从他头一次梦到恩耶，明白了马奈克和他的族人在逃避什么之后，这个点子就在那里了。他笑了笑。

他知道要怎么办了。

“你应该去找份正经的工作，”艾蕾娜说，“找件稳定的事做。”

“我不需要。我是个优秀的探矿人。”

艾蕾娜举起一只手，做出小学生请求发言的架势：“上次你出门回来的时候整条命都丢了七八成，却一无所获。”

“那是撞上了坏运。不会有下次了。”

“噢。你现在是能控制自己的运气了啊？”

“都怪那个木卫二人，”雷蒙边说边给煎蛋翻了个面，“他一直跟在我屁股后面，就跟个幽灵一样。”

“听起来你像是在外头找到了保护神。”艾蕾娜说完顿了顿，她再次开口时，语调不再那么阴阳怪气了，“你找到上帝了吗，我的宝贝？”

“没。”雷蒙说。他往豆子上撒了把奶酪，碾匀，然后让玉米薄饼滑进碟子里。还要煮咖啡，所以他得要些热水。他就知道自己搞忘了什么，“不过我在那儿找到了些别的东西。”

“比如？”艾蕾娜问道。

雷蒙在煎蛋上撒好奶酪和豆子，默默无言地端上了桌，然后开始煮咖啡。他能感觉到艾蕾娜在凝视着他，目光里没有谴责，也没有同情。他有些好奇，她那双眼睛后在运行着怎样的思绪，这个世界对她来说意味着什么？比起马奈克，她要更熟悉，也更好猜测些，但某种意义上她对雷蒙来说也同样是个外星人。雷蒙并不愚蠢，所以他并不相信艾蕾娜。但有种冲动在驱使着他开口诉说。

“比如说，当初我为什么会杀死那个木卫二人？”他说道。

他竭尽全力向艾蕾娜进行解释。他的记忆依然有些如梦如幻。

他们当时喝醉了，这没错。事态失控了，也没错。但走到那一步自有原因。雷蒙尽力又梳理了一遍过程。当时整个酒吧都在和那个木卫二人为敌，而雷蒙就是那只出头鸟。

当时在巷子里的情形他说得很有把握，他清晰地记得那些曾大喊大叫怂恿他的人们纷纷抽身退缩的样子，他忘不了那种失落和遭遇背叛的感觉。雷蒙做了那些人希望他做的事，然后他们因此抛弃了他。

那个木卫二人，那个女孩，那阵笑声，其实都不是关键所在。雷蒙杀死那个人，不是因为那个混球该死，也不是因为那个女孩是他们自家人，而那个人是个外人；他也不是要保护那个女孩免遭殴打，雷蒙那么做，是想让酒吧里的其他人能认同他。他杀人是出于一种需求：想成为某个整体的一部分。

雷蒙摇摇头笑了。艾蕾娜压根没动面前的食物。咖啡热好了，而豆子已经跟桌子一样冰凉。她紧紧盯着雷蒙的双眼，脸上的表情难以琢磨。雷蒙耸了耸肩，等着她开口。

“你为了一个陌生的女孩打架？”艾蕾娜轻声说道。

“不是，”雷蒙说，“并不是那样子的。当时那个女孩确实坐在他身边，但是——”

“你不喜欢那家伙对待她的方式，所以就挑起了打架斗殴。你这个自私的酒鬼！在这里等着你的这个女人，你的女人，又做错什么了？你为什么非得为某个陌生的女孩让自己担上被人夺走小命的风险？”

雷蒙胸中怒气上涌。他告诉了艾蕾娜自己的秘密，将自己的灵魂袒露在她面前，而她就只会把事情往争风吃醋打架斗殴的鬼话上扯。雷蒙是在认认真真地跟她交谈，以真正的恋人之间应有的方式交谈，而他得到的反应就是这些：一通活见鬼的指责！他涨红了脸，攥紧了拳头。

但这股怒气迅速消退，到最后他心里完全谈不上有多么生气了。艾蕾娜把自己的餐盘丢向他，食物哗啦啦溅到墙上，立刻引来了一大群飞奔虫。雷蒙看着这一切，他早该知道的，不是吗？他早就知道，艾蕾娜根本听不懂他的话。就算他竭尽全力用最好的方式来表达自己的意思，艾蕾娜也是理解不了的。他又想起了易卜拉欣曾经说过，就算狮子会说话……

“不会再有下次了。”雷蒙只是在平和地陈述事实，但他的平静看起来让艾蕾娜越发怒不可遏了。他看得出艾蕾娜又要继续咆哮了，于是站起身来，“你不是坏人，艾蕾娜。你只是有点疯狂，但住在这个城市里头的人，我就没见过有谁不会偶尔发点疯的。但这……”

他用手指向正从墙上滴落的食物，艾蕾娜紧握成拳的那双手，又指了指整间公寓。他所指的是他们在一起的生活。

“这一切都不会再有下次了。”他说道。

艾蕾娜竭力想把他留住。她尖声大叫。她对雷蒙大骂脏话，又嘲讽他是个差劲的男人，积习难改。等她确定雷蒙肯定要走的时候，她先是抽泣，然后陷入了沉默，仿佛正在沉思一个难解的谜题。雷蒙带上门的时候她都几乎没有抬头。一个小时之后，雷蒙已经走到了河边，听着船上传来的音乐。他带着个小挎包，里面塞着两套换洗衣服，一把牙刷，还有几份他之前放在艾蕾娜公寓里的证件，这就是他所拥有的一切。阳光在水面上闪耀，清朗的空气充满了初秋的凉爽气息。这感觉就像是重生。他一无所有，但他笑得停不下来。在这附近的某间庭院里，野草丛生，莲娜在独自生活，找到她不会有多难。雷蒙现在已经是自由身。

他还是要先去找曼努埃尔·格里亚戈，解决货机的问题。现在他已胸有成竹。

“雷蒙·埃斯佩霍？”

雷蒙停下脚步，转头看去。那人看着眼熟，但直到看到他身后的厢式货机里冒出来两个身穿制服的打手，雷蒙才想起来他是在什么场合见到过这面孔，听到过这声音。他们是警察。雷蒙考虑了下要不要逃跑。他离河只有几步路，他可以抢在被抓住之前潜入水中。但之后对方也可以开船下水，把他从水里捞上来，到时候他可就成了世上最丢人现眼的“鱼”。雷蒙扬起下巴，算是回应招呼。

“你是那个警察。”雷蒙说道。他心思电转。艾蕾娜！只能是艾蕾娜。一定是她给警察打了电话，把雷蒙跟她讲的关于那个木卫二人的事和盘托出了。

“雷蒙·埃斯佩霍，我手上有份总督发布的执行令，要将你拘留以进行质询。你可以主动跟我们走，要不我也可以强行带走你。任君选择。”

那个警察的眼睛发光，语声愉悦。他今天肯定很开心。

“我什么也没做。”雷蒙说。

“你没被提起控诉，埃斯佩霍先生。我们只是有些事想找你聊聊。”

警察署是地亚哥镇上最古老的建筑之一，还是第一批殖民者抵达后建造的，而且从那之后从未翻修过。几丁质桁架暴露在外的部分年深日久，都变成了灰白色。为了迎接恩耶们，墙上的灰泥和油漆都重刷过，但这栋大楼看起来仍然老旧、凄凉和阴郁，让他有种不祥之感。

对雷蒙来说，审讯室并不陌生。墙上铺着脏兮兮的白色瓷砖，到处都是污渍，还有令人心里发毛的裂纹和凹坑。中间有张长条桌，故意设置得高了一点，配上一张用螺栓固定在地板上的矮矮的金属椅子，好让你坐在上面感觉自己像个小孩。灯光过亮，而且偏蓝，让任何人看起来都死气沉沉。房间闭塞，空气污浊凝滞，仿如墓穴。雷蒙觉得自己进来之后每次吸进肺叶中的空气就从来都没换过。房间里没有时钟，也没有窗户。没有人能告诉他到底过去了多少漫长的时间。陪伴着他的只有个身穿制服的看守，那家伙告诉他不许抽烟。天花板上墙角的位置装着监视摄像头。这里的整个设计就是要让人觉得自己渺小，卑微，已然在劫难逃。这招相当有效。但雷蒙发现，自己对这种设计的憎恶反而会助长他心中的愤怒——对艾蕾娜的愤怒，对警察的愤怒，还有对那个木卫二人、外星人和对他死去双生兄弟的愤怒。这种愤怒并不理性，甚至不符逻辑，但却是他唯一能用来让自己撑下去的东西，所以他有意让它继续高涨。他没有请律师的钱。除了他自己，没人会为他辩护。而他又能提出什么辩护理由呢？说自己喝得烂醉，不记得自己做过什么了？艾蕾娜会非常开心地冲法官目送秋波，说出她所知的一切，彻底推翻这个说辞。说那是自卫？或者是为了保护那个直发女孩？他甚至都不记得究竟发生了什么，关键的细节全都付诸阙如。他还不如干脆声称事情发生时他根本不在国王酒吧——不管所有的证人们会怎么说，也不管重力折刀上的一个个清晰的指纹印。

行不通的。不管怎么看，他都觉得自己是要彻彻底底完蛋了。等到房门开启，外面有语声传来，冲开了混浊的空气之际，雷蒙想，他也许该朝着被派进来跟他谈话的那个倒霉蛋发起攻击，甭管那会是谁。这样至少在他完蛋之前还能给他们造成点损失。如果进来的是个人类的话，他大概就真这么做了。

那头恩耶就像块大石头。它墨绿色的皮肤质地犹如青苔，两只肉坨坨的眼窝苍白而潮湿，里面嵌着黑色的双眼。一张小小的皱褶“嘴巴”——圆形的，没有嘴唇——标志着它的喙所藏匿之处。这东西迈着沉重的步伐走到监控摄像头下的角落蹲下，身上那股酸腐和土腥味随之充满了整个房间。它的眼睛紧盯着雷蒙。在医院和街头两次找上雷蒙的那名警察跟在它身后进了门。这家伙现在没那么得意了，他职业化地瘪着个嘴，衬衣刚刚浆洗和熨烫过，看样子穿着不太舒服。他一只手里提着个黑色的布袋，另一只手夹着根香烟。他后面又跟进来第二个人类，年纪大些，穿得也更好些，看样子是那个倒霉蛋的上司。雷蒙看着摄像头黑色的机械独眼，有些好奇正在那头监视他的又会是谁。

“雷蒙·埃斯佩霍？”那个警察问道。

“应该是吧，”雷蒙说完用下巴照那个外星人一努，“这是？”

“我们要问你几个问题，”那个警察说道，“依总督所令，你必须完整且诚实地做出回答。如果你不照办的话，将会被提起指控，受到惩罚。我刚才说的这些你听懂了吧？”

“我以前就被逮捕过，伙计。这套我明白。”

“很好，”那警察说，“那我们现在可以直入主题了。”

他把那个布袋提到桌上，打开拉链，扯出来一样东西。他用浮夸的动作打开了那样东西。

那是一堆肮脏的破布，没有血迹的地方看不出任何颜色，有些地方已经快碎成布条了。这应该是一块皮革，或者是块厚布。那是马奈克的族人给他的袍子。他看着恩耶那双闪亮的眼睛，那眼神他完全无法理解。

“埃斯佩霍先生，”那警察说道，“你是否乐意告诉我们，你究竟是从什么地方弄到这玩意儿的？”

第三节

它们出现于天晓得有多远的地方。在某颗已为人遗忘的恒星照耀下，它们从某个外星泥潭中诞生，挣扎，奋斗，进化，就像人类从形象大相径庭、在恐龙脚下躲躲闪闪的小型哺乳动物开始，一步步崛起。然后那些银色恩耶来了，杀死它们的幼崽，将它们驱散于群星之间，在黑暗中盲目逃亡。许多族群都已消失。它们逃到了圣保罗星。它们在遥远的北方，把大山拉过来覆盖在自己头上，就像是小孩子用毯子盖住自己。“别让那些妖怪看到我。”

它们熬过如此久远的时间，如此漫长的路程，然后现在只能把一切都寄托在某个自私的蠢蛋身上，而这家伙自身都难保了。雷蒙想到这里几乎对它们有些同情了。

我要把你们都杀了。当初，萨赫尔刚刚嵌进雷蒙血肉中的时候，他曾这样想过。无论如何我会想办法把这东西从我喉咙里挖出去，然后我会再回来，把你们全都杀掉。

现在他真的有机会了。他挠了挠自己的胳膊，虽然那儿并不痒。

“能给我来根香烟吗？”他问道。

“不如你先回答我的问题吧。”那警察板着脸说。

说谎不会让他获得任何好处。马奈克和那群外星人利用了他。它们制造了他，把他当作一件工具，服务于它们自私自利的目的。把它们举报给恩耶，一方面可以清算这笔老账，还可以让他成为总督眼里的英雄，一举两得。告诉他们一切的理由再充分不过了。可在天平的另一端有克异——那些幼体。

但他不喜欢按照混账外星佬的调子翩翩起舞，无论对方是马奈克还是这个恩耶都一样。

“或许你可以告诉我，”雷蒙说，“这东西关你们什么事了？”

高级警官瞅了瞅那头恩耶，瞥了眼监控摄像头，然后收回了自己的目光。

“我们想要了解这东西的来历。”那个警察说道。

“总督对我这件破浴袍感兴趣？”雷蒙说，“他是不是还让你来闻闻我的内裤？少扯淡了。”

那头恩耶说话了。它的声音高亢尖利，而且十分别扭。它在说的语言对它来说远不止是外语那么简单，对它来说这种语言甚至几乎是不可思议的。

“你为何拒绝？”

雷蒙用下巴朝那个警察比了比。

“我不喜欢这个警察。”雷蒙说道。

恩耶琢磨着这话的意思，与此同时它长长的舌头唰唰伸缩，弄得自己身上到处是口水。那个警察的脸气得都快涨成猪肝了，但什么都没说。现在外星人是老大。雷蒙努力让自己的身体放松，同时思绪飞快运转。他的脑海中有一部分满是恐慌，而另一部分却满是不在乎，甚至是愉悦，就像在跟人搏斗的时候感觉一样。

他很享受这种感觉。

“你，”恩耶说道，“叫保罗的那个。”

保罗摆出了一副毕恭毕敬的姿态，就差啪的一下脚后跟并拢立正了。雷蒙嫌恶地摇了摇头。

“你离开。不许回来。”

保罗眨了眨眼，嘴巴一瞬间张得老大，随即用力闭上。他朝自己的上司望去，后者只是耸了耸肩，冲门口点了点脑袋。保罗走出审讯室时，动作僵硬得像是屁股上绑着把扫帚。雷蒙对高级警官抬起一根手指。

“喂，伙计，”他说道，“现在能给我根烟了吗？”

高级警官的人生阅历显然更丰富，他在愤怒中眼角也依然留有一丝饶有兴趣的神情。他从口袋里拿出一根廉价自燃香烟，在地板上擦着，然后转手把点着的烟扔给桌子对面的雷蒙。这烟的味道就像是旧纸板，抽起来简直像在闻屁。雷蒙深深地吸了一口烟，然后开口说话。烟雾从他的嘴里往外直飘。

“那是我的浴袍，”雷蒙用左手指了指那堆破布，“有好些年头了。我的货机不是出事了吗，我那会正在睡觉，身上穿着这个就冲出来了。我还没来得及穿鞋。我脚上现在还带着水泡呢。真是很疼。”

“它是从哪来的？”恩耶尖声叫道。

雷蒙已经编好了要说的谎。他对自己的急智颇感自豪。

“从你们那啊。”他说道。

房间随之陷入沉默。那位高级警官在沉默中把身子往前凑了一厘米。他的声音半像是个慈祥的长辈在亲切地开玩笑，半像是在发出冷硬如钢的威胁。

“小伙子，别得寸进尺。”

那头恩耶前后晃动身子，眼珠子缓缓转动。谢天谢地，它的舌头回到了隐藏的喙中。多年以前的经历告诉雷蒙，恩耶一旦停止舔舐自己，就意味着它被惹火了。

“我是在过来的半路上弄到的，”雷蒙说，“从地球过来的时候。我乘坐了一艘恩耶飞船。有两个你们的人，想学习怎么打扑克。我们当时正好在玩，就让他们加入了。他们打得超烂。有一回我喝醉了的时候，答应一个大块头用这件浴袍来下注，跟我的威士忌对赌。他说那是件战利品，或者是类似的别的什么玩意儿。我记不清了。总之，他的对四对七输给了我的三张Q，于是我就赢来了这么件浴袍。当时它要更大些。我不得不要求他给我把袍子给裁小些，然后才合身。那之后我一直穿着都挺好的。”他停下来又抽了一口烟。“那么，你能不能告诉我，这东西到底哪里重要了？”

一股恶臭弥漫房间，这股类似臭鸡蛋和煮萝卜的味道浓烈得让他的眼睛直流泪。“此个体当被隔离，”那头恩耶说道，它的眼睛仍然盯着雷蒙，但很明显是在朝那位高级警官说话，“不可有通信交流。”

“我们会注意的，大人。”那位高级警官说道。恩耶转过身去，舌头伸了出来，冲着他一阵好舔，作为告别。雷蒙能看得出，警官是在勉强死撑。他挺习惯的嘛，雷蒙心想。不过，他心里的快乐应该是流露出来了一些。等恩耶拖着沉重的步子离开房间后，警官扬起一边眉毛，冷冷地笑了。雷蒙耸耸肩，抽完了手上的烟。他有种预感，很长一段时间内这是他最后一次抽烟了。

两名身穿制服的警察走了进来，把他押送到新的房间。警察局大楼底下的牢房对雷蒙来说并不算是新鲜事物，不过他还是头一次在神志清醒的状况下穿过那里的灰色混凝土走廊。他瞥到那位高级警官一边在用手帕擦着脖子，一边在跟一个表情紧张的高个头男人说着什么。雷蒙过了一小会才认出来，跟他说话的人是总督。就在雷蒙走到那些人的视野边缘之际，那边的第三个人瞧了雷蒙一眼，是那个黑色直发的女孩。雷蒙走下阶梯，心里还有些遗憾自己没能有机会朝她招招手。自从国王酒吧那一晚之后他还没见到过这个女孩呢。

先前那名警察正等在地下牢房边上。雷蒙能感觉到那家伙身上怒气冲冲，犹如热气升腾。他觉得心口抽紧，口干舌燥。两名押送者按住他，警察悄然无声地接近，好似一只靠近猎物的猫。

“我知道你在说谎，”那警察说，“你以为你能用货机失踪之类的鬼话骗过我们？”

“你到底觉得我在隐瞒什么？”雷蒙说，“你觉得这是什么了不得的大阴谋的一部分？我在荒郊野外损失了全部身家，差点死掉，然后这全是为了一件破浴袍？”

警察走上前来，死死盯着雷蒙。他呼出的热气喷到雷蒙脸上，闻起来有胡椒和龙舌兰酒的味道，让人很不舒服。他比雷蒙高出五六厘米，靠近之后就让这点显得尤其明显。雷蒙不得不抑制住自己本能的冲动：抽身后退，避开这个愤怒的大块头。

“我不知道你在隐瞒什么，”这个警察说道，“我也不知道那些爱自舔的大石头们在意的是什么，但我知道杀死大使的人不是约翰尼·乔·卡德纳斯。那么，你能不能给我讲讲，这到底是怎么回事呢？”

“我也没有头绪啊，伙计。所以，你能不能让一下，别挡我的路了。”

警察的嘴角扭曲，露出个半是讥讽半是愉悦的笑容。但他还是退到了一旁，对一名看守点了点头，说道：“把他关进十二号房。”

看守点点头，推搡着雷蒙往前走。雷蒙感觉仿佛走在一个特厚实的风雨棚底下，周围都是钢筋混凝土，还有未经粉刷的复合材料房门和铰链。雷蒙顺从地被推过两条过道的交叉口，然后又走过一段走廊。空气浑浊不堪。某间牢房里，有个可怜的家伙正在哭喊，声音大得都传到外面来了。雷蒙尽力忽略那个声音，但他的心口揪得越来越紧。他要在这地方待多久？谁会来帮他辩护？

没人会来帮他。

十二号房的门无声打开，雷蒙走了进去。这是个小房间，但并不太狭窄。两边墙上各有两个上下铺，房间正当中有个敞开的坑洞，用作厕所。白色LED灯嵌在天花板里头，罩着一层防弹玻璃。玻璃里面被人刻上了些文字，但灯光太亮，雷蒙看不清到底是什么。门关上了，电磁门闩发出一声闷响后锁紧了。其中一个下铺上有个男人翻过身来，看着雷蒙。这人块头很大，肩膀很宽，头皮上布满了水平低劣的刺青，太阳穴旁薄薄的鬓角略有些发白。他的眼神就像只疯狗，雷蒙被吓得腿软。

“嗨，约翰尼·乔。”雷蒙说道。

看守们一直等到约翰尼·乔差不多快要打死雷蒙时才

把他带出牢房，半拖半拽地把他弄进了另一间囚室。雷蒙躺在混凝土地板上，感受着自己的呼吸。他的嘴里满是血腥味。他的胸肋很疼，左眼完全睁不开了。他觉得自己有好几颗牙都松了。这间牢房里的灯没开，所以感觉非常像是身处墓穴，又或是外星人的大水缸。想到这里他吃吃笑了，然后因此带来的剧痛又让他再度发笑。

他克服了那么多的困难，承受了那么多的痛苦，到头来却只能在总督的警察大楼的一间地下牢房中慢慢腐烂吗？而且这又是为了谁？那帮羞辱他、利用他的外星人？他又不欠它们啥，雷蒙对它们没有任何义务。那些被恩耶屠杀的是克异，又不是人类的婴儿。它们并不重要。只要雷蒙把秘密说出去，他就可以离开了。他可以去找莲娜。也许还会给老马丁·卡苏斯发条信息，告诉他自己多么抱歉，告诉他自己明白为什么当时马丁想要杀死自己。他可以坐在河边，听着河水拍打码头的石块。他可以再去弄架厢式货机，飞到没有人类、没有外星人也没有监狱的地方。他所要做的只是把秘密说出去。

他用手肘撑起身子。

“我会告诉你们的，”他的声音低沉而嘶哑，“来吧，你们这些蠢货。你们想知道在野外发生了什么，我会告诉你们的。我会说的。只要放我出去！”

没人听到他的话。牢门没有打开。

“只要放我出去……”

他精疲力竭地在地板上睡着了。他梦见他的双生兄弟也在这间牢房里，抽着根香烟，吹嘘着雷蒙压根不记得有过的传奇。他拼命朝那个人大喊，说他们处于危险之中，必须要逃走，然后他才想起来对方已经死了。他的双生兄弟时不时还会变成马奈克或者帕伦奇，说着木卫二人的事情。雷蒙打断了他们，用思维而不是用语言表示抗议，说这种事根本就没发生过。

“你怎么知道？”他的双生兄弟问道，“你又不在场。你是谁啊？”

“我是雷蒙·埃斯佩霍。”雷蒙大声叫喊，把自己给喊醒了。

在黑暗中，监狱的地板睡起来感觉比在野外直接睡石头还要硬。雷蒙晃了晃自己的头，把睡梦最后的几条触须也晃出脑海。他勉强让自己坐起身来，盘查自己的伤情。最后他判定，自己的伤势只是让他很痛，但并不致命。一时间，他满心都是自我厌恶——为了他的软弱，他居然愿意跟警察合作，尤其还是在那些家伙对他做出这种事之后。

马奈克和那些外星人像对待猎犬一样给他套上了项圈，但它们可没仅仅为了取乐就把雷蒙跟个心理变态的家伙锁在一块。这种事只有人类才做得出。

“我会杀了你们这些王八蛋的，我总会想出办法，逃出这里，然后把你们这帮可怜的蠢物一个个宰掉！”

这话连他自己都不信。牢门打开的声音让他惊觉自己又睡着了。那位高级警官走了进来，走廊里的灯光在他身周映照出一道光环。雷蒙的双眼渐渐适应了光亮，看到了那人混合着无可奈何和兴趣盎然的表情。

“你看起来气色不怎么好啊，埃斯佩霍先生。”

“是啊。嗯，你也可以去跟约翰尼·乔·卡德纳斯来上十个回合，然后看看你会怎么样。”

房门关上，天花板的灯亮起，只留他们两人在房间里。

“我不会有事的，”警官说道，“他今早已经被吊死了。你要来根烟不？”

“不了，”雷蒙说，“我戒烟了。”说完之后，没一会他又伸出了自己的手。那位警官在雷蒙身边蹲下，在地板上划着一根烟，递了过去。

“我还叫了些吃的送过来，”那人说道，“保罗的事我很抱歉。有人羞辱他的时候，他的反应总是不太得体。更何况那个恩耶也站在你一边，总督还看着监视器，因此他就反应过度了。”

“你把这叫作‘反应过度’？”

警官耸了耸肩，一副久经世故的架势。

“总得有个叫法吧，他们会从方方面面下手，把你讲的故事拆个透的。我只是想告诉你，雷蒙，结局是注定的。”

“我干吗要撒谎说我的货机被——”

“压根就没人在乎你的货机。恩耶只是对那件袍子非常感兴趣。它是某种外星古物。”

“我本来就说它是的啊！”

警官对他这句话充耳不闻。

“如果你在隐瞒什么，我们会弄清楚的。总督不会帮你的。他知道是你杀了木卫二大使，哪怕他不会承认。而警察们……嗯，我们，如果总督不想帮你，我们也没办法。不管那究竟是什么，恩耶反正要抓狂了。他们想要我们把你交到他们手里去。”

雷蒙把烟深深地吸进自己的肺里。他呼气的时候，能看到走道里有股微弱的气流吹来，兜住房间里的空气，辗转回旋。烟雾让空气之流显出形体。

“你在替他们谈判？”

“我是说，如果你讲出他们想要知道的事，情况就会好得多。毕竟，他们才拥有决定一切的权力。”

雷蒙把自己的下巴搁到膝盖上。一段记忆汹涌而来。最开始是一阵女人的笑声，从一片柏青哥机子声中传出。雷蒙身处国王酒吧之中。记忆清晰起来：到处都是烟味，酒吧里的光线柔和而昏暗。他想起自己手里拿着玻璃杯，用指甲敲上去时会叮当作响。吧台后面的镜子看起来灰蒙蒙的，部分是因为灯光昏暗，部分是因为多年下来沉积在上面的一层烟垢。酒吧里在放着音乐，但声音很轻，因为没人出钱把扬声器的音量调大到可以随声起舞的程度。“这事关权力。”那个木卫二人说道。他的声音太大了。他喝醉了，但其实更多的是在借酒装疯。他的口音很重，带着鼻音，“你懂我的意思吗？跟暴力不同。不是身体上的暴力。”

他身边的那个女孩环顾酒吧。这里头大概有二十来个人，所有人都能听到她和她那位木卫二“护花使者”之间的对话。她和倒映在镜子里的雷蒙一瞬间目光交错，然后她的视线就移开了。她笑了起来，对木卫二人的话不置可否。那家伙还在继续，就好像她做出了回答似的，就好像她的观点无论如何都会证明自己的论点。

“我就以你为例吧。”他边说边把手放到了女孩的胳膊上，“你跟我出来，是因为你别无选择。不，不。别否认，没关系的。我可是个见过世面的大人物。我明白的。我是到访此地的要人，而你的老板希望确保我玩得开心。这就让我获得了权力，你明白了吗？你陪我来到了这个酒吧，不是吗？”

那女孩嘴型僵硬地挤出一个笑容，又说了些什么，只是声音太小，雷蒙听不到。

“不管我让你干什么，以你的处境，你真的有权拒绝吗？你可以说不，是吧？你可以说你不想这样。但然后我会让你被开除。就像这样。”他打了个响指，露出冷酷的狞笑。

雷蒙小口抿着自己的酒。这威士忌里似乎水太多了。不过毕竟他听那个木卫二人说话有一会儿了，杯子里的冰都已经化得只剩些指甲盖似的椭圆形薄片了。

“说真的，你能怎么样？我拥有对你为所欲为的权力。这并不是因为我是好人，而你是个坏人。这跟道德毫无关系。”

坐在那里的女孩现在一动不动了。她的脸上还有笑容，但显得十分勉强。柏青哥机子停了下来。酒吧里的其他人都不说话了，但那个木卫二人毫无察觉。或者其实他注意到了，但这正合他的心意：让所有人都听到他的话，都知道他做了什么。雷蒙的视线对上了米克尔·易卜拉欣的，他弹了下酒杯边缘。酒吧老板没说什么，只是给他加了些酒。

“这完全是因为权力。”木卫二人放低了声音。恰在此时有一阵贝斯的音乐响起，女孩笑了笑，把自己的头发往后捋——一个代表紧张的姿态。“你明白我对你说的这些话了吗？”

“是的，”女孩说道，她的声音更尖了，“确实如此。但我想，现在这个时候，我该——”

“别起来。”木卫二人说道。他并不是在请求。

真恶心。有人小声说道。雷蒙喝光了他的威士忌。这是第四杯，也许是第五杯了。米克尔有他的信用信息，如果他的钱花光了，米克尔会直接把他赶出酒吧。雷蒙把空杯子放到吧台上，然后小心翼翼地把双掌按到台面上，盯着自己的双手。如果他醉得太狠，就会觉得那不像是自己的双手。现在看起来还像，这说明他还够清醒。他看向前方，看到了镜中蒙眬的自己。他看到自己脸上略带笑容。那女孩大声笑了起来，笑声里没有欢乐，只有恐惧。

“我希望你说你‘明白了’，”木卫二人说道，他的语声低沉，“接下来我希望你跟我走，让我看到你对我那些话有多认同。”

“喂，蠢蛋，”雷蒙说，“你想要人认同你的权力？不如你跟我一块出去，然后我会把你臭扁一顿。”

木卫二人吃惊地转头看向他。一时间，酒吧陷入了完全的沉默之中。然后整个酒吧恢复了生机，所有人都在大声欢呼。雷蒙看到了那一刻木卫二人眼中的恐惧，看到了随之而来的狂怒。雷蒙把袖管里的刀子摆好位置，咧嘴笑笑。

“你在笑什么呢，孩子？”警官问道。

“我只是想起了一些事情。”雷蒙说。

然后好一阵子，他们都没说话。警官弯腰凑近雷蒙，那姿势就好像他也是困在同一间牢房里的囚犯似的。

“你会改变供述吗？”他问道。

雷蒙狠狠地吸了一大口烟，然后徐徐吐出一道灰色的烟柱。他脑子里想到了六七种插科打诨的回答。他可以用这样的回答来向他们证明，雷蒙不怕他们，也不怕那些外星人。最后他还是选择了只说一个字：“不。”

“决定权在你。”警官说道。

“吃的还是会送过来吧？”

“当然。以及，为了你自己好，你还是再考虑下吧，要快。保罗已经想出了向恩耶证明你满口胡话的办法了。接下来，一旦他们要求把你带回他们的飞船上，那你就得去。然后，你就死定了。”

“谢谢警告。”雷蒙说。

“小事一桩。”警官说道。从他的口气可以明显听出这对他来说真的不算什么。无论从哪种意义上都是。

第四节

囚室中的时间让人感觉十分怪异。黑暗让他觉得被人抛弃，为人遗忘。LED灯亮起之后，雷蒙又有种被人时刻审视的感觉。冷彻的灯光让囚室中的每一处脏污、划痕和缝隙都暴露无遗。雷蒙研究了下自己身上的伤，最终得出结论：虽然他得疼上好几天，但他会好起来的——如果恩耶们让他好起来的话。

有不少传说都讲到胆敢违逆那些运输飞船的船员之人会有怎样的下场。官方对此一概加以否认。雷蒙自己也听说过不少，他相信其中一部分，不信另外一些。在他抵达殖民地之后，这些故事就被置于跟鬼故事同样的地位了。

它们怪诞离奇，提供令人愉悦的惊吓感，但并不值得花时间深思。不过现在，他有些好奇了。如果那些家伙带走他，他还能坚持保守秘密吗？

如果恩耶可以把秘密从他身上榨出来，那他为马奈克保守秘密就没有任何意义了。无论雷蒙是主动提供情报，还是被迫说出来，之后的大屠杀都不会有丝毫区别。当然了，雷蒙本人的下场就不一样了。

不过话说回来，他可是块茅坑里的硬石头。所以，就算它们竭力想要打破他的心防，也许他还是能坚持住。究竟如何，不试试看是没法知道的。

雷蒙突然想到，究竟是从何时开始，他不再把马奈克和大山底下的那些外星人当作自己的仇敌。他曾经对自己发誓，要为它们加诸自己的种种侮辱而把它们杀个精光。而现在，他却在这里琢磨着自己能不能坚强到可以在有必要的时候为保护它们而死。这观念的变化不可谓不大，但他却说不清到底变化发生在何时。他也不知道为什么现在的感觉跟他在酒吧里为那个女孩仗义执言的时候那么相似，更不明白在想到自己有可能会遭受刑讯和杀害时，为什么心中居然并没有充满强烈的恐惧。

不过，他对上那个木卫二人的时候，也并没有生还的保证。他死在那条小巷中的机会跟杀死那家伙的机会是一样的。结果并不重要，重要的是成为能够做出这种事的男子汉。如果非要问意义何在，那么他觉得这就是了。人值得为此而生，也值得为此光荣赴死。还有，也许他就是钟爱为这种注定失败的事业而奋斗。

不过也有些时候——每次的时间还挺长的——雷蒙觉得只要这会有人来问他，不管是谁，他就会把什么都告诉他们，只要他们肯放他出去就好。随着时间流逝，他逐渐算出了马奈克的秘密被保住的机会，大概六成左右。具体要看来人的时候，他正处于英雄主义和贪生怕死的反复循环中的哪个阶段，还要看那帮人会不会惹火他。

房门打开，看守们和那位警官一起走了进来。警官换了套制服，所以雷蒙推测自从他被拖进这间牢房之后，至少已经过了一天了。看起来合情合理。

给他戴上镣铐之后，看守们就把他夹在中间——一前两后，每人都手拿开关打开、电量充足的电警棍——押送到了一个小会议室里。这房间布置得很好，完全没有警察局大楼其他部分都有的那种屠宰场般的感觉。有头恩耶靠着一面墙站着，正自得其乐地用它灵巧的舌头在自己身上飞快地舔来舔去——它要么就是上次那头，要么是跟那头长得足够像，能骗过雷蒙的眼睛。总督也在房间里。让雷蒙惊讶的是，上次在酒吧里那个女孩也在。警官让看守们将雷蒙带到一张用螺栓固定在地上的椅子旁，然后把他铐到了椅子上。总督看着雷蒙，带着几分厌恶的眼神在刁钻地对他进行评估。那女孩朝他瞥了一眼，那样子似乎感觉无聊透顶，然后就继续埋头看着自己的数据屏。

这全是你的错。他在心中默默冲着那女孩说道。如果你当时能挺身而起维护自己，而不是依靠我们来替你战斗的话，我就不会落到这种活见鬼的境地了。

“好了，”总督说话的声音听起来有些恼火，“我们能快点结束吗？”

“他们刚把那女人带到审讯室里，长官。”警官答道。

“带谁？”雷蒙问道，“现在这是怎么一回事？”

“我之前告诉过你的，孩子，”警官说道，“这就是终局了。”

墙上有块显示屏啪嗒响了一下，然后在嗡鸣声中亮了起来。那个可憎的狭小审讯室出现在屏幕上，角度倾斜得厉害，让人看得很不舒服。他能看到警察保罗的脑袋，还有脑袋上开始出现谢顶的那些区域。在那家伙的前方，艾蕾娜正满脸不耐烦地摆弄着一根香烟。雷蒙干咳了几声。

“喂！喂，等会。不能这样啊！我刚刚跟她分手。这女人是个疯婆娘！她说的话没一句可信的！”

总督朝那位高级警官瞥了一眼。那头恩耶打量着雷蒙，形如牡蛎的湿润双眼似乎在忽闪眨动。

“埃斯佩霍先生，”警官开了口，“需要列席引渡听证会的人包括总督，一位外部政权的代表，一位警方的代表者，还有被告，也就是你。没有哪条规定里写着被告有权发言。为了尊重你身为公民的权利，你现在还有机会，把你的嘴巴闭上，趁我还没有把它给塞上之前。明白了吗？”

屏幕上，那个警察和艾蕾娜正在走程序——确认她的姓名和地址，以及她是否认识雷蒙·埃斯佩霍。

“可她是个谎话精！”雷蒙说。他都能听得出来自己声带哀鸣，这简直让他无地自容。

“我认识那个混账七年了。”屏幕中的艾蕾娜说道，“他每次到城里来，就跟我住在一起，吃我的食物，在我家地上乱扔垃圾，全要我收拾。我甚至还得洗他那些破衣服。是不是很难以置信？我工作一大堆，然后还得用自己的下班时间来保证这个懒骨头有干净袜子穿！”

“那么，在你看来，你和埃斯佩霍先生之间的关系属于亲密关系吗？”

艾蕾娜瞥了一眼警察，然后低头看着地板，耸了耸肩。

“我估摸……”她开口说道，“我的意思是，是的，我们是有亲密关系。”

“在你和埃斯佩霍先生在一起的这段时间里——你之前是说有七年了吧？你经常为他洗衣服？”

“千真万确。”艾蕾娜说。

“她从来没——”雷蒙刚开了个头，警官就又摇了一次脑袋——左，右，停——动作里蕴含的威胁之意让雷蒙安静了下来。

“在这段时间里，”警察说道，“你有没有看到过这件衣物呢？”

他用夸张的动作展示出那件袍子。雷蒙看着那头恩耶，它的目光紧盯着屏幕，舌头动个不停，在嘴边飞快地伸缩，排列在它身体边缘的黄绿色纤毛在一个劲地蠕动，就像无数的小毛毛虫。

我得把事情告诉他们。雷蒙想道。真见鬼，我得赶紧告诉他们，抢在他们把我交给那头怪物之前。那些二手影像又在他的脑海中沉浮不定——银色恩耶们一路大肆屠杀。它们会使用什么样的手段折磨人类的躯壳，挤出信息？雷蒙所要做的仅仅是开口说出几句话，判马奈克和他的族人死刑。这能有多难？

“这堆破布？”艾蕾娜说，“每回洗完澡，那家伙都把它丢在洗澡间的地板上。你知道为什么吗？因为他觉得我是他的免费女佣！我告诉你，没有他我过得好多了。把他一脚踢出去是我做得最对的事情了！”

雷蒙的恐慌让他耳目失聪，所以他过了一会儿才明白艾蕾娜那些话意味着什么。他转头面对屏幕，下巴都快掉下来了。审讯室中寂静弥漫。那警察动了动嘴，似乎想说什么，但一个字也没说出来。艾蕾娜在自己身上抓抓挠挠，那样子真是有碍观瞻。雷蒙转过头去。那些全是鬼扯。艾蕾娜不可能见过这件袍子，就算在他出院回去之后也没见过。她在说谎，而且说的正是能救他命的谎。他完全搞不懂这是怎么回事。

“你确定吗？”那警察问道，听起来他有些懵了，“请再耐心仔细地看一看。你确定你见过的衣服就是这一件吗？”

“是的。”艾蕾娜说。

“但在你的证词里，你说的是埃斯佩霍先生没有袍子。”

“这本来就不是袍子啊，”艾蕾娜说，“袍子的话，应该能往下盖住脚踝才算。这件只能将将遮住他的膝盖。这应该说是罩衫才更准确。”

“那这件罩衫……”那警察说着说着声音越来越小。雷蒙几乎有点可怜这个小傻瓜了。他还有什么可说的呢？

“我头一次遇见他那会就在了，”艾蕾娜说，“我总叫他扔掉这块破布，可他听过我的话吗？一次都没有。无论什么事，他一次都没听过我的。”

警察只说了声“呃——”，然后，他近乎绝望地又问了一遍：“你确定？”

“我看起来像个傻瓜吗？”艾蕾娜皱起眉头问道。

雷蒙心里的石头不翼而飞。他整个人都有种不真实的感觉。有人去找了艾蕾娜。有人在她作证之后，这次讯问之前去找了她，把救出上了烤架的可怜小雷蒙的方法教给了她。他不知道这花了那人多少钱？以他对艾蕾娜的了解，多半不是个小数目。

站在总督身边的那个直发女孩朝他看了一眼，面无表情。

雷蒙意识到，外星人的麻烦在于，它们永远也无法真正理解人类与人类进行交流时可以运用的种种微妙方式。就算说上一个世纪，雷蒙也永远没法给其他任何人解释清楚，那女孩是如何通过把下巴扬起个几毫米，就同时传达出“不客气”“谢谢你”，还有“我们扯平了”这三重含义的。雷蒙觉得，那个木卫二人的灵魂现在应该被困在某处地狱当中，正为雷蒙逃脱了惩罚而愤怒地号叫。

屏幕里那个警察狼狈不堪地又提了几个无关痛痒的问题，然后便结束了询问。总督在自己的数据板上按了一下，墙上屏幕中的画面消失了。雷蒙用手拍了拍大腿，努力装出不耐烦和愤怒的样子，掩饰自己心中的喜悦。

“那，你还想塞住我的嘴巴吗？”雷蒙问道，“你明白的，我也不想表现得不可理喻。但现在你们这帮混球把我关起来，把我打得屁滚尿流，还试图把我交给那边的一大坨鼻涕虫。能不能有人来给我解开这些该死的镣铐啊？好让我去找个律师问问，我可以找你们起诉赔偿多少钱？”

“他的陈述前后一致，”恩耶用嘀嘀嘟嘟的声音说道，“我们对他没有兴趣了。”

雷蒙这辈子从没有这样为别人对他不感兴趣而衷心喜悦过。在他办理出狱手续的当间，总督和他的秘书还有那头恩耶都离开了房间。那位警官效率很高地给他搞完了整套表格和流程，虽然他一直显得百无聊赖，但他还是持续关注着整件事，说明他希望不会再出什么幺蛾子。还没过一个小时，雷蒙就迈步走向外面的街道了。他身上的衣服比进去之前更破烂了，但还是和先前一样笑得合不拢嘴。他停下来冲着警察局大楼门口阶梯的底下吐了口痰，然后大步走向城中。但走了快半个街区之后他意识到，自己根本无处可去。

他之前是在去见莲娜、为自己开创新生活的路上，而今他离目的地步行大约要两个小时，手上还带着羁押用的身份识别腕带。跟约翰尼·乔共处的那段时间让他身上到处又青又肿，根本走不了长路。他往前继续走了一段，来到了一个公共广场——小得可怜，被笼罩在一片行政综合体的阴影下。他在一张长凳上坐下，不过只坐了几分钟。他不希望被警察骚扰，而且他觉得自己现在看起来像是个无业游民。

他没有家，也没有工作。他一无所有，只有个半吊子的自我改造计划，还有一个不能告诉任何人的秘密。高天之上，恩耶飞船在时隐时现地闪动，低低笼罩在城市上空的混浊烟气让它们的形体显得朦朦胧胧。太阳很快就要下山了，之后亮度足以突破城市的灯光掩盖的那少数星辰就会现身。雷蒙把双手插进兜里。

现在看来，去找莲娜的想法恍如一梦。那只是他酩酊大醉时的妄想，在他理智恢复后就能发现其中的荒谬。他挣扎着试图想出该对她说什么，要如何证明面前这个被打得鼻青脸肿、一文不名的家伙，一个没有厢机、甚至无家可归的探矿人会是个有价值的人？更何况他刚刚从警察局的牢房中走出，身上多半还带着里头的味道。他已经成为新的“约翰尼·乔”，上了日常被怀疑的对象榜单，下次总督需要有人为某件棘手的无头悬案顶罪的时候，他就会被拉过去。他知道莲娜看着他的时候，会看到什么。

她只会看到雷蒙·埃斯佩霍。

他走到那间肉铺的时候，还是黄昏时分。肉铺打烊了好久了，门窗位置都拉上了铁栅栏。他沿着大楼侧面的楼梯往上爬。艾蕾娜的套间里还亮着灯。他在楼梯顶部的昏暗区域伫立良久。巷子里有猫——从地球输入的另外一个物种；动作轻盈的蜥蜴们蹿上墙头，展翅飞翔。巷子里血液的腐臭味跟柴火烧出的烟气和厢式货机排出的废气混合在一起，这正是地亚哥镇的味道，刺鼻而熟悉。“大女孩”高挂在夜空之中，正从天上的云层后窥视着他。鼓乐和号声从远方传来。

他敲了敲门。

艾蕾娜打开房门时，雷蒙能看出她眼神中的疑惑。他来这里有无数种可能的原因：来说声谢谢,来拿回他忘在这里的东西，然后再度离开。或者来住下。每一种原因都有各自相应的打招呼方式，而艾蕾娜不确定该用哪种。雷蒙也一样。

他最后说了声“嗨”。

“你看起来糟透了，”艾蕾娜说道，“那些警察干的？”

“弄脏他们娇贵的手？不，他们找了个人替他们干。”

艾蕾娜双臂交叉，抱在胸前。她没有让到一旁。

“你也把他打得跟你一样惨吗？”她问道。

“他死了，”雷蒙说，“我没杀他，所以并不会有什么麻烦。但他在那里是因为我，然后警察杀了他。我想，这就意味着是我赢了。”

“茅坑里的硬石头，”艾蕾娜这话半是在嘲笑，但也只有一半，“站在你对面可真是危险。”

一艘轨道太空梭断断续续地喷着火飞入夜空。雷蒙笑了，这动作让他眼睛周围有些疼。艾蕾娜低下头，冲着他的膝盖羞涩地笑了笑，往后退开。雷蒙走进房间，带上了身后的房门。艾蕾娜已经做好了秋葵烩饭，满满的一大盆。雷蒙坐到桌边，等着艾蕾娜给他盛了一盘。

“你真棒，”他说道，“我是指对付警察，说那玩意儿其实是罩衫的那招。”

“你喜欢？”艾蕾娜说，“那是我的点子。”

“真的很棒，”雷蒙说，“唯一的遗憾是，摄像头的角度让我没法看见那家伙的表情。”

艾蕾娜露出个大大的笑脸。她给自己也盛了一碗饭，然后坐下。他们周围的氛围似乎就像一层薄薄的玻璃般一触即碎。雷蒙清了清嗓子，但之后又感觉无话可说，于是就喝了一大口秋葵浓汤。味道不怎么样。

“来找我谈话的那位有钱的女士，”艾蕾娜说，“就是国王酒吧里的那位？”

“对，”雷蒙说，“就是她。”

“她似乎挺不错的啊。”

“我不知道。我从没跟她说过话。”

艾蕾娜眯起了双眼，抿紧了嘴唇。雷蒙能感觉到她身上的怀疑犹如热浪，喷薄而出。他摇了摇头。

“真没有，”他说道，“那女人一个字都没跟我说过。我知道她的名字都是因为有个警察对我说了。”

“为了一个连话都没跟你说过的女人，你就跟别人动刀打架？”艾蕾娜的语气听起来还是不相信，但并没有生气。

“哦，其实他不知道我要动刀子。”雷蒙说道。

“你真是疯了。”她说。

雷蒙笑了。艾蕾娜也和他一起笑了。气氛紧绷的那一刻过去了，他们之前的那次冲突，如今看来只是又一次冲突而已。他们过去冲突过千百次，未来也还会有千百回，那只是其中一次，毫不重要，不值得铭记。雷蒙伸手过去，和艾蕾娜紧紧相握。

“我真高兴你回来了。”她说。

“我就该在这里，”雷蒙说道，“我有一阵子觉得我是另外的某个人，但这里才是我的归宿。你明白吗？我身为雷蒙，但又不是雷蒙。那是奥布雷。”

“这词是什么意思？”

“见鬼，我要知道就好了，”雷蒙龇牙咧嘴地说，“我有个朋友以前经常会说这种词。”

第五节

十月的一天，天气晴朗，空气清爽。雷蒙的厢式货机的升力管在呜咽，后面那对当中有一根还时不时推力不足。如果雷蒙不时刻留神的话，他就会在西马隆地区上空慢慢绕出一个巨大的圈子，直到他的燃料电池能量耗尽。那样他可就真惨了。要知道在这偏远的北地，冬天的夜晚来得格外的早。他本想打开自动驾驶，去小睡一会儿，现在却只能趴在仪表盘前，反复运行诊断程序。他不断告诉自己，他在租来的五流厢式货机上的日子就快到头了。等这段旅程结束以后，再有个四五次好收益就可以了。

恩耶们在圣保罗星上又停留了两个月。太空梭升入天空，又俯冲而下，最频繁的时候一天能跑个十来趟。日复一日，雷蒙感觉待在城里是越来越难熬。最近受的那些伤好了几分之后，离开城市奔赴荒野的冲动就再度袭来。他胸中的郁结越来越沉重，对周围人的耐心也越来越差。还有件雪上加霜的事：他不敢再痛饮消愁了。

警方时刻盯着雷蒙。他只要去商店，就能在附近看见个鬼鬼祟祟、身穿制服的家伙。他偶尔去酒吧的时候，每次要不了两分钟就会有个警员凭空冒出来。他两次被拖进局子里进行讯问，问的都是些跟他没有丝毫关系的小偷小摸之类的案子。两次的案发时间他都有连警方也只能认可的不在场证明。但这意思够明显了，他们希望他离开。雷蒙也想顺他们的心意。他本该早就动身离开了——如果不是没钱的话。

所以他只能留在家里，偶尔喝几口艾蕾娜的威士忌。陶然之际，他会连上艾蕾娜家的网，为某些已经没啥意义的问题从公告栏和纪录中发掘出答案。于是他得知马丁·卡苏斯已在三年前死于一次船难，而莲娜已经结了婚，生了个小孩。他还从网上发现那个木卫二人的名字叫作多利安·安德烈斯，那家伙前来是为了一个这代甚至下代人都不会签署的协定。现在，协议文本已经在送回木卫二的路上了，他们只能指望这个流程不会再拖上个成百上千年了。星际空间太过辽阔了，这种协议的作用很难有政治家们指望的那么大。

他还在网上看到了恩耶动身离开的消息。这些幼体吞食者们已经完成了货物交易，准备前往下一个殖民地去寻找它们的猎物——这颗行星上的男男女女当中除了雷蒙之外没有任何人知道这一点。它们按计划离开的那天下午，圣保罗星人在市中心又举办了一场盛大的嘉年华，向其致敬。但雷蒙没去现场，而是拿了两瓶啤酒，独自一人爬到艾蕾娜公寓楼的屋顶上，看着飞船离开。飞船引擎发出的最后一片光芒也隐没在深蓝色的天空中之时，雷蒙朝它们挥了挥拳头。滚蛋吧，混球们！

初雪落下之际，艾蕾娜的坏脾气也复归了。有一天，她下班回家时不知为什么事很恼火，然后就开始冲着雷蒙撒气。雷蒙想让她停下，结果艾蕾娜抽出一把刀子，并朝他大喊大叫。不过，最后没人受伤，所以这事其实也不大，只是给了他额外的动力，让他终于下决心动身前往曼努埃尔·格里亚戈的废品回收站，着手去再弄一架厢式货机。他为此已经做好了周全得不能再周全的计划。

格里亚戈表现得颇为强硬。他反复追问雷蒙为什么之前没给自己的厢式货机多投点保险。他声称雷蒙这是要求他把自己的设备托付给一个疯子，此人上次开着一架好端端的飞机离开，回来的时候光着屁股，丢掉了大半条命，还拿不出丝毫可以向人展示的收获。他们的谈判一再延时，格里亚戈的一罐罐啤酒也随之消失，到最后他们俩都喝得烂醉如泥，唱起老掉牙的歌来。第二天早上他们倒都还记得双方达成了协议，虽然他们草就的协议内容有一半都完全不知所云。不过协议上确实有双方的签名，格里亚戈答应借给雷蒙一架货机，双方同意以这次勘探全部收入的一半再加上货机的折旧费用作为租金。格里亚戈占了雷蒙很大的便宜，但雷蒙不在乎。他这次勘探本来就不打算赚多少钱。这只是计划的第一步，要发财是之后的事情。

两轮月亮都出来了，“大女孩”高悬中天，而“小女孩”则刚从地平线下冒出头来。清凉的蓝色月光让他偶尔能瞥见下方的地貌。夜里的悲伤洋黑得就像咖啡，但雷蒙知道，太阳出来的时候，阳光会把海水照成一片深邃的翠绿。在海中，冬季才是植物生长的季节，跟陆地上正好相反，原因大概跟氧气浓度有关。雷蒙想象着那是一片无边无际的“平原”，上面绿色的细浪翻腾，冬日的刺骨寒风带来海盐的气息，伴着潮起潮落。自从离开地亚哥镇以后，他的胸中就不那么难受了。他的大脑也冷静多了，也没那么忙碌了，他不再像是一条被困在窝中的小狗。厢式货机叫了起来，于是他把注意力转回到新一轮的手动矫正工作中。要想正常飞行，就需要没完没了地进行矫正。

如果他开的是架货真价实的厢式货机，而不是这团半死不活的马口铁，他就可以一路直奔骨头山脉了。将近午夜时，他从琴手登台镇上空飞过，然后让厢式货机飞向东面未经采伐的森林，盘旋了几圈，找到了一小块空地，降落到地面。这里的积雪太深了，如果他想要开门出去的话还要费一番工夫。不过在这个小小的机厢里，供暖系统上线之后空气就始终保持温暖，感觉就像是在寒冷的夜晚里用一条优质羊毛毯子裹着身子似的。他蜷缩在自己的小床上，渐渐沉入了梦乡。

他的计划看起来十分简单。马奈克和他的族人一直躲藏在这颗星球的地下，他们来的时候殖民地还没开始建立。他们肯定曾仔细选择隐藏自己巢穴的地点。他们甚至可能还有别的巢穴，这些巢穴可能散布在行星上的各个地方。他会提出跟他们做个交易，让对方把自己掌握的这颗星球上的矿物资源信息分享给他，然后他会买下他们居住的那些地区，以确保这些地方不会被开发，也不会有别的探矿人误打误撞发现他们。要让这个办法起效，他买下来的地区得相当多才行，所以他就得赚到相当多的钱。实际上，他得要跻身殖民地上的顶级富豪之列才行。所以，马奈克和其他外星人必须要保证雷蒙能抢到相当多个价值极高的矿藏开采权[①]，这一点事关重大。

当然了，其中关窍在于他必须向那些外星人讲清一切，让它们明白交易的内容，以及，它们如果不听他说话而是当场杀了他的话会有什么后果。他已经把所有信息都做好了记录——时间，坐标，外星人的情况，它们和恩耶之间的关系——然后把加密后的文件交给了米克尔·易卜拉欣。这个男人已经证实了自己能守口如瓶。也许等雷蒙发财了，会雇他当个监督员之类的。无论如何，他们的协议是雷蒙将会在这趟勘探归来后，去取回那份数据文件。如果开春了他还没回，米克尔就会把它交给警察。雷蒙知道，按理

① 在开拓时代，发现矿藏者通常会拥有对矿藏的优先购买权。

来说，把外星人的命运交托给格里亚戈的这架五流厢式货机这事实在有些不靠谱：如果升力管发生故障，或者燃料电池爆炸了，那帮外星人会落得的下场就将跟它们动手杀死雷蒙别无二致。但雷蒙实在找不到别的办法了。更何况如果事情真的那样了，他已经死了，那就更无所谓了。

危险自然是有的，也许还挺大的。天晓得那帮外星人会怎么想，又会怎么做？它们比北方的美国佬更古怪，甚至比日本人还要古怪。如果他没法让它们弄懂他留下的预防措施是怎么回事，它们恐怕会杀死他。见鬼的，也许就算它们听懂了，也还是会杀死他。谁知道呢？但生命本来就是一场冒险，这样一个人才会真切地意识到自己还活着。

北方的黎明总是姗姗来迟。雷蒙不得不重复启动了三遍预热程序，升力管才完全解冻到可以工作。快到中午的时候他总算得以再度升空，掠过积雪覆盖的枝头，眺望着山顶之上高悬的冰云，嘴里哼着小曲。西面远处有条纤细的银白色带子，那就是漏斗河，他险些丢掉性命的地方。在河流中某处的另一个雷蒙如今已经成为这世界的一部分，他的血肉已经遭鱼类啃食，残骨被水冲入了大海。雷蒙摸了摸自己的额头，以此对死者致敬。

他原本还害怕季节更替会让地表上那个不协调之处变

得很难找到。他预留了三天时间在群山中搜寻那个地点，但实际上完全没用到。他只花了不到一个小时就找到了。

他一边在雪地里跋涉，一边从背包里抽出了探洞矛。这装置跟他的小臂一样长，一头是经过回火处理的尖头，在最末端还有个小小的火帽。雷蒙也带来了岩芯采样弹，但除非迫不得已，他可不想把整片岩坡再给炸崩一次了。他爬到崖边，用双手拂去上面的灰尘，寻找着大致的位置。他时不时停下一会，估量头顶积雪的状况——在这个节骨眼上死于雪崩那可真是太蠢了——然后选定位置，启动探洞矛。

它发出一声尖利而干涩的开火声[1]。白色羽毛的蕾丝鸦们仓皇从树上飞起，嘎啊嘎啊地抱怨着；滕芬鸟们沿着山坡飞上天空，它们的叫声宛若女子的悲泣。矛尖大有希望被打进了巢穴那银色的金属之中。雷蒙回忆起了那时的感觉——走上前去，看着那面并不完美的镜子，看着自己模糊的倒影踉踉跄跄从镜子深处走出。

过了好长一段时间，什么也没发生。雷蒙开始怀疑自己搞错了地方，或者是矛尖打进去的深度不够，又或者是

---

① 从上下文描述可知该装置相当于一枚一次性自发射穿甲弹。

那帮外星人已经抛弃了这个巢穴，逃到了这星球上某个更加偏僻的角落——也可能是把自己埋到了更深的地下。那样的话他也只能自认倒霉了。要是它们认定他的逃脱终究还是造成了盖苏，于是全都自杀身亡了呢？在这座大山里头会不会已经只剩下尸体了？

但就在他要转身回到厢式货机上，去拿岩芯采样弹再试一次的时候，他头顶上高处左边的积雪有动静了。大片大片的雪层崩塌下落——因为它们下方的岩石在一边旋转一边打开。接着那里出现了一个洞，在冬季的白色背景下洞中显得比上次更加黑暗。然后，在一阵离心机加速时的那种高频呼啸声中，一台优尼亚冒了出来。它那绳索状的侧面上，闪动着淡黄色的和陈年象牙相仿的光泽。这个飞箱在空中悬停了片刻，仿佛在打量着雷蒙。

雷蒙挥舞双臂，试图吸引那东西的注意力，同时也向对方表明自己并不害怕，他是特意前来此地的。那架外星飞行器在空中盘旋，左右来回晃动，似乎想要弄清楚他是什么意思。外星人的迟疑给了雷蒙颗定心丸。他点燃一根香烟，朝着迎面吹来的寒风咧嘴而笑。优尼亚侧面的板条变得稀疏了些，雷蒙看到了里面的外星人，它大约有两米来高，皮肤发黄，上面有着银黑两色的涡纹，当中有些地方明显有旧伤留下的疤痕。它有一只眼睛已经永远暗淡无光了。雷蒙朝着他的老朋友笑了。

“喂，怪物！”他用双手在嘴边拢成个喇叭，高声大叫，“下来吧！另一个怪物想跟你谈谈！”

后记

《猎人行》的创作过程本身也堪称一个传奇故事，整个过程历经三十年。故事始于加德纳·多佐伊斯脑海中的一个形象：一个飘荡在黑暗之中的人。这个想法让加德纳强烈地想要知道这个人是如何走到这一步的？他在哪里，遇到了什么事情？他给这个人起了个名字叫雷蒙·埃斯佩霍，他是个混血，西班牙裔。在1976年落笔之前，他就已经构思出了许多情节走向，还有雷蒙人生的一些奇异境遇。开始的时候一切顺利，但只写了几千字，他就卡住了。这份简短的手稿之后在抽屉里待了一年。

1977年，乔治·R.R.马丁邀请加德纳到一个暑期科幻写作营里充当客座讲师，地点是爱荷华州迪比克市的一所小型天主教女子学院，当时马丁正在那里教授新闻写作。教室里全是修女。糟糕的是，她们是“秘密修女”，并没有穿着修女长袍。亵渎之言会让她们脸色惨白，忙不迭地画十字。这种话在加德纳带到写作营里的故事当中非常之多。那正是雷蒙的故事，还不成熟但已大具形体。

据加德纳回忆，那里每个人都非常讨厌雷蒙的故事，但马丁喜欢它。在抽屉里又放了三年后，稿子被加德纳再次拿出来，邀请马丁合写。马丁用他心爱的史密斯卡罗纳[①]电传打字机开始接着写雷蒙的故事。加德纳原来已经写到雷蒙从他“出生”的山里出来的部分，接下来马丁写出了河边的故事，写克隆人雷蒙和马奈克追捕原版雷蒙的过程。马丁一直写到1981年夏天。

在创作这个短篇故事的过程当中，马丁忽然想到这完全可以写成一部长篇小说：故事里有一个完整的外星世界、一整套生态系统可以发掘。构成故事核心主题的忠诚和自我认知问题值得深入研究，而河流之旅是实现这一点的完美工具。他想起了密西西比河上的哈克和汤姆，以及那段传奇般的旅程是如何揭示和确定他们的个性的。他想让马奈克和克隆人雷蒙也以这种方式互相了解，彼此都发生改变——在他们追上原版雷蒙的这段路上，在两个雷蒙撞面之前。到这个时候，马丁已经想出了这个故事将如何作为一部中篇小说面世，题名就叫作《暗影双子》。

马丁向加德纳建议，他们应该合力把这份四十三页的未完成稿扩展成一部五百页的单行本小说，两个人轮流推进故事，直到自己

① 美国著名打字机品牌，始于19世纪末。

卡住；每个人在推进的同时也要修改另一个人所写的部分……马丁在1982年将稿子发回到加德纳那里，还附有一张便签："球在你的半场了[1]。"

从1982年到2002年，这份稿子一直放在加德纳工作室的抽屉里，原封未动。但它时不时会被提起。加德纳确实是完全卡住了，停滞不前足足有二十年。但之后他突然想到：他把稿子交还给马丁之前必须要将故事推进几分。如果他已经无力推进，那为什么不再找个富有创造力、有冲劲的优秀年轻作家来赋予雷蒙的故事活力，推动它进入下一阶段？于是丹尼尔·亚伯拉罕加入了进来。

马丁向年轻而热情的丹尼尔解释了整个情况。丹尼尔把文稿输入到了自己的文字处理软件中。马丁已经写了两万字，故事写到了克隆版雷蒙睡着了，然后进入了"洪流"的地方。丹尼尔提醒自己，当他的合著者最后一次动手创作这个故事时，他们的年龄几乎并不比他现在大，所以这是三位年轻作家的跨时代合作，而不是两位德高望重的成功作者搭上一位新手。丹尼尔扩写了雷蒙在地亚哥镇的故事，让他与其他人接触，好让他再回到这座城市时，他身上的变化能自然呈现出来。他采纳了马丁的建议，一部完整的中篇小说近在眼前了。然而，作为一名新手作家，丹尼尔删减掉的文字跟他所添加的一样多。而终于有了新的灵感的加德纳把那些文字又放回书稿中，加以补充和润色，保留了之前文章的情调和风格。

---

① 美国俗语，来自网球规则，意谓轮到对方行动了。

作者访谈

加德纳·多佐伊斯

第一问：书中想象出来的外星物种奇异瑰丽而又活灵活现。你能谈谈你是如何创造出它们独特的外形的吗？还有，你是如何把它们的外表和内心写成这样的？

答：嗯，我认为最难做到的——也是最重要的——是让外星人尽可能地与人类不同，同时又不至于让人类无法与之交谈和沟通。例如，恩耶们很像是些大块的石头，但它们仍然要吃要喝，所以在生物学上，它们跟人类还是有一定程度的相似性。

我怀疑，如果我们真的发现了外星生命，对方和我们之间也许会迥然相异，根本没有办法做有意义的交流。不过要是你想写点东西出来，这样考虑问题基本上是于事无补的，所以要做些折中。要让外星人既可以和我们互动，又不会仅仅是些额头上长着些稀罕犄角的人类而已。

至于马奈克和它那一族的外星人嘛，它们的外貌其实是来自一次动物园之旅。那家动物园里有些非洲鸟类，我不记得是什么品种了，但我对马奈克的双眼和头顶上的羽冠的描写就是来自那种鸟。观察动物确实有助于为这种描写奠定基础。

第二问：主人公雷蒙也是你创造的。当你在20世纪70年代开始写这个故事时，这位有墨西哥血统的主人公在生活中很常见吗？还有，你认为在30年后的今天，它被出版之际，这点上有什么变化吗？

答：有一个很大的不同是，我在1970年代写出的那个雷蒙没有戴着墨西哥宽边帽，也没有骑着大骡子，但他说话就像“西斯科小子”[①]。我们需要跳出这种陈规。

我写作这个故事最初的想法是，如果你控制了某人的克隆体，要追捕他就更加容易。如果你知道某人的心理，你就可以预测他们的行动。当然，真实的克隆体可能并没有这样的作用，我们在书中也解释了，他不是真正的克隆人。但我想用这个点子写出点相当与众不同的东西。

达蒙·奈特有篇文章抱怨说，几乎所有科幻小说中的英雄都是

① 美国20世纪流行文化中的经典牛仔形象，始于欧·亨利的短篇小说《牛仔之路》中的反英雄主人公，但在影视剧中变为墨西哥侠客。

美国的中产阶级白人，而地球上这种人几乎就不存在——或者说，这种人的比例是如此的小。达蒙在那篇文章中写道："墨西哥人的太空英雄在哪里？"我认为这问题问得很好。我想起有一个人解答了这个问题，那就是G.C.埃德蒙森（约瑟·马里奥·加里·奥尔多涅斯）。马丁住在西南地区，丹尼尔后来也住在西南地区，因此如果我们三个人一起来写这个故事会是件有趣的事情。

所以我开始琢磨，如果有一个来自中南美洲文化圈的殖民地，那它会是什么样子？当然，外星殖民地总会有些共性，但也会有些不同之处。

在20世纪70年代之后，我对这些文化有了更直接的体验。我在巴巴多斯和加勒比海地区待了一段时间，从而得以更好地感受到源于西班牙美洲文化的殖民地可能是什么样子的，尤其是掺杂了印第安文化的。

第三问：作为这个故事的第一个，也是最后一个落笔之人，你看着这个故事从一个小小的想法生长壮大，成了一部中篇小说，现在又成了一整本长篇。与早先的版本相比，你认为现在的最终版有哪些不同？故事本身有什么变化吗？

答：当我们将它扩展成长篇时，我们希望在雷蒙和马奈克之间有更多的互动，建立更多的关联，还有雷蒙和另外一个雷蒙之间的关系。在这个版本中，我们甚至有他们三个人同时出镜的时刻。这在早先的故事中是没有的。

另外，在中篇版本中，结尾并没有确定他到底是如何摆脱困境的。我们现在得以用比之前的短版本中更复杂的方式来处理他这段旅程的经历。在最理想的情况下，我们还可以把它进一步展开，但我们不希望这故事变成个六卷本的大部头。

第四问：你在多大程度上想让这个故事成为一个关于道德的故事？

答：呃，我首先是想让它成为一个好的、令人兴奋激动的冒险故事。但就像《浴血金沙》一样，只要故事里有心思复杂、有自己动机的生灵发生互动，你就一定可以从中找出一定的道德观念。

故事开始时，雷蒙既不像他以为的那样好，也没有他认为的那样坏。到最后，他对自己应尽的义务和所拥有的能力有了更现实的认识。故事结尾处的雷蒙比开始时的那个人更好，这一点并不是通过讨好顺应他人的方式来实现的。

乔治·R.R.马丁

第一问：加德纳的那份初稿中一定有什么东西吸引了你的注意。能否谈谈是什么吸引了你，让你决定合写？是这个特定的项目还是合著作品这个想法本身？

答：在我参与到写作中之前好几年我就读过这个故事。我第一次看到它是在1977年，在一个写作营当中，那时候我就很喜欢它。

我希望对它做一些改动，但基本上我对它的感觉很好。它吸引了我，我想知道它结果如何。后来加德纳来找我的时候——我想那是1981年，我明白如果我想知道结局，我就得自己写。

同时，我也乐意与加德纳合著。这个想法要追溯到几十年前——在他成为《阿西莫夫科幻小说》杂志的编辑，以及做《年度最佳选集》之前。在20世纪70年代和80年代初，加德纳是最有吸引力的新锐作家之一。他写过一些非常有意思的作品。我之前也跟其他人合作过。比如跟霍华德·沃尔德罗普[1]，还有跟丽莎·图托。

在职业生涯的某个阶段，合作是很有用的。即便你自己已经成就斐然，其他作家总会有不一样的技巧和策略。你可以跟人讨论一个场景到底该是怎么样的，但实际动笔的时候，大家各自会用不同的方式来处理它。通过紧密合作，你可以目睹这些技巧，这会让你成为一个更好的作家。

第二问：你从一开始就有强烈的信念，认为这个故事应该被写成一部长篇。你能谈谈你是怎么拥有这种信心的吗？

答：在中篇版本中，我们已经有了一整个几乎还未经探索的外星世界。雷蒙回忆起了殖民地、他的女朋友，以及诸如此类的事情，但我们从未真正看到过这些事情。这个星球没有得到任何深入的探索。我想要在这个地方做更多游历。我认为这里头可以大做

---

① 美国科幻作家（1946—）。1976年曾与马丁合写科幻小说《灰水站的人们》。

文章。

“河上旅程”是我带进这个故事里的。我那时刚刚写完《热夜之梦》，之前我读了很多马克·吐温的作品，特别是《哈克贝利·费恩历险记》。我看到这里面有很多很有深度的东西可以挖掘。

这个故事的情节也与厄修拉·K.勒古恩的《黑暗的左手》有很多相似之处。那是另一个关于两个人一起旅行，以及在途中进行探索的故事。伊斯特拉凡和金利·艾被困在冰上，对人性的重要部分——生物性别和社会性别进行了严肃的探索。在雷蒙先后与马奈克和原版雷蒙的同行过程中，我看到了做类似探讨的机会——关于人性，可以探讨的东西还多着呢。

第三问：听起来似乎你对早期版本的故事该如何扩展成长篇有一个相当清晰的愿景，但你同时还在跟两位作者合作，他们无疑有各自的愿景和观念。最后的结果与你想象中的那本小说有多接近？

答：事后的看法会扭曲之前的认识。在我看来，现在的结果与我的想象相当接近。再回头看看《哈克贝利·费恩历险记》，那个故事讲的是两个人在河上旅行，其中一个——黑人吉姆——甚至不被视为真正的人类。他是个奴隶，而这本书里很多部分就是关于哈克挣扎着要判断出决定帮助吉姆会让他成为一个什么样的人。你可以协助一个逃奴，同时仍然做个好人吗？说吉姆不是真正的人类意味着什么？我认为正是这些问题推动我们创作出了中篇版，然后又完成了长篇版。

我的意思是，所有的作者都添加了些东西，但没有人强行给故事来个大转折。我们没硬塞进去一群飞龙什么的。我想我们脑海中的故事结局都是相当接近的。所以我认为，最后的结构与我的设想相当吻合。我对它非常满意。

实际上在这个过程中，我们很晚才考虑把故事放进加德纳的宇宙中，但我认为我们做得很成功。我觉得如果有读者拿起加德纳的小说《异乡人》，他/她不会看到这两部小说中我们所展示的宇宙有任何矛盾之处。

第四问：在我对加德纳的采访中，我问他，他在多大程度上认为雷蒙是普通人的写照？他说这个故事首先是个令人兴奋激动的冒险故事。你同意这种评价吗？

答：嗯，我也希望它是个好的冒险故事，但我认为它不止于此。这个故事提出了很多问题。主角是什么？他是个外星人吗？他是雷蒙·埃斯佩霍吗？他比原来的雷蒙要更好吗？他是否有权杀死另外那个人，然后接手他的整个生活？

这个故事的原标题是《暗影双子》，我一直认为这个题目暗示了故事中探讨的某些问题。同卵双胞胎有相同的基因，但他们是不同的人。双胞胎一善一恶的故事古已有之，都不新鲜了。

主角有人类的DNA，但他出生在一个大水缸里。马奈克和那些外星人相当于他的父母双亲。然后加德纳还写到了那根萨赫尔，我认为，这个令人毛骨悚然的东西有相当浓厚的脐带的意味。那么，主人公到底是人类的孪生兄弟，还是那个外星人的？

这本书里有很多关于自我认知和人性的深邃问题。我不认为雷蒙——我指的是充当主角的那个雷蒙——是普通人的写照。他是一个特殊的人，说“普通人”会有所错失。他在故事中是人类的代表，但他是一个非常特别的人。人们不喜欢读普通人的故事。他们想要拉斯柯尔尼科夫或格列佛·佛雷[①]的故事。

丹尼尔·亚伯拉罕

第一问：你是最后一个加入这个项目的作家。你第一次看到这个故事时，它有多少内容已经就位？你对这个故事的最终版本有多大影响？

答：嗯，我觉得从很多方面来看，这个项目都是三位新人作家跨越三十年的时间展开的合作。在三人当中，我是比较幸运的一个，因为我可以向更年长、更有经验的人咨询，而他们没有这种资源。

当我开始动笔的时候，有很多东西都已经定型了：人物、环境、情节框架。还有，结局虽然还没有写出来，但也已经定好了。当我们知道这位主角并不是真正的雷蒙时，我立刻就知道这一切将如何结束了。

话虽如此，但我认为，我对我们如何抵达结局有很大的影响。当它要扩展成一部长篇小说的时候，是我一力推动了抛开中篇版，

①《群星，我的归宿》的主角。

从头开始。我认为这样我们会写出一部更好的书，一部真正的浑然一体的作品，而不是一部被拉长了的中篇。他们对我十分迁就，我对此十分感激。

第二问：在小说中，雷蒙与其他人的关系非常暧昧不明，与他生活中的女性的关系尤其如此。这些关系是如何与这个人物的荒野之旅相配合的?

答：这个故事中的象征意义部分在于，当我们见到雷蒙时，他差不多是你能想象到的和人类最格格不入的人。他厌恶与其他人相处，除了他那个有些疯狂的女友之外，我们没有听说过他拥有别的家人或是爱人。最接近他父母的人物是一个只粗具形象的导师，死在了从地球来此的路上。

故事的第一部分——在城市里的那部分，在一切都分崩离析，他逃出去之前——很大程度上是要让人把雷蒙看作一个暴力的、不稳定的、不可靠的家伙。这是种詹姆斯·M.凯恩式的情节——杀死一个人，然后逃亡。当我们对于那场谋杀和雷蒙的罗曼史了解更多之后，他变得更富有人性了。在河边有一个场景，原版的雷蒙讲述他曾经爱过的一个女人时的样子完全是那种传统的、爱虚张声势的男性形象。原版的雷蒙把这个故事说得轻描淡写，那样子着实可悲。这是真正使回来的新雷蒙与出去的那个雷蒙成为不同的人的事件之一。雷蒙身上令人心碎之处在于：他是那么地想成为一个英雄，但就是无法成功。

第三问：小说的设定背景无疑是奇丽非常。你是如何构想出一个外星世界，并让它看起来真实可信，引人入胜的？

答：这在很大程度上要归功于加德纳。他非常喜欢那种广阔、植被繁茂、不可思议的景象。他让小说中的荒野变成了这样。我很欣赏这一点，但对我来说要写出这种东西可不容易。加德纳说我对人物及其内心的心理活动更感兴趣。他称我为现代主义者，我觉得他这话有一半是在夸我。

不过，要我回答这个问题的话，我认为，真正的力量在于细节之中。那些身材扁平，长得像鸟的玩意儿——煎饼兽——发出教堂钟声般的啾鸣；瘦小的猴蜥蜴从一根树枝跳到另一根上，发出高亢、惊恐的声音。或者是一些平凡的事物，比如河水有多冷。正是这些细节让你身临其境，哪怕你读完后就把它们给忘掉了。我认为任何故事都是如此。我没有去过维多利亚时代的英国，或是联邦调查局的犯罪实验室，但一个好的作家会把我带到那里。

第四问：在我之前的采访中，乔治和加德纳对雷蒙是否是个普通人的写照看法略有不同。加德纳认为，这本书主要是个冒险故事。乔治则认为其中有深邃的哲学问题。你的观点是什么？

答：嗯，我是一个现代主义者，对吧？所以我认为，这是个心理学寓言。我们这位主角，他遇到了几乎无法理解的事情，这些事改变了他，让他成为更真实的自己。

这就是创作科幻和奇幻小说的真正乐趣所在，也许悬疑小说也是如此。故事的重点在于字面、情节背后的隐喻。雷蒙似乎不太可能被他无法理解的力量所驱使，然而他被马奈克和萨赫尔所驱使，这二者他都无法理解。他似乎不太可能遇到自己，然而他遇到了。他似乎不太可能杀死原本的自己，但他做到了。

在中篇小说里，雷蒙最后和艾蕾娜分手了，变成一位受人尊敬的好公民。长篇的结尾从心理学角度看要更为真实。在第一章中，他是一个与人群格格不入的、有暴力倾向的怪人，然后他开始了自我发现的旅程。到了最后，他还是个与人群格格不入的、有暴力倾向的怪物，只是更加安然地接受了自己的这个身份。我发现这点让我大为满意：如果换了个传统的主角形象，那感觉就没这么好了。